完全犯罪需要幾隻貓？

東川篤哉
Higashigawa Tokuya

目次

序章

距今剛好十年前的夏末，以為會永遠持續的酷暑終於示弱，早晚拂過烏賊川河面的風，總算令人感覺到秋天氣息時，發生了這場案件。

時間是平凡無奇的週一上午，一通一一〇報警電話告知案件發生。經營壽司店的豪德寺豐藏自宅溫室，發現一具離奇死亡的男性屍體。這座小城市鮮少發生稱得上案件的案件，因此警察們臉色大變，正在市內各處巡邏的警車一起湧向豪德寺家。

實力譽為烏賊川警局頂尖的高林警部，案發時的拚命程度令人瞠目結舌。他以破表速度開警車抵達現場，身穿制服的巡查以立正不動的最標準敬禮迎接，他連看都不看一眼，筆直前往案發溫室。

溫室是長約二十公尺的魚板型，孤零零坐落於豪德寺擁有的田地一隅。走進去一看，裡面沒有栽種任何作物，不過在這種季節也理所當然。溫室裡充滿猛烈的熱氣，具備正常知覺的人，在這種環境待不了五分鐘。一名中年男性趴倒在這樣的溫室正中央附近，他當然不是具備正常知覺的人，他已經死亡。

是命案。

勘驗之後，推測死因是厚實刀刃刺殺腹部造成失血過多而死，並非立刻死亡，但遇刺之後應該沒活多久。屍體沒有搬動的痕跡，濺在溫室內的血跡也沒有突兀之處，因此行凶地點肯定是這間溫室中央區域。推測死亡時間是昨晚八點至十一點的三小時之間，凶手在這段時間帶被害人到溫室中央，以刀刃刺殺腹部之後持凶刀逃逸。

警方以上述線索正式辦案，負責指揮的當然是高林警部。

從死者身上的駕照，確認遇害者是四十八歲的矢島洋一郎，是在豪德寺家不遠處自行開業的醫生。死者和同齡妻子弓子的獨生子名為達也，不過達也住在東京就讀某著名大學醫學系，換句話說，洋一郎和弓子相依為命。

警方立刻從矢島醫院傳喚妻子弓子。高林警部一見到她就感到詫異，因為弓子坐著輪椅前來，似乎是不良於行。

她就這麼坐著輪椅進入溫室，確認丈夫的遺體。

「昨晚就沒看到他，我一直覺得不對勁，卻沒想到發生這種事……」

弓子不敢置信般變了表情，在下一瞬間無視於他人目光而崩潰哭泣。由於她是這種狀態，高林警部一陣子之後才從她口中得知昨晚詳情。

高林警部交給底下的中階刑警負責紀錄，自己則是專注聆聽弓子陳述。

「昨天是週日，診所公休。外子除了工作沒有特別的休閒嗜好，大致都是待在家裡，不過他昨天下午三點多忽然離家。他看起來像是去散步，頂多只是去打小鋼珠，沒有特別不自然的舉動。我當然覺得他大概會在晚餐時間回來，所以不太在意。

可是外子出門之後，過了晚餐時間也沒回來，到了八點甚至九點也一樣。我開始擔心他該不會在哪裡出事，或是身體忽然不舒服動不了，各種擔憂接連浮上心頭。但以我的身體狀況，沒辦法自由前往可能的地方尋找。剛好在這個時候，大約是晚間九點半，豪德寺先生來家裡拜訪。」

「您說的豪德寺先生是？」

「豪德寺家的一家之主，豪德寺豐藏先生。」
「順便請教一下，你們和豪德寺家是什麼關係？」
「矢島醫院代代擔任豪德寺家的主治醫生，我們於公於私都來往密切。」
「原來如此。那麼豐藏先生當晚造訪的目的是？」
「豐藏先生說，他晚間九點半和外子有約，我聽到這番話越來越擔心，因為外子不可能對豐藏先生爽約。我向豐藏先生提及外子還沒返家，豐藏先生笑著回答『沒什麼，用不著擔心』，不過大概看出我神情擔憂，接著說『這麼擔心的話，我們一起去他會去的地方找吧』，我當然樂於接受他親切的提議。」
「兩位後來去哪裡找人？」
「雖說要找，也沒辦法找太遠。就只是豐藏先生幫我推輪椅，在我家醫院到豪德寺先生宅邸的路上，簡單詢問外子可能會去的商店或酒店。即使如此，還是比我在家裡等待舒坦得多，我感覺備受協助。」
「最後還是沒找到您丈夫？」
「是的，後來我與豐藏先生沒問到任何線索，就抵達豪德寺家。昌代夫人剛好在家，我也向她打聽外子的下落，但她心裡同樣沒有底。」
「沒想過報警？」
「沒有。我生性容易操心，不過以世間角度，丈夫晚歸不值得大驚小怪。」
「嗯，那麼後來呢？」

「豐藏先生說『總之先等到天亮，他再沒回來就交給警察處理吧』，我也決定這麼做，向豪德寺家人告辭之後回家。不過豐藏先生與昌代夫人非常擔心我，結果兩人再度一起送我回家。他們兩位似乎擔心我獨處，又留下來陪我一段時間，直到將近凌晨零點。後來兩人返家，我獨自度過無法入睡的一晚。」

「原來如此，接著您今天就收到丈夫噩耗了。」

「是的。」弓子點頭緊咬嘴唇。「不過，我對一件事感到非常遺憾……」

「什麼事？」

「豐藏先生推我的輪椅，前往豪德寺宅邸的途中，我們走的是豪德寺家農田旁邊的路。從那條路往左走會到正門，往右走會到後門，不過比起走正門或後門，其實橫越那片農田是前往宅邸的捷徑。」

「原來如此，我能理解。唔！那麼女士，難道您昨晚有進入那片農田？」

「是的，我和豐藏先生一起穿越農田，從溫室旁邊經過。不對，不只是經過，我們當時看過溫室內部。溫室出入口位於道路這邊，所以我們稍微看過溫室裡面。」

「真的嗎？當時幾點？」

「記得是晚上十點左右。」

「溫室裡的狀況怎麼樣？」

「當時只是普通的溫室，沒有任何狀況。裡面空蕩陰暗，豐藏先生以筆形手電筒大致照亮內部，沒有看見任何人，我也在確認沒人之後前往宅邸。不過……想到外子後來就在那間溫室遭某人毒手，我就好難過。」

矢島弓子的偵訊就此結束。接下來對豪德寺豐藏、昌代夫婦的偵訊，驗證矢島弓子的證詞屬實。不同於矢島弓子的嘆息，高林警部對於出乎意料的進展雀躍不已。

如果弓子證詞屬實，溫室凶殺案肯定發生在晚間十點之後。驗屍結果正確的話，犯行最晚要在晚間十一點結束，幾乎可以確定這一小時是實際行凶時間。

「再來只需要找出這段時間出現在現場的人……呼呼呼……」

高林警部發出無懼一切的笑聲，命令底下的中階刑警。

「接下來開始尋找目擊者。行凶時間是晚間十點至十一點，而且溫室面向道路，這個時段肯定還有人經過，絕對找得到目擊者！」

事不宜遲，高林警部當晚就和部屬一起出動，以推測行凶時段為中心打聽線索。問話對象當然是行經案發現場旁邊道路的行人們，高林警部每次看到行人就詢問相同的問題。

「請問您昨晚這時間有經過這裡嗎？」

約三成的人回答「有」，大多是結束工作返家的人，此外也有帶著狗的老人，或是深夜外出散步的奇特年輕人。高林警部只要聽到對方回答「有」，就指著前方的溫室詢問。

「那麼，您當時是否在這間溫室附近看見可疑人物？」

然而他們的反應不甚理想。

「我沒注意溫室，所以不清楚。」

他們同樣如此回答。

「但應該沒看到什麼可疑人物。」

而且像是補充般說出這句話並含糊搖頭。

其中好幾人認識矢島洋一郎醫生，但終究沒人在昨晚目擊他的身影。

時針走到凌晨零點換日之後，路上忽然就不再出現行人。距離推測行凶時間的下限已經超過一小時，繼續打聽似乎也沒什麼進展。在高林警部開始這麼想的時候，一名像是白領族的男性經過，他似乎喝醉酒，臉紅得像是火燒。高林警部決定把他當成今晚最後問話的對象，高舉警察手冊叫住他。

「請問您昨晚這時間有經過這裡嗎？」

「嗯，有經過。」

「那麼，您當時是否在這間溫室裡，或是在附近看見可疑人物？」

男性聽到這個問題的瞬間，明顯出現慌張反應，如同惡作劇被抓到的孩子，視線猶疑不定，語氣變得生硬。

「怎、怎麼了，刑警先生，溫室裡，怎麼了嗎？」

「現在是我在問話。」

「我沒做什麼壞事。」

「沒人說你做了什麼壞事。」

「那、那當然……那麼，我告辭了。」

「等一下。」高林警部拉住企圖逃走的白領族。「你昨天做了什麼？有做什麼事就老實說出來。如果是小事，我也可以既往不咎。」

「小便啦，小便！刑警先生也會在喝完酒回家時忍不住找地方小便吧！」

這名西裝男性甩開警部的手，一副生悶氣的態度承認稍微觸法。高林警部當然曾經隨地小便，這件事本身不成問題，但警部察覺他的行動包含非常重大的要素。

「你是在哪裡小便……難道是溫室？」

「是啊，總比在路邊好。」

「在溫室裡面還是外面？」

「當然在裡面，入口就在道路這邊，我進去就在旁邊尿了。」

「當時是幾點？可以的話講正確一點。」

「沒什麼正不正確，剛好就是這個時間。我昨天和今天都在車站前面的相同攤子吃相同的東西、喝相同的酒再回來，所以肯定沒錯。」

高林警部聽他說完看錶，時間將近凌晨零點十五分。也就是說，凶手昨晚在溫室犯案約一、兩個小時之後，這個白領族居然進入溫室，在屍體附近小便。這個人沒察覺自己的行為該遭天譴嗎？只能說他非常粗心大意。

「想請教一個小問題。」

警部慎重講個開場白之後詢問。

「你在溫室小便的時候，裡面的狀況怎麼樣？黑到看不清楚？」

「是啊，裡面很黑。因為太黑，我不得已拿打火機當照明小便。」

「什麼？你在溫室裡用打火機點火？所以你看見溫室裡的樣子了？」

「是啊，當然看得到，不過裡面沒什麼奇怪的地方，我尿完就走了。怎麼了？」

「還問我怎麼了……裡面沒東西？不可能，肯定有東西，就在溫室正中央附近，該怎麼說，應該有個遠遠看就很顯眼的東西……」

「溫室正中央？不，什麼都沒有。咦，刑警先生，一定要有東西才行嗎？那間溫室本來就是空的吧？」

是的，他說得沒錯。溫室在這個時期並未使用，所以裡面是空的。然而昨天可不是如此，凶手以溫室當作命案現場，既然時間超過深夜零點，肯定已經行凶結束，因此該處當然躺著一具屍體——矢島洋一郎的屍體。

高林警部無法接受這個回應，終於忍不住講明，告訴男性「那裡應該有屍體」，但男性隨著酒味一笑置之。

「刑警先生，不可以亂講話。無論是屍體還是人偶，如果那片平坦遼闊的地面有東西，我不可能沒發現。對吧？我確實只能依賴打火機的光源，但是別看我這樣，我晚上的視力還算好。」

就這樣，高林警部得到新事實之後，被迫重新推測案情。

依照矢島弓子的證詞，案發現場晚間十點時沒有屍體，豐藏的證詞也成為佐證，這部分無從質疑。高林警部從這些證詞，以及法醫推測的死亡時間，認定實際行凶時間是晚上十點到十一點的這個小時，然而這部分似乎非得修正了。如果凶手在這一小時在溫室犯行，那個白領族肯定會在凌晨過零點時發現屍體報警，然而當時還沒有屍體。高林警部不得不覺得這方面暗藏玄機。

「難道屍體搬動過？」

或許凶手是在其他地方刺殺矢島洋一郎，然後把屍體搬到溫室。這麼一來，行凶時間就不侷限於這個小時，甚至可以定在當初的推定死亡時間，也就是晚間八點至十一點的範圍。若凶手是在凌晨零點十五分之後把屍體搬進溫室，就能充分解釋那個白領族為何沒發現屍體。

不對，應該說只能以這種方式說明。

但要採用這種推論，得克服一道重大的障礙。

「屍體真的這麼輕易就能搬動嗎……」

高林警部是刑警，知道現實想搬動屍體很困難。不只在體力上是很吃力的勞動，問題在於另一個地方，就是屍體越搬動越容易留下痕跡，現代法醫學不會錯過這些痕跡。實際上，來到現場驗屍的法醫，看到矢島洋一郎的屍體就斷定「沒有搬動過的痕跡」。只要沒推翻這項判斷，高林警部的「屍體搬動論」就沒有立足之地。

高林警部立刻前去請教鑑識課職員與法醫，向他們說明自己的「屍體搬動論」，請他們判斷是否有這種可能性。

但他得到的答案都是「否」。專家們使用自己專長領域的專業術語，證明受害者遇刺之後完全沒從該處搬動過。高林警部在屍體現象這方面一竅不通，非得尊重他們的意見，因而非得收回自己的推論。

結果，只剩下不解之謎。

高林警部因為自己的見解被推翻而愁眉苦臉，他底下的中階刑警對他說：

「警部，果然應該是那樣吧？那個白領族男性進入溫室時，屍體就在那裡了，只可能是這樣。」

「但他說當時沒有屍體。」

「這種證詞不可靠吧？現場很黑，光源只有打火機的火，而且當事人喝醉又有尿意，注意力完全集中在下半身，他的觀察力在這種狀況不可能正常運作。」

「嗯，或許如此。」

高林警部覺得自己逐漸附和這名中階刑警的說法。

「確實，只要無視於那個白領族的證詞，案件就明快多了。」

「就是這樣，要是被那種證詞拖著跑，能解決的案件也會變成懸案。行凶時間是晚間十點到十一點的這一個小時，地點在溫室裡，屍體沒搬動過，白領族的證詞缺乏可信度所以無視。警部，這樣不就好了？」

「嗯，也對，確實如你所說，這是最妥當的結論。」

高林警部也不知何時，完全同意中階刑警貿然做出的結論。

「好，那就用你所說的方向辦案吧。仔細想想，我不小心過度信任那個白領族難以理解的證詞了，危險危險，差點就把真相埋葬在黑暗的另一頭。哈哈，這麼一來，有人說我推理小說看太多也在所難免。」

「哈哈哈，警部，振作一點吧。」

「哎，抱歉抱歉，但我沒事了。砂川刑警，感謝你適度提供建言。」

就這樣，高林警部完全捨棄這種推理小說風格詭計的可能性，後來以現實的辦案步驟逐步搜索殺人凶手。

案件完全成為懸案。

第一章　三花貓失蹤案件

1

這隻三花貓名為「美雪」。

不過，只有停靠在港口的船隻「第二大漁丸」漁夫魚丸武司這樣叫牠。魚丸在這隻走到甲板討東西吃的微胖母貓身上看到離婚前妻的影子，所以擅自這樣叫牠。

美雪一靠近，魚丸就會拿烏賊或小魚餵食照顧。他並不是愛貓人士，這算是漁夫的本能。

漁夫一般都很虔誠，經常喜歡討個吉利，「貓是保佑航海安全的船隻守護神」這個民間傳說相當知名，所以漁夫很愛護貓。貓也知道這件事，光明正大前來討食物。相傳烏賊川市的野貓比家貓胖，這個說法大致無誤，烏賊川港周邊是貓咪們的天堂。

七月初，魚丸與美雪的關係遭遇驚濤駭浪。

魚丸與美雪坐在船頭吃午飯時，一名男性靠近過來。

這名男性開著沒見過的進口車來到碼頭，以墨鏡加灰色西裝這種和漁港不搭的打扮現身，像是姑且把雙手插在口袋，把自己當成年輕時的宍戶錠。他忽然在魚丸所坐的方向發現某個東西，慌張取下墨鏡眨了眨眼睛，再度戴上墨鏡恢復為宍戶錠風格。

「那個傢伙是怎樣？真令人不舒服。」

魚丸並不是說宍戶錠令他不舒服。就魚丸所見，這名男性看似詭異的黑道分子，黑道分子在船邊閒晃，令魚丸覺得不太舒服。

魚丸看向其他地方，以免對方找碴，然而魚丸視線角落的墨鏡男子，像是抓準這個好機會毫不客氣上船，筆直往船頭走來。魚丸將便當放在旁邊起身。

「你、你你、你是怎樣！居、居然隨便上別人的船，我、我要叫警察喔！」

虛張聲勢的魚丸旁邊，美雪也豎起三色毛處於備戰狀態。

「請不用擔心。」

男性從西裝胸前口袋迅速取出黑皮手冊，再立刻收回去。

「我就是你要叫的警察。」

「這、這真是辛苦您了。今天有何貴幹？我完全沒做壞事……」

「噓！」

男性伸直左手食指抵在嘴上，制止魚丸說下去，再以右手從胸前口袋取出一根棒子。棒子前面有個色彩繽紛的物體，令人聯想到毛蟲。

「那、那是什麼？」

「別說話！晚點再問……話說回來，名字是？」

「魚、魚丸。」

「喔，這名字挺有趣的。那麼，事不宜遲……」

墨鏡西裝男性蹲下來，揮起手上的棒子。

「來，魚丸～過來過來～！來，好乖好乖～！呀哈，魚丸～好可愛喔～魚丸～」

「那個～刑警先生……」

「呀哈哈哈……什麼事啊，你好吵，別妨礙我，我正在逗貓玩。」

「魚丸是我的名字。」

「真是的！我這樣好像笨蛋！」

男性滿臉通紅起身，把手上的逗貓棒摔到甲板。

「你想消遣本官？為什麼我要一邊叫你的名字，一邊在船上甲板和三花貓嬉戲？受不了。」

「因為你剛才問名字……」

「哼，誰要問一個平凡漁夫的名字？我當然是在問貓的名字。」

「這隻貓叫作美雪。」

「來，美雪～過來過來～！來，好乖好乖～！美雪～和大哥哥當好朋友吧～呀哈哈哈！」

魚丸越來越摸不著頭緒。這個人到底是「受不了」什麼事情而生氣？

魚丸不免質疑這樣的他是否真的是刑警，卻沒膽量詢問。應該是刑警吧，肯定是放棄當人類的刑警。魚丸決定如此認為。

逗貓棒的效果立竿見影，美雪幾分鐘就落入男性手中。男性抱起美雪，再度恢復刑警的威嚴。

「這隻貓是你養的？」

「不，稱不上是我養的貓……」

「原來如此。話說回來……」

男性從胸前口袋取出一張照片。

「其實，有人要求協尋一隻三花貓。貓叫作三花子，從某個企業家的住處逃離。看，很像吧？不對，用不著討論像不像，看牠如同鬧彆扭的表情、無從爭辯的配色、毫無緊張感的微胖外型，完全就是三花子。你不這麼認為嗎？」

「嗯，確實……」

魚丸比對照片裡的貓與美雪，兩隻確實很像，不過注意細節就有若干差異……

「那就得出結論了，我們警方要收容這隻貓。沒異議吧？」

「好的……慢著，可是……」

「這不是你養的貓吧！」男性像是不容分說拉高音量。「那就是野貓，肯定沒人能主張是牠的飼主，沒錯吧？」

「您、您說得沒錯。」

「那麼，我就此告辭，感謝您的協助。」

男性斜眼看著愣住的魚丸，任憑海風吹拂灰色西裝回到碼頭，抱著貓走到愛車旁邊伸手開門。

這一瞬間，魚丸以略帶鼻音的聲音，從船上朝著碼頭叫住宍戶錠。

「給我等一下！」

他當然是模仿小林旭的語氣。這一瞬間，兩名男性之間確實吹過一陣「日活」的

無國籍之風。（註1）

下意識成為旋風兒風格的魚丸，像是給予最後一擊般開口。

「我現在知道了，你不是刑警。」

「唔……你為何這麼認為？」

「日本警察不可能開雷諾巡邏，日本警察肯定開國產車。」

「原來如此。那麼，我就是法國警察。」

「你怎麼看都是日本人！這個可疑的傢伙，給我報上名來！」

「我不是渡哲也。」

「………」

居然講這個？魚丸啞口無言。

男性就這麼戴著墨鏡，以沉穩語氣清楚報上姓名。

「我是鵜飼杜夫，如你所見是純國產的名偵探。不好意思，這隻野貓我接收了。放心吧，我不會把牠做成三味線。那麼，恕我告辭。」

男性不慌不忙，悠然坐進雷諾駕駛座，留下爆音與廢氣疾馳而去。

「可惡～可疑的傢伙！把我的美雪還來～！」

然而船上的魚丸無能為力，只能朝著離去的雷諾怒罵。

註1　日活為電影製作公司，以無國籍動作片聞名，宍戶錠與小林旭都是主要演員。

2

這隻三花貓，沒有像是名字的名字。

不過，許多學生稱呼這隻貓是「教養貓」，或許貓也當成是自己的名字吧。順帶一提，「教養貓」是住在烏賊川市立大學教養社咖啡廳周邊數隻貓的通稱，並不是特定哪隻貓的名字。

七月初某日，烏賊川市大動畫系中輟生戶村流平，久違地踏入母校的校園。自從不當大學生，立場變得像是打工族又像是偵探徒弟之後，今天是他首度造訪這裡。流平輟學之後依然只像是大學生，因此沒受到任何質疑就成功入侵校內，就這麼前往教養社咖啡廳。

咖啡廳是教養社旁邊的獨立建築，相傳這間店對窮學生販賣精心燉煮的咖哩與精心熬煮的咖啡賺取暴利，而且前來光顧的人，會在得到飽足感的同時失去正常味覺。

流平進入咖啡廳坐在吧檯邊緣，點了傳聞中的咖啡。後來他啜飲一口比琥珀色還漆黑的液體，說出一句像是吃蘿蔔燉鰤魚的強烈批評。

「嗯，熬煮程度還差一點……以前明明更濃郁才對。」

不用說，流平也曾經是常客，他失去正常味覺已久。

「話說回來，你不是戶村嗎！」

後方傳來一個呼叫流平的懷念聲音。流平轉身一看，是之前電影系的同學牧田裕二。牧田獨自坐在餐桌座位，單手拿著文庫本，飲用這間店最安全的飲料。

「喔喔……這不是CHEERIO嗎！」

流平跑向桌上的瓶裝CHEERIO。

「這種飲料還在賣啊，唔～好懷念。這種鮮豔的半透明液體、玻璃瓶的復古曲線美，以及模仿當年名古屋球場外野觀眾席看板的CHEERIO商標……啊啊，往昔的回憶浮上心頭了。牧田，你說對吧？」

「你在感慨什麼？」

「……當然是感慨和同窗好友重逢。」

「你和CHEERIO是朋友？」

喔，這朋友講得挺時尚的。流平對牧田裕二刮目相看。

「好了，別這麼說，這是小小的美式玩笑。」

流平不會因為和朋友重逢就感傷，進一步補充，他不懂美式玩笑的意思。

「不提這個，這時候遇見你剛好。我並不是專程來問候CHEERIO。」

「我想也是。所以你到底來做什麼？聽說你在偵探事務所製作炸彈，這是真的？你想革命？這時代不流行這麼做囉。」

「……」

謠言真是一種不負責任的東西。尤其大學生之間的謠言會朝偏激方向進展，所以更難收拾。流平以沉默回應牧田的詢問，說明自己的來意。

「你對這隻貓有沒有印象？」

流平把一張照片伸到牧田面前，照片裡是一隻三花貓含著牙刷的模樣。牧田仔細打量這張照片。

「唔～我對這種會刷牙的貓沒印象。」

他說出雞同鴨講的感想。

「慢著，排除牙刷的部分再想一次，那只是拍照的人一時興起讓貓含的。」

「這樣啊。排除牙刷的部分，有一隻『教養貓』很像照片上的貓。」

「果然如此。」

流平收起照片滿足點頭。

「其實我也這麼覺得。所以這隻貓現在在哪裡？」

「天曉得。『教養貓』意外難遇到，想找的時候不見蹤影，不想找的時候又主動來磨蹭，牠們就是這種貓。總之試著點一份咖哩如何？或許能用味道引出來。」

「哈，哪有這種荒唐事。」流平說完就大喊：「阿姨～一份咖哩～！」

流平立刻點了一份咖哩。享用精心燉煮的超辣咖哩十分鐘後，三花毛色的「教養貓」來到流平腳邊磨蹭。

「簡單到令人嚇一跳，有點掃興。」

「沒什麼，雖然叫作『教養貓』，終究是沒教養又貪吃的貓，就是這麼回事。」

牧田譏諷沒節操的三花貓，旁邊的流平則是以雙手慎重抱起三花貓。

立刻以照片比對，兩隻貓確實很像，但事實上也似乎不夠像。到底缺了什麼？

流平試著讓眼前的三花貓含住衛生筷。隨即……

「喔喔！果然一模一樣！」

「含著衛生筷的教養貓」給人的印象，和照片裡「含著牙刷的三花貓」重疊。

流平嘴角自然露出詭異的笑容。

「唔呼，這隻可以用！」

「要用來做什麼？」

「做什麼？沒啊～沒做什麼～」

「哼，居然打馬虎眼。以你的個性，肯定在打某種鬼主意。啊，該不會要在貓身上綁炸彈當成『炸彈貓』吧？即使是革命，這也太殘酷了。」

「你真的以為我在做炸彈？呼，怎麼可能，又不是澤田研二。」

「喔～你是說《盜日者》吧？很好，很好，那部很棒。但我不認為你手巧到能夠製造炸彈，何況也沒學過。」

牧田說完起身，拿起自己的單子結帳，在離開時給流平一個重要的忠告。

「哎，你要怎麼用是你的自由，不過用完要放回原位啊！」

到最後，牧田沒問流平的真正目的就離開。流平到底要用貓做什麼？

總之，流平成功奪取「教養貓」。

3

這隻三花貓出沒於烏賊川市車站後方，冷清街道一角綜合大樓的停車場。

這棟建築物名為「黎明大廈」，但野貓沒有名字，也沒有「教養貓」這種通稱，真要說的話，或許該稱為「黎明貓」。然而這隻貓落腳於黎明大廈停車場附近還沒有很久，所以沒人幫這隻貓取名。行經這裡的路人們，只有一個小學生當面稱呼這隻貓是「阿胖」，這應該不是貓的名字，而是形容貓的體型。

實際上，這隻三花貓很胖。

住在黎明大廈四樓的年輕屋主二宮朱美，是在七月第一個晴天發現這隻貓。長期在停車場風吹雨打的愛車髒到有點丟臉，在意這件事的朱美仰望夏季天空，忽然冒出洗車的念頭。

車子太髒，車主的品行會受到質疑，如果是黑色賓士更是如此。行人肯定會斷定車主是邋遢的有錢人，而且擅自胡思亂想。

何況……朱美思考另一個令她在意的現實。黎明大廈的三樓，有一間奇怪的偵探事務所，裡頭有個全身神經大條的偵探。

那個人看到停車場的髒賓士，不可能默不作聲，肯定會抓準這個機會，投以幾句令人惱怒的話語。愛車與玄關果然保持乾淨是再好也不過。

朱美如此心想，並且立刻採取行動。

朱美不喜歡加油站那種「唰～」的機械式洗車。想親手解決的她，換上易於行動的服裝，拿著自家的清洗工具前往停車場。這裡停了幾輛不足為道的大眾車，以及她的賓士。順帶一提，偵探的愛車是雷諾，完全是沒有自知之明的具體呈現，不過那輛藍車現在不見蹤影。即使如此，也不保證偵探正在努力辦正事，總之洗車得趁現在。

就在這個時候，一隻貓經過朱美視線一角。

「哎呀……剛才的貓，難道是……」

轉頭一看，一隻大大的三花貓正在洗臉。朱美輕輕放下工具，拿出湊巧放在牛仔褲口袋的一張照片審視。這是一隻三花貓和招財貓的合照，除去拍照者的差勁品味，這隻貓也稱不上可愛，但是包含不可愛的要素在內，照片裡的貓和眼前的貓很像。

朱美並不是想幫偵探出一份心力，不過既然出現在面前，就沒道理放過。

「過來～過來～」

然而朱美一出聲，三花貓就逃到賓士底下。

「唔～真ㄉ鑽……」朱美輕聲咂嘴看向愛車底下。「小貓咪～出來吧～我不會對你怎麼樣喔～」

貓隨即從賓士另一邊離開，消失在朱美的視線範圍。受不了，這隻貓不只長得不可愛，個性更不可愛。

「感覺這隻貓和我完全相反，真是的，有夠討厭！」

依照朱美的個性，接下來她就不會留情了。既然放低姿態不管用，就以高姿態逼其服從。朱美拿著洗車用的水桶追著貓跑，她打算使用原始又暴力的作戰，也就是二話不說拿水桶從上方套下去捕捉。這種作戰稱不上聰明也不算優雅，火上心頭的朱美卻只想得到這個方法。

貓在停車場外面，如同在等朱美追過來。接著貓再度逃走，在黎明大廈周圍繞半圈之後忽然消失。

「消失了……不對。」

聽得到貓叫聲。明明是討人厭的貓，聲音卻很可愛，而且是「喵～喵～」「咪～咪～」兩隻貓的叫聲。朱美認為兩隻貓的戒心應該比一隻貓低，認定機會來臨的朱美再度高舉水桶，緩緩走向聲音來源。

叫聲來自黎明大廈和旁邊大廈的縫隙。這是成年人勉強鑽得過的縫隙，對貓來說應該是絕佳的專用道路。

叫聲就在那裡，獵物很近。朱美背靠牆壁屏息等待時機。

一，二……三！

衝到大廈縫隙的朱美，看到眼前的光景不禁懷疑自己看錯。

三花貓發出「喵～喵～」的叫聲。

偵探發出「咪～咪～」的叫聲。

偵探右手拿著逗貓棒晃動，看起來非常自然，非常快樂。

「………」朱美啞口無言。

水桶從朱美脫力的指尖落下，撞到地面發出聲音。

數分鐘後，鵜飼鑽出大廈縫隙，高舉堪稱戰利品的三花貓。剛才屢次從朱美面前逃走的貓，如今完全安分下來，或許是將鵜飼認知為同類。

不過話說回來……

「三十多歲的私家偵探，為什麼能叫得那麼可愛？你拋棄人類身分了？」

「呼呼，用不著拋棄人類身分，模仿聲音這種事也輕而易舉，這是偵探的品格。模仿得很像吧？我尤其擅長模仿貓叫聲，妳可以叫我江戶家妖貓。」

那是誰？江戶家貓八的徒弟？（註2）

「話說回來，妳拿著水桶做什麼？」

「啊？」

要是在這裡說出「拿著水桶追三花貓」的真相，以這個偵探的個性，肯定會投以幾句令人惱怒的話語。

「沒事，我沒有……」

「哎，算了。借我一下。」

鵜飼不等朱美回答就拿起水桶，把三花貓放進去。三花貓剛好收在水桶裡，只抬

註2　擅長模仿動物叫聲的日本藝人。

起頭往上看。

「呼呼呼，江戶家桶貓……開玩笑的。」

自稱江戶家妖貓的偵探，說出擅長的雙關語笑話，露出完成大業的笑容。看來他只是想說他湊巧想到的笑話。

「我說啊……」朱美沒笑。「講這種無聊的雙關語，會被人叫作江戶家笨貓。」

啊啊，不行！居然用雙關語回擊雙關語……太差勁了！只能當成自己被他不中用的品味傳染，我原本絕對不是這種個性。

「朱美小姐，不要緊嗎？看妳氣色不太好。」

朱美轉移話題，以免偵探看出她內心亂了分寸。

「沒、沒事……話說回來，鵜飼先生，工作順利嗎？」

「嗯，不用擔心，順利過頭到恐怖。」鵜飼右手提著水桶貓走向黎明大廈，得意洋洋如此說著。「昨天抓到的三花貓在事務所裡，流平剛才通知說他也抓到一隻，現在正要回來，再加上這隻貓就是三隻。雖然行動時間不長，成果還不錯吧？」

「這樣啊，希望這次的任務順利完成。」

為什麼非得講得像是祈禱他任務成功？朱美搞不懂自己在想什麼。

「放心，不會有問題。話說回來，朱美小姐……」

鵜飼朝朱美投以關心的視線，表情忽然變得正經。

「什麼事？」

「其實我之前就想說一件事，希望妳別生氣聽我說。」

「怎麼忽然慎重起來？」

「不，沒什麼，不是什麼重要的事情。只不過……」

「只不過……什麼事？」

鵜飼指著停車場的進口車。

「那輛賓士差不多該洗了吧？車子太髒，車主的品行會受到質疑，如果是黑色賓士更是如此。總之，這肯定不關我的事，但我們是經常碰面的交情，所以想給妳這個忠告……哎呀，朱美小姐，怎麼了？妳氣色真的很差喔。」

朱美肩膀止不住顫抖。

「所以……所以……」

所以說，就是因為不想聽到這種神經大條的意見，我才打算洗車，可是這隻貓忽然出現，又很像偵探在找的貓，所以我才去追，可是貓逃走、貓消失，然後貓在叫、偵探也在叫，所以，所以……

「所以……都是貓的錯啦！」

朱美大喊坐進賓士迅速發動，留下愣住的鵜飼後高速駛離停車場。幾十秒後，車子像是衝撞般進入距離最近的加油站。朱美朝著跑過來的員工下令：

「我要洗車，洗車！用那臺像是棕刷大將的機器『唰～』地洗乾淨！唰～！」

4

到頭來，事情起始於大約一週前，梅雨依然連綿的六月下旬。

這天也是從早上就下起溼暖的雨。二宮朱美在便利商店辦完事，撐著相信是自己幸運色的紅色雨傘回家，在即將抵達黎明大廈時，一名老紳士忽然叫住她。

「小姐，冒昧請教一下。」

撐著鐵骨傘的紳士，彬彬有禮低頭致意。

朱美不認識他。對方年紀大概六十五歲，肌膚黝黑，相貌堂堂，變得稀疏的頭髮往後梳，臉型是國字臉，額頭與雙眼周圍的皺紋，深得如同雕刻刀削磨而成，給人強烈的印象。整體風貌給人陽剛的印象，感覺戴上土木工人的黃色安全帽也很合適。但他穿著完全合身又搭配的西裝、筆挺的襯衫、摺線漂亮到不像從雨中走來的西裝褲，這套服裝完全洋溢著紳士應有的品格。

「這附近有一棟黎明大廈，妳知道是哪一棟嗎？」

「嗯……」朱美微微歪過腦袋，看向眼前聳立的低樓層大廈。「別說知不知道，這棟大廈就是黎明大廈。」

「喔喔，就是這棟大廈啊，我沒發現。」紳士跟著朱美的視線，仰望這棟綜合大樓。「沒事，我原本覺得既然叫作黎明大廈，外觀應該稍微氣派一點，沒想到是這種破舊的綜合大樓，難怪找不到，應該取個更符合外觀的名稱才對，哈哈哈。哎呀，這位小姐，感謝妳的協助。那麼，恕我失禮。」

紳士似乎沒察覺自己早就做了很失禮的事，即使是朱美，也不方便在這種狀況表明真實身分。

不過，兩人要去的地方相同，因此自然並肩在黎明大廈的狹窄入口收傘。

「咦，難道妳住在這棟大廈？」

「嗯，算是吧。」

朱美含糊回答。她不太方便表明自己是屋主。

「那麼，妳知道『鵜飼杜夫偵探事務所』嗎？相傳他是市內最高明的名偵探。」

「……」

這種風評到底是從哪裡出現的？來自網路熱烈討論的怪情報？不，不可能。

相信那個人是「最高明的名偵探」的人物，除了偵探本人只有三人。一人是曾經捲入以家庭劇院為舞臺的密室命案，後來得到偵探相救的青年——戶村流平；一人是自家成為槍擊案舞臺，請偵探查明真相並破案的老人——十乘寺十三；最後一人則是近距離目睹偵探活躍的朱美本人，不過她可以排除在可能人選之外，所以……

「也就是說，您認識戶村流平？還是十乘寺十三先生的朋友？」

「喔喔，妳怎麼知道這件事？正是如此，我備受十乘寺十三先生的關照。可是，妳為什麼……？」

「呵呵，這是很平凡的推理。」

實際上確實很平凡。即使在旁人眼中很神奇，對於當事人來說，卻比二二得四二三得六還要簡單。對喔，或許偵探的推理出乎意料就是這麼回事。朱美感覺似乎抓到某種訣竅，這種感覺並不差。

「所以，您是從十乘寺十三先生那裡得知鵜飼偵探的活躍，所以前來請他協助。換句話說，您想對偵探提出委託，對吧？」

「一點都沒錯。小姐，難道妳是『鵜飼事務所』的關係人？」

「那個……總之，就是這麼回事。」

看來朱美稍微展露推理功力，就被誤認是偵探事務所的人了。沒辦法，送佛送到西，再應付這位老翁一下吧。

「我是二宮朱美，在偵探事務所管理財務。」

——其實沒這回事。朱美在心中吐舌頭。

「抱歉自我介紹晚了，我是豪德寺豐藏。」

這名字聽起來真氣派。這是朱美的第一印象。

5

先不提鵜飼杜夫是不是市內最高明的名偵探，他接待客戶時的親切模樣，要說是一等一也絕對不為過。只要對方是客戶，即使是三歲小孩，他肯定也會以敬語接待，就算三歲小孩聽不懂敬語也一樣。

「哎呀，不得了，歡迎您大駕光臨，很高興能迎接您這樣的紳士來訪。您是在這樣的雨天專程前來吧？啊，溼雨傘請放在這裡。來，請入內休息一下，我立刻準備熱咖啡……」

「是～」

「等一下！」

發出「是～」這個聲音的人，在廚房前面被鵜飼厲聲叫住。

「怎麼了？」被叫住的朱美不是滋味。「我好歹知道怎麼泡咖啡，不用擔心。還是說你財政拮据，咖啡豆用完了？」

「不是那樣……妳為什麼在這裡？我剛才邀客人進來，但我不記得邀請妳啊？」

朱美抵著嘴角發出「呵呵呵」的笑聲，一副不以為意的樣子。

「哎呀，討厭，偵探先生，您忘了？我是財務長，也可以說是幕後所長。」

「房東小姐，現在還沒到月底。」

「這是月底確實繳得出房租的人才能講的話。」

「唔唔……我無話可說。」

每逢月底只有偶爾付得出房租的窮偵探立刻語塞。順帶一提，偵探事務所每個月的租金是十萬圓，如果每次都準時繳清就不成問題，但他欠繳租金的紀錄，直到不久之前都維持連續十二個月沒繳的紀錄，因此當時所欠租金總額是一百二十萬圓。依照朱美的調查，這在黎明大廈歷年欠繳紀錄也是遙遙領先的第一名，連高橋慶彥連續三十三場比賽安打的紀錄都相形失色，是不滅的金字塔。在他解決十乘寺宅邸命案，得到一筆優渥報酬之後，這筆連續欠繳紀錄終於打上終止符。但他是沒有固定收入的私家偵探，而且後來同樣繳不出事務所房租，到最後，他欠繳的房租總額再度回到當初的一百二十萬圓，因此……

「好了，別抱怨，快去接待客戶。這是難得的搖錢樹，不可以讓他跑掉，要好好賺一筆，明白吧？」

「喔，嗯，交給我吧！」

偵探對朱美言聽計從。

朱美把咖啡杯放在托盤端出廚房一看，豪德寺豐藏與鵜飼杜夫正在熱烈閒聊，話題是狗派與貓派。自從人類誕生，「喜歡狗還是喜歡貓」這個極致問題就反覆上演，偵探對這個問題的答覆是狗，委託人則是貓。

「而且，我算是愛貓成痴，家人也經常要求我適可而止。我並不討厭狗，但貓總是有種神祕的感覺，也可以說難以捉摸。基於這層意義，貓具備女性特質，這也是吸引人的部分……」

「喔，這樣啊……是的，是的。」

看來還沒討論到委託話題。鵜飼找不到時機詢問委託內容，看起來開始煩躁。

朱美迅速將三杯咖啡擺在桌上，自己也坐在沙發，將第三個杯子拉到面前。鵜飼藉這個機會，向朱美介紹委託人。

「啊，朱美小姐，這一位是豪德寺豐藏先生，妳也知道連鎖店『招財壽司』吧？豪德寺先生就是創辦人兼社長。」

朱美也很熟悉迴轉壽司店「招財壽司」。迴轉壽司在近年成為風潮，說到烏賊川市周邊的迴轉壽司，唯一會想到的正是「招財壽司」，是當地的知名企業。

此外還有一件事很知名。「招財壽司」店門口會擺一隻巨大招財貓，這件事特別有名，當地小學生擅自把這隻巨大招財貓稱為喵德斯上校，但這隻貓和肯塔基出身的S德斯上校肯定沒有親戚關係。順帶一提，S德斯連鎖店的人像以創辦人為原型，不過面前的豪德寺豐藏不像貓，那隻巨大招財貓似乎不是參考創辦人而設計。真要說的話也是理所當然，但朱美對此有點失望。

「所以才會聊貓聊得這麼開心啊，那麼『招財壽司』的社長先生，究竟要委託什麼任務？」

「嗯，妳別急，我正準備請教。」鵜飼得到朱美的漂亮助攻，總算找到機會進入正題。「那麼，豪德寺先生，貓的話題暫時打住，差不多想請教您的委託內容了。」

「嗯，對，關於這個……」

豪德寺豐藏將手邊的包包拉過來，取出信封遞到兩人面前。

是恐嚇信？朱美好奇窺視，鵜飼迅速取出信封裡的東西。不是信，是三張照片。

「……」

鵜飼一看到照片，就維持低頭姿勢僵住。

「那個……豪德寺先生？」

照片拍攝的終究還是貓。是三花貓。

「挺可愛吧？」

委託人若無其事啜飲一口咖啡。

「慢著，現在不是可愛不可愛的問題……」

偵探臉上明顯露出困惑神色。別人毫無前兆就拿出寵物照片展示，確實難免令人困惑，一般來說不能這麼做。

「這是我家的貓，如您所見是三花貓，叫作三花子。」

因為是三花貓，所以叫作三花子。這名字直截了當。

「那個……」鵜飼努力假裝冷靜。「我知道您喜歡貓，何況『招財壽司』的社長喜歡貓是理所當然，如果討厭貓，就不可能在店門口擺那種成人高招財貓當招牌。」

「我確實非常喜歡貓。」

「所以說，我明白這一點了，接下來想請教您的委託內容。」

「所以說，這就是委託。」

「這個？這隻貓是委託？」鵜飼交互看著照片上的貓與委託人，總算理解狀況。

「請問，難道是，要我……找這隻貓？」

「是的。」豪德寺豐藏以至今最正經的表情點頭。「請幫我找到她。我擔心她擔心得不得了。」

6

委託人似乎想請偵探尋找失蹤的愛貓。在盛行養寵物的這個時代，接到這種委託也不奇怪。考量到鵜飼事務所現在的經營狀況，無論哪種委託肯定都是福音。

不過朱美知道，鵜飼這個偵探非常挑工作。如果是不喜歡的委託，無論對方再有錢再有地位，也可能哼笑斷然拒絕，所以才這麼窮。在他眼中，尋找三花貓的委託，實在不像是能吸引他的工作。

朱美心想鵜飼可能隨時拍桌子趕走委託人，忐忑不安地看著狀況進展。

「呃～這樣啊……找這隻貓啊……呃～我想想～……」

鵜飼明顯在尋找推辭的說法與時機，朱美從旁邊送出「不准拒絕」的氣息。

「願意接下委託嗎？」

「這個嘛～……慢著，可是～……」

鵜飼依然含糊回應，然而在下一瞬間……

「唔啊！」

他如同被某種隱形力量推動，身體猛然顫抖，語氣也忽然改變。

「請、請您稍待片刻，我和財務長商量一下！」
「和財務長商量？為什麼？」
鵜飼留下露出意外表情的委託人，牽著朱美拉進隔壁房間。鵜飼伸手向後關門，接著猛然逼問朱美。
「對，那個人說得一點都沒錯，我為什麼非得和妳商量？這是我的事務所，我應該是地位最高的人吧？」
「咦？我什麼都沒做啊？」
「妳一直傳送某種像是『妖氣』的東西逼我接這個委託吧！」
「居然說我的氣是『妖氣』！」
即使如此，朱美的意思姑且算是傳達了，真了不起。俗話說氣能傳心，不可以小看氣的力量。不過，和這個怪偵探心有靈犀，不曉得應該高興還是難過。不提這個……
「所以，鵜飼先生，你當然會接這個委託吧？」
「接委託？找三花貓的委託？我會接？哈哈哈！」
「會接吧？」
「如果是價值百萬的暹邏貓或波斯貓，我可以考慮。」
「會接吧？」
「居然要我為了區區一隻雜種貓到處找，太荒唐了。」
「會接吧！」

「我、我沒有選擇的自由嗎？妳是我的誰？」
「債權人。」朱美不想說出口，但這是事實。
「唔～確實沒錯。」
毫不客氣的這句回應，使得偵探沉默。
「總之……」朱美出言鼓勵鵜飼。「不可以立刻拒絕，先聽他開出什麼條件吧。那個老伯伯肯定是貓迷，因為太喜歡貓，才會在自己店門口擺巨大招財貓，就像是除了工作往來的對象，只有貓是他唯一的朋友，他就是這種人。如今這隻貓失蹤，他不惜花錢委託找貓，這樣的話，即使是區區一隻貓，或許他也會準備不錯的報酬。」
「是這樣嗎？」
「就是這樣，振作一點。」
「好，交給我吧！」
偵探這次也是言聽計從。

鵜飼與朱美回來之後，豪德寺豐藏在沙發上挺直身體再度確認。
「讓您久等了。」
「如何，願意接受委託嗎？」
「這個嘛……」鵜飼悄悄瞥向朱美觀察反應。「總之，方便先知道您開出的條件嗎？這樣才能決定是否要接。」

「您說的條件是指……啊，原來如此。」豪德寺豐藏輕拍自己頭髮稀疏的額頭。「這是我的疏忽，我真沒禮貌。您說的條件是指報酬吧？為了我可愛的三花子，我當然會準備相應的謝禮。」

「相應是指？」

「唔～其實我不太懂這方面的行情，想說乾脆由您這邊決定。您大概要多少價碼才願意接這項委託？」

「由我開價是吧，唔～我也沒接過尋找三花貓的委託。啊，這樣好了。」

鵜飼像是想到好點子，表情瞬間一亮。朱美驚覺一件事，這個毫無幹勁的偵探，該不會想獅子大開口，害這份難得的工作泡湯吧？

後來，鵜飼正如朱美想像……不對，是超乎朱美想像，開出驚人的價碼。

「一百萬的話，我就會接這項委託。」

啊啊！真是獅子大開口！朱美閉上眼睛垂頭喪氣。然而……

「好的，就以一百萬麻煩您了。」

朱美睜開眼睛懷疑自己聽錯。

一百萬圓。這名紳士大概不把這種金額放在眼裡，不過當成找一隻三花貓的報酬就是天價，這筆錢可以買好幾隻附血統證明書的貓。即使養出感情，一隻雜種貓應該也不值這個價錢，朱美不禁懷疑對方是在開玩笑。

「我、我、我說的是日幣，是一百萬圓。」

偵探懷疑的是貨幣單位。他的著眼點很好，但頭腦似乎很差。

「當然是日幣的一百萬圓。」

「一百萬圓！真、真的是一百萬圓吧！既然成功的報酬是一百萬圓，就代表相關經費是另外計算。我這麼說不太好，不過找貓得花不少經費，像是印傳單或海報的印刷費、請人張貼的人事費、刊登報紙啟事的廣告費、到處打聽所需的交通費、這段期間吃喝的餐費，以及水電瓦斯電話費等等……」

鵜飼甚至列出明顯不是相關經費的項目，就像是巧立名目的所得稅申報。

即使如此……

「這些當然也由這邊負擔。」

豪德寺豐藏輕易允諾包辦這一切，如同審查鬆散的國稅局。

「哎，只要三花子回到我身邊，這只是小錢。畢竟她是生物，用錢買不到。」

「原來如此。那就再協調一下！」鵜飼發揮他天生的厚臉皮個性。「乾脆湊個好數字，一百二十萬如何？一百二十萬圓的話，我就接這項委託。」

「？」豪德寺豐藏當然不明就裡。「但我不覺得一百二十萬是個好數字啊？」

「這是一年份，剛好一年份，全額繳清。」

「這是在說什麼？」不過，委託人不會執著於這種小數字。「總之，就這樣吧，不用為一二十萬這種小錢計較。如果一百二十萬能讓您欣然接受，我這邊沒問題。」

「喔喔，真大方。那麼，我們立刻正式簽約……喂，朱美小姐，紙、紙、紙！」

要說合約書啦，又不是上廁所沒衛生紙！

總之，尋找三花貓的委託，就這樣主動找上偵探。既然接下委託，鵜飼也不能偷懶。

不提工作內容，報酬實在吸引人，因此他採取相應的行動。包括在市區廣貼傳單與海報、在報紙刊登附照片的尋貓啟事、找市民打聽消息，如果是特別需要注意的情報，就親自前往該區域尋找。

鵜飼的徒弟戶村流平也一起幫忙找。

「呼呼，我知道有隻貓和照片上這隻很像，請交給我吧，易如反掌。」

他一看到照片上的三花貓，就展現勝算十足的態度。

就朱美看來，鵜飼與流平姑且努力得煞有其事，她因而冒出「稍微幫忙也無妨」的想法，這是人之常情。朱美之所以單手提著水桶，追捕出現在黎明大廈的三花貓，就是基於這樣的來龍去脈。

7

「所以……」

鵜飼站在事務所中央，朝著坐在沙發的流平與朱美裝模作樣行禮致意，滔滔不絕說著肉麻話語。

「首先，請容我為兩位的協助致上最誠摯的謝意。接到委託至今短短一週，就立下如此輝煌的成果，要說鵜飼杜夫偵探事務所將實力發揮得淋漓盡致也不為過。」

「輝煌的成果是嗎……」

具體來說，成果是三隻三花貓。鵜飼與流平各抓到一隻，第三隻是朱美發現再由鵜飼抓到的。鵜飼抓到的兩隻貓在紙箱裡玩得很瘋，甚至令人擔心會不會攪成一團奶油，至於流平帶來的另一隻，則是在他的背包裡蠢動。

「問題在於三花子是否在這三隻之中吧？」

「那麼，開始確認吧。」鵜飼終於開始審查三花貓。「首先，參賽者一號，是我前幾天捕獲的魚丸……更正，是美雪。牠在港口碼頭附近當野貓，我就帶來了。」

偵探把體型頗大的三花貓放在桌上，朱美與流平立刻發出「喔喔！」的驚奇聲。兩人都以手上照片和眼前的美雪比對。

「很像。有點胖的肚子簡直一模一樣。」

「確實很像。尤其是不可愛的眼角。」

美雪縮成一團，不把兩人的批判當成一回事，看來牠獨處時就很安分，原本不是愛動的貓。

這隻是三花子嗎？是的話，一百二十萬圓就進帳了。

朱美重新看向照片裡的三花子。右耳黑色、左耳褐色、脖子有一塊像是圍兜的白色區域。

不過眼前的美雪……

「這隻看起來還是和三花子不一樣，雖然很像卻是別的貓。」

「哎呀，是嗎？那就換下一個吧，參賽者二號。」偵探斷然帶過朱美的指摘，把另一隻貓放在桌上。「這是剛才在黎明大廈附近抓到的貓，還沒有名字。所以暫時叫作夏目吧。」

鵜飼以影射文豪的名字稱呼這隻「黎明貓」。

用這名字稱呼貓還不錯，為貓取這種影射文豪的名字也很有味道，畢竟喜歡貓的文豪不分國內外比比皆是，例如夏目漱石、內田百閒、海明威與錢德勒等等。

不過，這個隨興所至的命名，在朱美內心激起意外的漣漪。是的，說到文豪，她從之前就想問鵜飼一件事。

「那個，換個話題，鵜飼先生的名字是在影射文豪嗎？」

「我？」鵜飼感到詫異。

「鵜飼先生只是鵜飼家的杜夫吧？不是嗎？」

鵜飼點頭回應流平這番話。

「沒錯，我是鵜飼家的杜夫，不是文豪的後代。」

沒人說他是文豪的後代。

「我是說森鷗外。鵜飼杜夫這名字是源自森鷗外吧？」

「森鷗外……？」

「啊，原來如此！鵜飼先生，我懂了！」

流平率先察覺並且輕敲手心。

「你聽，森鷗外森鷗外森鷗外森鷗外森鷗外森鷗外鵜飼杜夫。」（註3）

「唔唔，原來如此，鵜飼杜夫鵜飼杜夫鵜飼杜夫鵜飼杜夫鵜飼杜夫森鷗外，念久了自然就變成森鷗外。原來我是文豪。」

沒人說他是文豪。

「話說回來，鵜飼先生。」朱美朝偵探投以略微輕蔑的視線。「你活了三十多年卻沒察覺這件事？這樣還叫作名偵探？」

「呼，自己的事出乎意料很難察覺。何況朱美小姐也沒資格說別人，二宮朱美二宮朱美二宮朱美二宮朱美二宮朱美二宮朱美……混帳，根本沒變！」

這是當然的，難道他以為二宮朱美會變成樋口一葉？

「那我說不定也……」流平也繼師父這麼說。「戶村流平戶村流平戶村流平戶村流平戶村流平戶村流平……啊～真無聊。」

註3　森鷗外的平假名為もりおうがい（Moriou Gai），鵜飼杜夫的平假名為うかいもりお（Ukai Morio）。

流平，你在期待什麼？

8

眾人如此閒聊時，桌上的貓咪們開始打呵欠，所以至此言歸正傳，話題回到剛才的二號參賽者。

「我不取夏目這個名字了，這傢伙不配，還是叫『黎明貓』吧。」

得知自己名字和文豪有關的鵜飼，忽然不喜歡為三花貓取文豪的名字。不提這個，「黎明貓」的不可愛程度，和美雪不分上下。腰圍或許略勝一籌，不過這一點反而成為不滿之處。

「慢著，再怎麼說也太胖了，照片裡的貓沒有胖成這樣。」

流平頻頻審視手邊照片與眼前的貓。

「稍微讓牠減肥如何？似乎會更像。」

「就算減肥，不是三花子的貓也不會成為三花子。這是理所當然吧？何況仔細看就會發現臉不一樣，真遺憾。」

想想這個任務相當困難。烏賊川市看起來很小卻很大，到頭來，要在這樣的城市找出一隻貓，根本是不可能的任務，機率就像是中樂透。這麼一來，找到貓的報酬就像是樂透彩金，委託人應該也是這麼認為，才會同意提供一百二十萬圓這種天價。

朱美嘆了口氣。鶇飼與流平只在這一次開心攜手合作，也因此覺得他們很可憐。不過當然沒人保證他們絕對不會中樂透。

「那麼，重頭戲終於登場了，參賽者三號。」流平興沖沖地把自己拿來的背包放在大腿打開，從裡頭取出微胖三花貓。「嘿嘿嘿，挺醜的吧？牠叫作『教養貓』。」

「『教養貓』？這名字好蠢。」

「這隻貓出沒於大學教養社的咖啡廳，長年受到教養課程學生們百般疼愛，所以叫作『教養貓』。」

「所以蠢的不是名字，是取這個名字的學生們很蠢。」

「總之，就是這樣。」

不否定？

「怎麼樣，很像照片裡的貓吧？」

鶇飼拿起手邊照片比對。

「嗯嗯，原來如此，確實很像。剛才兩隻也像三花子，不過這隻顯然更像。體型也好、表情也好、三花毛色也好，怎麼看都像是三花子。好，為求謹慎，讓牠含牙刷看看。」

「等一下～！」

朱美出聲制止想要前往洗臉臺的鶇飼。

「用不著讓牠含牙刷，這隻不是三花子。因為肯定是這樣吧？長年出沒於大學咖啡廳的貓，怎麼可能是豪德寺家養的貓？」
「沒錯。」
偵探乾脆地承認了。一股不祥預感從朱美背脊往上竄。
「你說『沒錯』是什麼意思？明知不是這隻貓，為什麼……啊，難道！」到了這個地步，朱美終於察覺偵探他們的企圖。「我知道了，你們原本就不想找真正的三花子！從一開始就企圖找一隻很像的貓打馬虎眼，對吧！」
「對。」偵探再度回答得很乾脆，朱美大失所望。「『打馬虎眼』這種說法讓我有點不高興，總之大致如妳想像。確實，我與流平都沒在找真正的三花子。」
「這樣不就是詐騙？」
「或許是詐騙。」
「不過這也沒辦法。」旁邊的流平插嘴回應。「到頭來，就算認真找也找不到。烏賊川市看起來很小卻很大，而且是港市，野貓特別多。要在裡面精準找出一隻其貌不揚的三花貓，不知道要花十年還是二十年，簡直像是在尋仇。」
「我並沒有要你們找一二十年。」
「那個，剛才那段話是引用《丹下左膳軼事・百萬兩之壺》的臺詞……哈哈，應該很難懂吧，不過那是戰前的電影鉅作。」
「你在講什麼啦，真是的……」
話題忽然變成電影，朱美同時冒出無奈至極與失望的情緒。原本以為他們稍微正經處理「尋找三花貓」這份單調工作，卻是這副德行，他們認真起來終究只有如此，提供助力的自己好像笨蛋。

「原來如此，《丹下左膳軼事‧百萬兩之壺》是吧，確實有這部電影，我記得之前看過。印象中是一部傑作，不過是什麼劇情？好像是爭奪『猿猴之壺』這個值錢壺的詼諧時代劇？」

「沒錯沒錯。那是某個武官世家代代相傳的壺，雖然是乍看不起眼的壺，其實暗藏百萬兩寶藏的線索。某個一無所知的武士，把這個壺賣給回收商。」

「對對對，後來武士知道壺的祕密，被老婆臭罵一頓，在外出尋找猿猴之壺時遇見丹下左膳，後來丹下左膳也陪武士一起找壺……不過兩人實際上沒什麼認真在找，就像我們現在這樣。」

「對，所以才講出『江戶很大，不知道要花十年還是二十年，簡直像是在尋仇』這段悠哉的臺詞。後來就是那段知名的『望遠鏡場面』……」

「對對對。」鵜飼滿足點頭回應。「對喔，這樣看就覺得《百萬兩之壺》這部電影，莫名和這次尋找三花貓的任務有點像。說穿了，叫作三花子的貓就是猿猴之壺，豪德寺豐藏先生是找壺的武士，我則是協助他的丹下左膳。原來如此，我是劍豪。」

「真是的，一下子是文豪，一下子又是劍豪……」

朱美對鵜飼的悠哉態度感到無奈。到頭來，獨眼獨臂的虛構劍豪，不可能和面前的偵探形象重疊。何況為什麼非得把戰前電影和本次尋找三花貓的任務相提並論？簡直莫名其妙。朱美出言想制止兩人不曉得會持續多久的電影討論。

「這樣太荒唐了。我不知道什麼《百萬兩之壺》，但是請你們不要過度混淆電影和現實。不然是怎樣？你們想把豪德寺家的貓譬喻為『百萬兩之貓』？」

朱美脫口說出這句話，不過她無法否認內心在這一瞬間浮現「難道？」的想法。

「百萬兩之貓」。

聽起來挺不錯的。

何況豐藏先生確實正以一百二十萬尋找這隻貓。

9

隔天是如同宣告梅雨季節結束的晴天。一輛雷諾在烏賊川沿岸道路朝上游前進，目的地是豪德寺家。

眺望低樓層大廈與整潔住宅行駛一段路程，會發現建築物不知何時變得很少，經過一座橋之後，水田與旱田取代建築物成為顯眼景觀。烏賊川市是漁業城市，不過河川中游的農業也頗為興盛。這一區剛好是港市與農業區域的界線，而且此地最近也有部分地區進行都市化，因此周邊景色如同馬賽克沒有統一感。走一段路是旱田，再走一段路變成住宅大樓，沒多久又是郊區型的超級市場。

駕駛座的鵜飼心情不錯。副駕駛座的流平雙手抱著背包，裡頭當然是搖身一變成為三花子的「教養貓」。雖說是搖身一變，其實只是把髒掉的身體擦乾淨。
「鵜飼先生，事情會順利嗎？我們不會忽然被當成詐騙集團扭送警局吧？」
「說這什麼話，不用擔心。」鵜飼打著方向盤悠閒回應。「拿別的貓以假亂真騙取報酬，這正是詐騙行為。但即使是犯罪，這卻是特別的犯罪，絕對不會被問罪，也就是所謂的『或然率犯罪』。」
「『或然率犯罪』是什麼意思？」
「真是的，你這傢伙什麼都不懂。聽好了，所謂的或然率，就是所有狀況可能發生的機率。以這次為例，就是豐藏先生把『教養貓』誤認為三花子，並且支付報酬的可能性。你覺得有多少？」
「這個嘛，九成機率會露出馬腳吧？」
「那麼成功機率就是一成。不過有一成就夠了，這代表我們有一成的機率可以得到報酬。」
「那麼，發生九成的狀況該怎麼辦？」
「到時就說『我們搞錯了，下次會找到真正的三花子過來』，然後離開就行吧？」
「啊啊，原來如此。」
流平立刻理解了，他在這方面的理解速度很快。
「簡單來說，這是『順利的話就能賺大錢的犯罪』是吧？就像是在有人行走的路上放香蕉皮，期待對方踩到摔死的殺人凶手……」

「噓～！不可以講出來！」鵜飼忽然降低音量，像是提防隔牆有耳。「其實正如你所說，這種『順利的話就能賺大錢的犯罪』，在我們名偵探的世界講得比較帥氣，稱為『或然率犯罪』或『可能性犯罪』，這樣聽起來莫名像是高尚的犯罪。你也是偵探的徒弟，所以今後要小心，再怎麼樣也不能說這是『香蕉皮犯罪』，這樣會把名偵探的存在意義搞砸。」

「知、知道了。」

流平聽不太懂，但還是先如此回應。總之偵探世界似乎很重視門面，開進口車的窮偵探清楚反映這一點。

後來鵜飼大幅打著方向盤，讓雷諾直角轉彎，進入一條無人小徑。沿著勉強能讓一輛車通行的狹小道路前進不久，前方出現純日式的氣派大門，流平瞠目結舌看著逐漸變大的門前光景。

「那……那是什麼？」

「還用問嗎？仔細看。」

門本身沒有特徵，問題在於附加的物體。門的兩側，在正月會擺放迎神門松的位置，有兩個巨大的擺飾。白色擺飾的真面目，是兩隻巨大招財貓。

「喵德斯上校！」

「沒錯。這裡是『招財壽司』社長住處，也就是豪德寺家。」

兩人在門前停車，並且先行下車。

鵜飼走向面對正門右手邊的招財貓，若有所思眺望。

「唔～話說回來，雖然我早有聽聞，但這扇門真讓人不舒服。居然在門口擺招財貓，搞不懂住戶的品味，一般來說應該會覺得難為情才對。」

招財貓幾乎和成人一樣高，身高約一六〇公分。雖說是成人高，畢竟是招財貓，臉與身體的比例極接近一比一，完全不像樣。招財貓的二頭身體型，原本會讓看到的人有種詼諧又安心的感覺，不過擺在門口的這具成人高招財貓終究很奇怪。

「這個和『招財壽司』店門口擺的喵德斯上校一樣，不過給人的衝擊程度，是在店門口看到時的好幾倍，比起招財更像是驅魔。」

「確實，我是小偷就不想走這扇門，基於這層意義，或許具備防盜效果。但我不認為這是屋主的目的。」

「果然是愛貓成痴。」

「應該是如此。不過話說回來，沒想到朱美小姐說的那句話會出現在這裡，她應該不是預先想像這種狀況才說出那句話吧。」

「哪句話？」

「就是那句『百萬兩之貓』。她不是說過嗎？」

「這句話怎麼了？」

「居然問這種問題，不就在我們面前嗎？」

鵜飼說完，握拳指向巨大招財貓的腹部示意，如同要朝貓的側腹施展勾拳。

「啊，原來如此！」

流平不由得睜大雙眼，重新注視招財貓。成人高招財貓體積非比尋常，但樣式非常大眾化。二頭身的貓舉起左手貼在臉頰旁邊，擺出招手的姿勢。然而不只如此，牠左手擺出招手姿勢，右手則是放在肚子前面，穩穩抱著一枚超大的金幣，而且這枚閃閃發亮的金幣，以極粗的黑色字體清楚印上「百萬兩」三個字。

抱著「百萬兩」金幣的招財貓。

「原來如此，這完全是『百萬兩之貓』。」

流平撫摸金幣討個吉利。

「不過說穿了，這是酒館櫃檯常見的典型招財貓吧？左手招手，右手抱金幣，造型很平凡，只是體積大了點。」

隨即，一個陌生的聲音從流平身後回應。

「正如你所說。」

流平驚訝轉身一看，不曉得從何處出現的一名老紳士站在後方。他的國字臉洋溢愉快的笑容注視流平與鵜飼。流平第一次見到這個人，但鵜飼恭敬應對。

「原來是豪德寺先生，您好。」

老紳士正是委託尋找三花貓的豪德寺豐藏。得知這件事的流平，在鵜飼身旁低頭致意。

「我走到庭院聽到你們的聲音，就悄悄過來看看。你們對這隻招財貓感興趣？」

「唔～……興趣的話……」

鵜飼與流平不由得轉頭相視。說實話，他們對招財貓或三花貓都沒興趣，但如果可能有錢賺就另當別論。

兩人猶豫如何回應時，豐藏逕自說起來了。

「如同這個年輕人所說，這隻招財貓並不特別。不對，反倒堪稱是日本最普遍的款式。兩位知道常滑嗎？」

「常滑？不知道。」

流平心裡完全沒有底。

另一方面，鵜飼流利回以聽不懂的話語。

「河床平坦岩石上面，河水淺淺流經的地方？」

「這是國語辭典記載的『常滑』意思。」

「是的，是旺文社的辭典。」

「總之，這應該是正確答案之一，但我說的常滑是地名。是愛知縣的陶瓷城市，兩位不知道？嗯，沒關係，不知道常滑市，也肯定知道常滑市製造的招財貓。其實招財貓最普遍的造型，是由常滑市出產的招財貓確立的，也就是剛才這個年輕人所說，左手舉高、右手抱金幣的造型。在酒館或麵店常見的這種二頭身招財貓，是俗稱常滑型的招財貓。」

「喔，所以這隻招財貓也是相同造型？」

鵜飼指著眼前的「百萬兩之貓」詢問。

「就是這麼回事。」

豐藏撫摸巨大招財貓的額頭點頭回應。俗語以「貓的額頭」形容彈丸之地，不過這隻招財貓很大，所以面積異常寬廣。

「不過，這不是常滑市出產的招財貓，甚至不是陶瓷製品。兩位摸過就知道，這是一種塑膠模型。陶瓷製品容易破掉，考量到要放在『招財壽司』店門口，實在沒辦法採用，何況要是在每間店擺一隻，費用也不可小覷。」

「原來如此，常滑型招財貓的模型是吧？」

「沒錯，這是真正的模型貓。」（註4）

「……」

這個雙關語笑話，他至今說過多少次？

10

停車場位於後門入口處。兩人立刻回到車上，繞豪德寺家約半圈前往後門。光是繞半圈就知道宅邸占地多麼寬廣。

註4　「模型（mannequin）」和招財貓的「招財（maneki）」音近。

境內一邊是宅邸與庭院，另一邊是農地。農田一半用來栽種蔬菜，另一半維持土地原貌沒有利用。農田一角蓋了一間溫室，但兩人當然無從得知裡面栽種什麼作物。

後門和正門相比只有一半大，卻也比普通民宅正門氣派，而且後門果然也擺放兩隻招財貓。這兩隻體積比較小，如果正門擺的是和大人等高的招財貓，這邊就是小孩尺寸的招財貓。即使如此，依然龐大到堪稱反常，不過兩人剛看過正門的奇特光景，所以這邊處於能夠一笑置之的範圍。

鵜飼將雷諾停在穿過後門旁邊的停車場，從正門穿越境內的豐藏再度前來迎接。

「這座宅邸以及旁邊的農田，都是豪德寺先生的土地吧？」

「是的，不過現在我家沒人種田，所以並沒有務農維生。就算這麼說，也不能扔著隨便大家玩，所以最近租給附近居民或住在市區的人當作家庭菜園。即使是這種農田，也有不少人樂於租借。」

「豪德寺家原本是農家？烏賊川市的富豪，好像往年大多和烏賊漁業相關……」

「正如您所說，無須推測，我家四十年前也是海港頗為人知的捕魚家系，當時家父是現役漁夫，我是年輕的繼承人。不曉得是家父高明還是時代正好，總之當時景氣非常好。」

「所謂的烏賊川之夢吧？」

「是的。比方說大群烏賊聚集於烏賊川港外圍海面，看起來像是山丘隆起，或是只要大豐收一次就能蓋房子蓋倉庫……現在真的只是一場夢了。」

「但您後來不再從事漁業了吧？」

「是的，家父約三十年前過世，我以此為契機收手。當時我隱約預感，這種好景氣不可能永遠持續下去。實際上，自從我不當漁夫，烏賊川港的漁獲量就逐漸降低，大概是因為濫捕過度吧。」

「所以您收山的時機正好。」

「對，我運氣很好。我原本就很想擁有一間自己的店，後來就以捕魚賺的錢為資金從事餐飲業，首度經營的生意就是壽司店。」

「三十年前？當時還沒有迴轉壽司吧？」

「當時是普通的壽司店，叫作『豐壽司』。」

「那麼，當時店門口沒擺成人高招財貓？」

「當時就擺了。」

「這樣啊……」鵜飼明顯露出困惑的表情。「看來不是『普通的壽司店』。」

「原來如此，聽你這麼說也沒錯。哈哈哈！」

不過，這件事令人驚訝。如果剛才那番話是真的，那麼喵德斯上校就不是抄襲S德斯上校，而是早就出現在烏賊川市。不曉得三十年前的市民抱著何種心情注視這幅光景，當時投以的好奇視線，應該不是現在能夠比擬。

豐藏回憶著往事繼續說下去。

「招財貓的效果不能小覷。毫無從商經驗的我，有樣學樣開張的壽司店，生意之所以堪稱興隆，我相信都是招財貓帶來的福氣。」

「原來如此，所以您就重用招財貓了。」

「嗯，就是這樣。大約在十二年前，我率先加入迴轉壽司界，開始設立連鎖店，並且以此為契機，把至今的『豐壽司』改名為『招財壽司』，店門口都擺放招財貓。幾年後，迴轉壽司就順利成為風潮對吧？都是託招財貓的福。」

像這樣聆聽「招財壽司」誕生花絮時，眾人抵達宅邸玄關。

宅邸是雄偉的日式兩層樓建築。屋齡絕對不算新，歷經長年風雪依然屹立不搖的氣派宅邸，令人感受到歷史的重量。

眾人進入玄關。

「歡迎兩位不辭舟車勞頓蒞臨。」

一名高雅的婦人從深處快步現身，來到門口正坐，向鵜飼他們文雅行禮迎接。這名女性看起來三十多歲，流平剛開始以為是豐藏的女兒，豐藏略微靦腆，若無其事介紹這名女性。

「啊，這是我內人。這位是之前提到的偵探先生。」

「我是昌代，請您多多指教。」

她說完再度恭敬低頭。

這位夫人真年輕，流平有點驚訝。但流平是偵探的徒弟，知道自己沒立場追問委託人夫妻的私事，因此他只暗自覺得「這個悶聲╳╳老頭，令人羨慕的傢伙！」，不動聲色行禮回應。

鵜飼表示「這棟宅邸好氣派」，昌代夫人隨即露出難為情的笑容。

「不，沒這回事，附近的孩子們把這裡稱為貓屋。您看過門口吧？讓您見笑了。來，兩位請進。」

「昌代，吩咐桂木先生準備茶水。」

「好的，我立刻去。」

昌代說完再度優雅行禮致意之後離去。

鵜飼與流平由豐藏帶路，沿著長長的走廊前往深處房間。

「裡面意外普通，不是貓屋。」

鵜飼基於某種意義，以不滿的語氣這麼說，他似乎期待屋裡滿滿都是貓。

「當然是普通住家。」

豐藏挺起胸膛。

「那麼，您沒有收集全日本的招財貓吧？」

「有，別館是我的收藏室。」

「……那就不能叫作『普通住家』了。」

偵探說得沒錯，豪德寺豐藏果然某方面不是普通人物，有種無法單純形容為愛貓成痴或招財貓收藏家的特質。流平實際感受到這一點。

「話說回來，最重要的貓在哪裡？就是您飼養的貓。」

鵜飼的詢問，使得豐藏回想起一時忘記的要事。

「喔喔，我只養一隻貓，就是三花子。兩位今天當然是為三花子而來吧！找到三花子了嗎！」

「當然，請放心。」

鵜飼出言讓委託人放心，旁邊的流平開始緊張。看來終於要實行「香蕉皮犯罪」了，這名老紳士真的會中計嗎？

11

豐藏帶領兩人來到一樓的寬敞和室。室內擺著浮現亮麗木紋的和式桌與坐墊，角落是歷史悠久的桐木擺飾，壁龕掛著令人不由得想鑑定價值的掛軸。

兩人一坐在坐墊上，身穿工作服像是園丁的中年男性，在同一時間端著托盤送茶水過來，他應該就是昌代夫人與豐藏剛才聊到的桂木。流平覺得男性幫傭很罕見。

桂木離開之後，豐藏沿著和室外圍，謹慎關上四個方向的拉窗與拉門，關好之後總算放心坐在坐墊上，和鵜飼等人相對。

「在推理小說的世界，似乎公認日式房屋不適合成為密室。一點都沒錯，別說密室，簡直是到處都有縫隙，我最愛的三花子也因而跑掉，得避免這種事重演才行。」

原來如此，之所以謹慎關上拉窗與拉門，是提防好不容易回來的三花貓又逃走。

不過很遺憾，回來的三花貓不是三花子，是「教養貓」。

然而如今已沒有退路。流平佯裝鎮靜，從背包抓出一隻三花貓放在和式桌。

「這就是三花子。」

鵜飼說出純度百分百的謊言。

「教養貓」就只是受驚般反覆眨眼。平常在教養社咖啡廳覓食的野貓，忽然來到純日式豪宅的房間，難免會感到困惑。畢竟這裡沒有熬煮咖啡的香味，也沒有超辣咖哩的味道。

果然太魯莽嗎？流平看著害怕縮在桌上的三花貓，內心終究變得怯懦。然而……

「喔喔，真的是三花子！」

豐藏完全把「教養貓」誤認為三花子。

「咦！豪德寺先生，真的是三花子嗎？沒錯？」

唔～好假！流平無言以對。這隻貓並非真正的三花子，鵜飼肯定最清楚這一點。

「這樣啊，那太好了。無論是體型、花色與表情，我就覺得八九不離十。哎呀～這樣啊，確定無誤啊，既然這樣，就不枉費我們費盡心力到處找了，啊哈哈哈！」

「費盡心力到處找的我們」到底是誰？流平朝鵜飼投以疑惑的視線，至少流平不記得自己曾經費盡心力。

但豐藏似乎完全相信這隻貓是三花子，緊抱在懷裡反覆摸頭。看來豐藏確實踩到這邊準備的香蕉皮滑倒，這麼一來，之後只要拿到該拿的東西逃走就好。

接著，豐藏像是忽然想到什麼事，就這麼抱著三花貓起身。

「兩位，請在這裡稍待片刻。」

他留下這句話就離開房間。

流平看向豐藏離去的拉門，輕聲詢問鵜飼。

「該不會被發現了吧？」

「呼呼，沒那回事。你也看到豐藏先生那副開心的模樣吧？他明顯相信那隻三花貓是三花子，實際上真的很像，所以也理所當然。他大概是去拿支票，等他回來時，手上會拿著一百二十萬圓的支票……」

「兩位久等了。」

鵜飼話還沒說完，豐藏就打開拉門回房。他只離開這個房間三十秒。

「好、好快……唔！」

鵜飼視線投向豐藏所拿的三花貓，流平也跟著看過去，並且領悟到狀況在這三十秒大幅改變。豐藏離開時以雙手珍惜抱在懷裡的三花貓，回來時只以右手拎著。

看來被發現了。不過，他為什麼會忽然發現？

「怎、怎麼了，豪德寺先生，哪裡不對嗎？」

鵜飼假裝不明就裡如此詢問。

「很遺憾，這不是三花子。」

「慢著，可是，和照片上的貓比起來也很像……」

鵜飼不死心繼續追問，似乎相信這隻貓就是三花子，但豐藏的確信毫無動搖。

「確實很像，像到我第一眼看到的瞬間就誤以為是三花子。不過這是另一隻貓。說來真的很遺憾，但就是這麼回事。」

事到如今也無從挽回。無論再怎麼說也如同豐藏的判斷，眼前的貓是另一隻貓，只能稱讚飼主擁有一雙慧眼。

「呃，這樣啊，那就沒辦法了。那麼……流平。」

「是，鵜飼先生。」

鵜飼與流平在這個緊張局面，以之前在車上討論好的方式回應。

「我們搞錯了，下次會找到真正的三花子過來。」

第二章　招財貓凶殺案件

1

豪德寺豐藏遇害。

這是盛夏的七月十五日，週日早晨發生的事情。案發地點是豪德寺家，發現人是豐藏的妻子昌代，報警的是大兒子真一。

以「招財壽司」聞名的豪德寺一家之主忽然身亡，這個消息立刻傳遍全市，有空的刑警們都接受緊急召集。

烏賊川市警察署自稱王牌與自稱明日之星的兩人，當然也立刻趕到現場。是砂川警部與志木刑警。兩人開著警笛響亮的警車，抓準機會以高於速限四十公里的時速，率先抵達案發現場。

「警部，我們到了。嗯，我們又是第一名。」

把車子開進豪德寺家後門停在院子的志木，自豪挺起胸膛。

「唔～我說過很多次，你的駕駛技術有點美妙過頭，會令人想起『生命可貴』這個差點忘記的道理。」

砂川警部如此挖苦，以發抖的雙腳下車。

現在時間剛過上午九點四十分。不過盛夏陽光已經燦爛灑落，氣溫有增無減。志木如同憎恨太陽般仰望夏日天空，看來今天又是酷熱的一天。

身穿制服的巡查跑過來向兩人敬禮。

「屬下立刻帶兩位到案發現場。」

「嗯，就這麼辦。」

警部走向宅邸時，被身穿制服的巡查叫住。

「那個……警部，不是那邊。」身穿制服的巡查，指著和宅邸完全相反的方向。「案發地點是豪德寺家的農田，不是宅邸。」

「農田？」

警部臉色忽然一沉，志木沒看漏這一幕。

「雖說是農田，實際發現屍體的地點，是農田一角的溫室裡。」

「唔……溫室？」

「是的，溫室。」巡查似乎也察覺警部狀況不對勁。「請問有什麼問題嗎？」

「不，沒事……你說溫室？」

「呃，不行嗎？」

「不，沒事。」

到底是怎樣？

總之，兩名刑警在巡查帶領之下，前往案發現場。

這裡是豪德寺家的農田。此處誇稱占地廣大，卻只有一半的田地栽種作物。這個季節剛好是夏季蔬菜豐收的時期，番茄、茄子與小黃瓜等作物色彩繽紛。另一方面，一半農田處於未使用狀態，地面雜草叢生。那間老舊的溫室，如同獨自遺留在這片殺風景的空間角落，整塊地就只有這間溫室。

身穿制服的巡查，在溫室門口惶恐說明。

「屍體是在溫室裡發現的，案發後進入溫室的人，只有首先發現屍體的昌代夫人與兩名兒子，以及屬下我。」

換句話說，案發現場保存得十分良好。

志木很想立刻審視案發現場，不過溫室入口的門緊閉著，而且覆蓋整間溫室的塑膠布非常不透光，溫室本身如同覆蓋毛玻璃，從外面怎麼看都看不清楚室內的狀況。

志木伸手想開門，但砂川警部制止他。

「別亂摸比較好。鑑識組還沒調查過，貿然亂摸可能會蓋掉重要的指紋。」

「可是警部，您不想看裡面的狀況嗎？」

警部深有同感點頭回應，將目光投向巡查。

「後面肯定還有一個出入口，那邊沒開？」

「這個嘛，後門開著，看得到裡面的樣子，可是……」

「好，志木，我們走。」

砂川警部不等巡查補充說明，就跑向溫室另一邊，志木也跟在警部身後。

話說回來，警部為什麼知道溫室後面有一個出入口？他今天不是第一次來？

思考這件事的志木，跟著警部在溫室邊緣直角轉彎繞到後方。

緊接著，志木看到眼前有個神奇的障礙物而原地踏步。

「這……！這……！」

志木在溫室出口前方看見的，是和命案現場完全不搭，何其奇妙又巨大的物體。

「警、警部，這是什麼！」

志木求助般詢問。

「喔，這是……」

警部終究也大感意外，藏不住驚訝的表情。他注視這個物體的白色光滑表面，冷靜說出獨一無二的正確答案。

「這是招財貓。成人高招財貓——一般稱作喵德斯上校的那個玩意。志木不可能沒看過吧？」

志木當然看過，不過地點是在「招財壽司」店門口。他沒看過佇立在溫室出入口的招財貓，何況命案現場居然有招財貓……

這種光景太奇特了吧！

2

數輛警車很快抵達豪德寺家周邊，許多制服警官與便衣刑警抵達現場。沒多久，鑑識組開始在現場拍照與採集指紋。閃光燈以及鑑識組人員勤快來回的身影，使得現場逐漸充滿獨特的緊張感。

上午十點。

案發現場外面，毒辣灑落的上午陽光，毫不留情襲擊調查員們。七月初宣告梅雨季節結束至今兩週，關東地區以烏賊川市為中心，連日都是酷暑天氣，進入七月之後從來沒下雨。報章媒體逐漸開始討論，這樣下去今年夏天的酷暑將會創下紀錄。

砂川警部與志木刑警位於溫室出入口附近，以免妨礙鑑識組。他們假裝面色凝重守護調查員們的工作，其實是躲在巨大招財貓形成的些許陰影納涼。現在已經熱到讓他們不得不這麼做了。

農地周圍是一圈鐵絲圍欄，距離出口的成人高招財貓約兩公尺。圍欄內側是豪德寺家的土地，外側是單線道柏油路，路上早早就有看熱鬧的民眾圍成人牆。

志木心不在焉覺得，這次群眾聚集看熱鬧的速度，比一般的命案來得快。不過仔細想想也理所當然，案發現場有這麼顯眼的擺飾，當然容易引起行人興趣。連看熱鬧群眾都招引過來，不愧是招財貓。志木在這種奇怪的地方，重新確認招財貓的威力。

「話說回來，命案現場擺著招財貓真奇怪。」

志木再度說出反覆無數次的這句話，仰望舉著左手的成人高招財貓。

招財貓站在溫室出口前面，巨大的身軀剛好塞住出口。不對，正確來說招財貓不會站起來，應該是坐著。

招財貓背對道路，面向溫室出口。由於出口開著，看起來剛好成為招財貓從出口窺視溫室的模樣，甚至像是舉起左手，朝著溫室裡的某人做出「過來過來」的動作。

不過招財貓注視的前方，只有已經斷氣的豪德寺豐藏屍體，這隻招財貓究竟是基於何種意圖出現在這裡？

此時，一名鑑識組人員單手拿著相機走向兩人。

「這隻大招財貓要拍嗎？」

「這個？嗯，當然要。拍好看一點啊。」砂川警部說完站在招財貓右邊。「喂，志木，你站左邊……來，擺手勢！」

志木聽話站在招財貓左邊，和警部比出勝利手勢，成為案發現場照片的影中人。志木熱到搞不懂自己在做什麼。

另一方面，拍完照的砂川警部拿出自用扇子搧風，忿恨不平低語。

「話說回來，這個可惡的凶手，偏偏在這麼熱的時候，挑選溫室當成殺人現場。凶手肯定對現場勘驗的調查員懷恨在心，想讓我們熱到投降，絕對沒錯。這麼說來，十年前也是夏天……」

「十年前是指哪件事？」志木從砂川警部脫口而出的話語找到問題詢問。「這麼說來，警部，您似乎從以前就認識這間溫室？」

「……你啊，居然隨口就能講這麼奇怪的日文。」

「不過，這種說法莫名能溝通。所以警部，是嗎？」

「嗯，我確實和這間溫室關係匪淺。對，這是距今剛好十年前的事，一個叫作矢島洋一郎的醫生，在這間溫室遇害。」

「什麼？所以這間溫室是第二次成為命案現場？」
「就是這麼回事。」
「總不可能只是巧合吧？」
「現在還不能下定論，辦案嚴禁抱持先入為主的觀念。」
「順便請教一下，十年前的這件命案偵破了嗎？」
「唔～當時是什麼狀況……哎，晚點再說明吧。」
砂川警部裝模作樣以扇子前端搔腦袋，使得志木明白尚未破案。
「好啦，看來拍照和採集指紋還要一段時間，我們趁現在打聽情報吧……喂，小夥子。」砂川警部朝身旁的巡查下令。「找第一目擊者豪德寺昌代夫人過來，轉達我想請她說明發現屍體時的狀況。」
不久，一名婦女在兩名青年攙扶之下來到現場。這名婦女是豪德寺昌代的事實，令志木稍微受到打擊。遇害者豪德寺豐藏是公司社長，已經年過六十歲，既然昌代是他的妻子，志木原本以為會出現一名頗具氣質與風範的中年女性。
然而，出現在面前的昌代，是一名遠超過想像的年輕女性。年齡……看起來只像是三十多歲，不過這樣和遇害者年紀差太多，所以她或許四十多歲。在這種場面，她不可能濃妝豔抹，美貌卻非常亮眼，額頭沒有浮現任何汗水，如同在這樣的大熱天，只有她身邊吹著涼風，這個事實在這種酷暑之中堪稱奇蹟。她臉色看起來有些蒼白，考量到丈夫驟逝也理所當然。

這麼一來，這兩名青年是什麼身分？志木毫無頭緒。年長的一方大概是二十五到三十歲，年少的一方看似二十歲左右，但志木不認為昌代有兩個這種年紀的兒子。

「天氣這麼熱，各位值勤辛苦了。」

昌代走過來就朝兩名刑警緩緩低頭慰勞。

「請別這麼說。」砂川警部也低頭致意。「丈夫驟逝，夫人想必受到沉重打擊，但還是請您協助辦案……話說回來，請問這兩位是？」

兩名青年依序自我介紹。

「我是大兒子真一，豪德寺真一。」

「我是二兒子美樹夫。」

真一像是擔任代表，主動向警部開口。

「我們擔心母親的狀況，也覺得或許能協助辦案，所以就跟來了。不方便嗎？」

「不，無妨，這樣反而好。」

警部簡短回應，立刻詢問三人的年齡。得到的答覆是昌代四十三歲、真一二十八歲、美樹夫二十二歲。

志木立刻在腦中計算昌代與真一的年齡差距。從十位數取一，十三減八等於五，個位數是五。十位數是四減二等於二，所以是二十五。如果相差二十五歲就不奇怪。不，等一下，二十五歲加二十八歲是五十三歲，但昌代是四十三歲，十位數多了一，所以應該是……對，十五歲，兩人年紀只差十五歲。這樣的心算堪稱完美！

所以是什麼狀況？昌代總不可能在十五歲生下真一，所以這對母子應該沒有血緣關係，那麼昌代是繼母？這麼一來，美樹夫又是什麼狀況？無論如何，豪德寺家的成員關係似乎相當複雜。

不過，刑警們現在該質疑的不是這種事。

「那麼事不宜遲，方便述說您發現命案的經過嗎？」

砂川警部刻意以制式語氣問話。

「好的，首先我是在上午九點發現不對勁，當時我正走出玄關要拿報紙……」

3

在週日，每個家庭應該都很晚起床，豪德寺家也是所有人都在週日早上睡過頭。平常在這座宅邸，首先起床的是平常擔任幫傭，名為桂木的男性，不過他週日休假，所以只有今天是昌代最早起床。昌代今天早上八點半醒來，比平常晚一小時。

昌代立刻著手準備早餐，包括煮飯、做味噌湯與煎蛋。昌代準備好餐點之後走出玄關，檢視位於正門旁邊的信箱。

裡面是剛送到的報紙，以及昨天寄達的幾封信。昌代拿起這些東西，立刻轉身要回到宅邸玄關。

然而……

「然而，就在這個時候……」昌代像是講悄悄話般壓低音量。「我察覺到一件意外的事。平常應該在那裡的某個東西不見了。」

「喔，什麼東西不見？」

警部也自然輕聲細語。

「招財貓。平常擺放在正門前面，左右成對的成人高招財貓，有一隻消失了。」

在旁邊聆聽寫筆記的志木不由得停筆，而且驚訝到不由得如此詢問。

「這個家在正門口，飼養兩隻成人高招財貓？」

昌代極為自然回應志木說的奇怪日文。

「嗯，是的，這是外子的嗜好……不過並不是『飼養』。」

志木依然搞不懂狀況，砂川警部輕聲對他說明。

「你或許不知道，但豪德寺家正門前面的招財貓，是內行人都知道的市內景點。聽說很久以前就擺在那裡，就像是正月的迎神門松那樣。」

志木不知道烏賊川市有如此珍奇的景點，他再度體認到這座城市多麼深奧。

「話說回來，不見的招財貓是哪一隻？」

「走出大門靠左邊那隻，面對大門的話是右邊那隻。」

「只有一隻不見，另一隻招財貓還在？」

「嗯，是的。」

「明白了，請繼續說下去吧。您發現招財貓不見之後呢？」

得知發生異狀的昌代，先是主動環視正門周邊尋找，卻完全沒看見成人高招財貓的身影。

這種惡作劇也太惡質了，但昌代也不認為是遭竊。

成人高招財貓看起來氣派，裡面卻空空如也，也就是所謂的模型貓。真的有人個性奇特到偷這種東西？昌代不曉得究竟是惡作劇還是失竊，莫名湧出害怕的情緒，因此先回到宅邸。

接著，她走向豐藏寢室，想先和丈夫商量這件事。豐藏的寢室和昌代分開，所以昌代自然認為丈夫還在寢室睡覺。

然而她敲門也沒有回應。打開沒上鎖的房門一看，裡面空無一人，床鋪很整齊，沒有昨晚使用過的痕跡，昌代立刻判斷事有蹊蹺。

昌代知道，豐藏昨晚約十一點的時候，就說他很累要早點就寢。後來丈夫卻沒有上床，人也不在房內，那麼丈夫到底跑去哪裡？

如今招財貓消失之謎一點都不重要。昌代跑遍宅邸，尋找下落不明的丈夫……

「想先請教一下，總共有多少人住在這座宅邸？」

砂川警部打斷昌代的敘述如此詢問。

「外子豐藏、我昌代、大兒子真一、二兒子美樹夫，還有一個叫作真紀的女兒，家族成員只有這些人。此外還有一位叫作桂木的男性，不曉得該說他是管家、廚師還是園丁，總之雜務都是他一手包辦。」

「管家兼廚師兼園丁，也就是萬事通？」

「是的，住在這座宅邸的就是這六個人。此外還有一人借住在這裡，是外子的遠房親戚，叫作劍崎京史郎。京史郎先生住在別館，加上這一位共七人。」

「所以您後來向這七個人……不對，是除了您與您丈夫的另外五人，打聽您丈夫的下落吧？」

「是的。」昌代點頭之後搖頭。「啊，不對。以結果來說不是五人，是四人。」

「所以是……怎麼回事？」

昌代再度向納悶的警部述說當時的狀況。

真一與美樹夫察覺狀況不對，衝出臥室向不知所措的昌代詢問狀況。昌代說明豐藏不在房內，兩人異口同聲認為這樣不對勁，卻對豐藏的下落毫無頭緒。

昌代吩咐兩個兒子叫醒女兒真紀，接著走向桂木的臥室，但桂木已經不在房內。接著昌代走向別館，此時借住別館的劍崎京史郎正好起床，昌代向他述說狀況，不過還是沒有斬獲。

沒能得到任何線索的昌代回到主屋，接到出乎意料的消息。去叫真紀起床的兩個兒子表示，真紀房間的狀況和豐藏房間完全相同。換句話說，真紀昨晚同樣沒就寢，而且也下落不明。

聽到這個消息的昌代終於束手無策，此時桂木終於從庭院返家現身。桂木完全不知道宅邸裡的風波，卻為昌代他們帶來出乎意料的情報。

情報不是關於豐藏或真紀的下落，是那隻招財貓的下落。

桂木隔著圍籬和路人打招呼時，得知平常擺在門前的成人高招財貓，今天不知為何位於農田的溫室。

桂木覺得不可能有這種事而前往正門，發現本應位於門前的招財貓真的少一隻。他連忙回來要向主人報告，發現宅邸裡正面臨這陣風波。

桂木帶來的情報，使得昌代心中立刻推測出豐藏與真紀的下落。就這樣，昌代在兩個兒子陪同之下，跑到問題所在的溫室……

「溫室如您所見，兩邊各有一個出入口。」

回憶的舞臺終於轉移到溫室，昌代指著眼前的溫室繼續說明。

「我們當然是從靠近宅邸的入口想往裡面看，門卻不知為何打不開。雖然隔著塑膠布，但門後隱約有個蹲著的女生輪廓，那肯定是真紀。我們放棄從入口進入，繞到溫室後面的出口，隨即發現那隻成人高的招財貓確實像那樣擺在那裡，簡直像是擋在出口前面！」

「嗯，看來您大吃一驚。」

砂川警部朝昌代投以同情的視線。

「當然。就算不提這件事，這間溫室十年前也……」

「這部分，我們也很清楚。」

警部刻意打斷昌代，以免她的話題一下子跳到十年前。

「所以，出口當時是什麼狀況？門開著嗎？」

「開著，幾乎完全開啟。」

「然後您從開啟的門往裡面看。溫室裡是什麼狀況？」

「溫室入口，也就是我們站在出口所見的最深處，真紀就這麼被綁住坐著，而且外子倒在她身旁，動也不動趴在地面……」

這一瞬間，大概是當時的光景歷歷在目，昌代語塞的從喉頭發出嗚咽聲。砂川警部面有難色朝志木示意，志木點頭牽起昌代，就這麼把昌代交給穿制服的巡查，由巡查攙扶回到主屋。就是因為這樣，才很難向遺族詢問事情經過。

雖說如此，昌代已經算是很堅強了。既然大致明白發現屍體的過程，偵訊也只能到此為止。

「那麼，再來就請兩位代替昌代夫人接受偵訊吧。」

砂川警部將話鋒轉向至今保持沉默的真一與美樹夫兄弟倆。

「刑警先生，請說，我會回答任何問題。」真一如此回應。「既然是為了逮捕殺父凶手，我將不惜提供任何協助。」

「是的，請儘管問。」

旁邊的美樹夫也大幅點頭。

「感謝兩位。那麼事不宜遲，我想接續剛才的話題請教。兩位和昌代夫人一起來到這裡，並且一起發現屍體，請更詳細敘述當時的狀況。」

發現屍體時，即使是早晨，溫室內部也已經充滿熱氣，熱到如同三溫暖。

真一與美樹夫將昌代留在出口處，然後衝進溫室。真一立刻跑到綁在入口處的真紀身旁，確認她的呼吸。真紀不省人事，不過呼吸很平順，身體被細繩緊緊捆綁得令人痛心，而且繩子也纏在入口門框。

換句話說，真紀的身體和門一起綁死，這就是剛才無法從入口進入的原因。

真一費心解開繩索，讓真紀恢復自由。真紀似乎在受到拯救時朦朧恢復意識。

另一方面，美樹夫跑到躺在地面的男性身旁。這個人已經沒有脈搏。他趴在地上所以看不到臉，但服裝和昨晚的豐藏一樣。美樹夫將屍體翻過來，確認是父親豪德寺豐藏。一把沒看過的登山刀，就這麼插在豐藏腹部沒拔出來。

真一與美樹夫扶著真紀走出溫室，向在溫室外頭等待的昌代回報噩耗。

為了盡早找警察趕來，真一將崩潰哭泣的昌代與疲憊至極的真紀交給美樹夫，回到宅邸打一一〇報案。此時的時間接近上午九點半。

「……打電話不久，派出所的巡查就來了。」

真一說話時面色凝重，另一方面，美樹夫則是說出有點溫吞的感想。

「巡查抵達不久，我就立刻聽到刑警先生們的警車警笛聲，警察真了不起。」

美樹夫佩服地看著刑警們，表情不甚悲傷。接著他的語氣轉變為像是揶揄警察。

「不過，刑警先生，這是怎麼回事？如果我的記憶沒錯，這間溫室應該是第二次發生命案。」

「喂，美樹夫，別多嘴。」

然而美樹夫無視於哥哥真一的阻止，繼續說下去。

「既然是第二次，再怎麼樣都很難認定是巧合。刑警先生，我說的沒錯吧？該不會是十年前的凶手又出現了？警察十年前沒抓到的凶手再度犯案……刑警先生，這部分您覺得如何？」

面對美樹夫像是天真又像是挑釁的話語，砂川警部保持沉默。

4

十年前的命案似乎沒有破案，從美樹夫的話語及砂川警部的態度來看就很明顯。不過以志木的立場，現在最重要的是專心解決眼前的案件。

兩人等待鑑識組調查結束之後，總算得以進入命案現場。

正如預料，溫室裡悶熱無比，志木聯想到赤道區的熱帶氣候。在這種灼熱地獄能栽種的植物，大概是香蕉、鳳梨、芒果、木瓜與椰子……但豪德寺家的溫室裡，當然沒栽種這種熱帶水果，放眼所見盡是褐色土地。溫室現在並未栽種作物。

豪德寺豐藏陳屍於溫室入口附近。正確來說，是走進入口左手邊約一公尺處。

砂川警部蹲在屍體旁邊。

「豪德寺豐藏。以『招財壽司』連鎖餐廳風靡一世，烏賊川市出人頭地的代表，也是為人所知的極端愛貓人士。這樣的他居然在招財貓的守護之下過世，真諷刺。」

志木站在砂川警部身後觀察屍體。

屍體最初發現時是趴在地面，如今則是仰躺露臉。

身穿的衣物非常平凡，不像是企業家。短袖運動衫加上卡其色長褲，沒綁腰帶，雙腳沒穿襪子套上男用涼鞋。除了左手戴著看似高價的手錶，身上沒有貴金屬飾品。

穿著便服套上涼鞋稍微外出一趟，就這麼離開人世——遇害者的穿著完全令人如此認為。

「登山刀刺殺腹部嗎……」砂川警部輕聲說著，徵詢身旁法醫的見解。「醫生，可以認定這就是死因吧？」

「嗯，如你所見。」

髮線大幅後退的資深法醫，以手帕擦拭額頭汗水如此回應。他拿的手帕很小，額頭則是過於寬廣，令人想建議他改帶毛巾在身上。

「死因是腹部刀傷大量失血。即使不是立刻致命，也是遇刺沒多久就喪生。」

「大量出血是吧，那麼凶手身上也可能沾到血。」

「嗯，應該有可能。從傷口判斷，凶手以刀子刺殺腹部之後，進一步掏挖傷口，應該會噴出相當的血量。」

即使如此，凶手也可能預先防範自己沾到血。何況案發已經一晚，凶手不太可能穿著沾血衣服到處閒晃。

「有其他外傷嗎？」

「沒有。」

「屍體有搬動過的跡象嗎？」

「也沒有。」

「那麼，可以認定這裡就是行凶地點吧？」

「是的，我覺得可以這麼認定。」

「推測死亡時間是？」

「這個嘛，就定為晚間十一點到凌晨一點吧。」

法醫含糊的見解，使得砂川警部露出不滿表情。

「時間範圍有兩個小時？唔～醫生，不能稍微縮小範圍嗎？至少可以再縮小到一小時左右嗎？」

「不可能。」

「醫生，這部分幫個忙吧，再少一點，我會很感謝的。」

「你想對推測死亡時間討價還價？」無奈的法醫反而賭氣斷言。「推測死亡時間是昨晚十一點到凌晨一點。不能再少一圓……更正，一分鐘。何況現在是盛夏，屍體在這個季節容易變質，何況又是在溫室，在這種特殊環境，很難正確推測遇害者死後經過的時間，無論如何都只能粗估，有兩小時的幅度也無可奈何。刑警先生也不希望依照錯誤的推測死亡時間辦案，導致最後抓不到真凶吧？」

法醫說完將沾滿汗水的手帕用力擰，手帕不斷滴下水珠，在地面染上水漬。

5

屍體放上擔架送上救護車。命案主角之一退場，使得溫室裡終於變得冷清，唯一顯眼的特徵就是空曠。

「真是有夠熱，我開始頭暈了。但我們必須充分觀察這裡。一般來說，凶手不會挑選這種奇怪的空間當成行凶地點，這麼做肯定有意義，否則同一間溫室不可能發生兩件命案。」

「看起來確實暗藏玄機。」

志木和砂川警部重新從內部觀察這間成為殺人舞臺的溫室。

這間溫室是魚板型，也可以形容為半圓的隧道形。砂川警部以腳步寬度測量，這個細長的魚板溫室長度約二十公尺、寬度約四公尺，所以占地面積約八十平方公尺。

但是這個數字太難懂了。如此心想的志木，試著在腦中換算成坪數。一坪約三點三平方公尺，八十平方公尺大約二十四坪，這樣還是很難懂。接著以一坪兩張榻榻米換算，得出面積約四十八張榻榻米。四十八張榻榻米大的大廳還是不太能想像，因此志木再以自己居住的六張榻榻米大套房換算，得到的結果是八間套房大，感覺寬敞得出乎意料。

至於天花板的高度……這是魚板型溫室，所以這裡所說的天花板應該叫作頂端，總之從最高點計算，高度約兩公尺。既然寬四公尺、高兩公尺，代表這間以塑膠布製成的隧道，如同半徑兩公尺的半圓長柱，因此頭上空間還算寬裕，不會影響到正常人的行動，雖然不會影響，卻也不算寬敞。

實際上，這間溫室和常見的尺寸相比，肯定是比較小型的溫室。前往近郊農地，就看得見大上一兩輪的大溫室並排在田裡，眼前的溫室明顯和這種溫室不同。真要說的話，或許是適合有錢人當成家庭菜園的尺寸。

那麼，整體構造或許意外脆弱？抱持這個疑問的志木熱中調查骨架，發現構造堅固得出乎意料。

支撐溫室的骨架是鐵管。描繪巨大弧度的鐵管乍看柔軟，實際上堅固到無論推擠或敲打都動也不動，而且志木確認這些骨架穩穩埋入地面固定。

沿著骨架覆蓋整間溫室的是半透明塑膠布。塑膠布材質強韌卻不太透光，從裡面看向戶外景色，只像是隔著毛玻璃般模糊不清，反過來當然也是如此，從外面無法清楚看到室內的樣子。

順帶一提，塑膠布沒有裂縫。也就是說，要進出溫室只能走正規出入口。出入口位於魚板的兩端。如同魚板兩端沒有名字，溫室兩端應該也沒有名字，但是這樣不太方便，為求便於行事，刑警們將面對豪德寺家的門稱為入口，將另一邊面對道路的門稱為出口。入口與出口只有方向不同，構造則是完全一樣，是高一六〇公分、寬八十公分，往左開的簡易拉門。不用強調，拉門本身的構造，當然也是鐵框加上半透明塑膠布。

像這樣慢慢審視，志木逐漸明白凶手為何挑選這種特別的地方行凶。半透明塑膠布籠罩的這個空間，和道路只隔了一道鐵網圍欄，但是只要進入溫室，就幾乎不會引人注目。而且這裡即使是豪德寺家境內，卻是遠離主屋的農田一角，不用擔心聲音或氣息被他人發現。

只要不在意出汗問題，這裡出乎意料是凶手的理想犯案地點。

另一方面，砂川警部注意的似乎是地面，他反覆以鞋尖戳著褐色地表，但最後像是放棄般說出感想。

「看來這裡好幾年沒人翻土，地面很硬。這麼一來，凶手就不用過度在意腳印的問題。」

實際上，現場沒發現顯眼的腳印，代表凶手也看透這一點而選擇此處犯案。

砂川警部頗為失望，將觀察結果做個總整理。

「除了招財貓以及兩次命案，這間溫室是極為平凡的溫室。」

6

兩名刑警觀察現場之後，走出溫室逃離悶熱環境，再度縮在出口處巨大招財貓的影子裡。仔細一看，鐵絲圍欄外側看熱鬧的人比剛才還多。由於圍欄高度超越一般人的身高，他們就志木看來如同籠子裡的動物，群眾肯定也是如此看待他們兩人。

志木詢問砂川警部接下來的辦案方針。

「接下來怎麼辦？先偵訊相關人員？」

「嗯，就是這樣。我很想先找當時綁在案發現場的豪德寺真紀問話……不對，在這之前問問那群人吧。」

砂川警部以下顎示意的「那群人」，是貼在圍欄邊觀察狀況的看熱鬧群眾。

「警部，要找他們問什麼？」

「當然是問招財貓的事。你不想知道這隻招財貓幾時出現在這裡嗎？」

「啊，原來如此。」

志木確實也對這個問題感興趣。畢竟是如此顯眼的擺飾，肯定有人目擊。

刑警們離開溫室走向圍欄，不過隔著圍欄不方便對話。稍微移動視線一看，旁邊有個鐵網門，門沒上鎖。換句話說，農田與道路之間開放自由通行。

「而且這扇門很大，寬約一公尺，高約一八〇公分，既然這麼大，那隻成人高招財貓有可能是從這裡輕鬆進入。」

「原來如此，所以那隻招財貓是從正門前面沿著道路搬到這裡，穿過這扇門放在溫室前面？」

「哎，且慢，我只是說有可能，招財貓也可能是從宅邸境內搬過來。」

兩人開門來到路上。隔著圍欄投以好奇視線的看熱鬧群眾，整體退後了一步，大概是害怕像是刑警的兩人突然接近過來。

「啊，各位，別害怕。我不歡迎圍觀，卻也不會趕人，我只是想打聽一些事。」

砂川警部像是閒話家常般，朝著看熱鬧群眾這麼說。

「我想問那隻成人高招財貓的事。在場有人知道那東西何時出現在那裡嗎？」

眾人同時有所反應。因為過於同時，完全聽不出來誰講了什麼，志木覺得像是看到一群沒教養的猴子軍團，心情變得憂鬱。

「呃，什麼？上午幾點？你說什麼？我聽不清楚！幾點？哎！」

砂川警部把手掌放在耳際拚命努力要聽，然而徒勞無功。

「真是的！受不了這群傢伙。可惡，既然這樣……」

為了在湧來的情報洪流之中掌握些許真相，砂川警部下定決心採取行動。他一下子爬上圍欄，成為俯視看熱鬧群眾的態勢，直截了當來說，他要讓自己成為統治沒教養猴子軍團的猴子王。實際上他也具備類似猴子王的風範，因此群眾立刻安靜下來。

砂川警部以不容分說的強硬語氣，幾乎像是下令般對眾人開口。

「各位，聽好了！上午九點四十幾分的時候，這隻招財貓肯定就在溫室前面，因為我親自目睹這一幕。那麼八點呢？七點怎麼樣？有嗎？好，有人舉手。好，那麼六點呢？有人早上六點看到那隻招財貓嗎？」

「我六點有看到。」一名帶狗的婦女這麼說。「我帶小正散步經過這裡的時候，確實看到那隻招財貓，當時是早上六點。」

「喔喔，很好。」砂川警部在圍欄上點頭。「那麼五點呢？有沒有人在早上五點看到？」

「我早上五點有看到。」一名身穿運動服的中年男性發言。「我慢跑經過這裡的時候，確實看到那隻招財貓，當時肯定是早上五點左右。」

「原來如此，原來如此。」砂川警部點頭回應。「那麼凌晨四點呢？凌晨四點有沒有？」

「我凌晨四點有看到。」一名跨坐在輕型機車的年輕人這麼說。「我送報紙的途中有看到，我平常都是凌晨四點經過這裡。」

「嗯嗯，這是寶貴的情報。」砂川警部露出笑容。「那麼凌晨三點呢？凌晨三點有沒有？」

原本以為到了凌晨三點，終究不會有人舉手……

「我、我凌晨三點，有看到。」不過，一名舉止可疑的青年發言了。「那個……我在深夜散步的時候有看到，記、記得當時是凌晨三點多。」

「嗯……」砂川警部終究無法單純點頭回應這個情報，他以估價的視線注視這名青年。「順便問一下，你為什麼會在這種時間散步？你是考生？」

「不，那個……我、我是推理作家。」

「原來是推理作家啊，難怪你會在深夜散步。」砂川警部露出認同的表情。「好吧。那麼凌晨兩點有沒有？凌晨兩點！」

這時間也和凌晨三點一樣，無法期待有人會經過這裡，群眾沒人舉手。

「怎麼樣，沒有嗎？怎麼樣，沒有嗎？凌晨兩點沒有嗎？凌晨兩點沒有嗎？再一次，還有沒有人要舉手？」

這是怎樣？把眾人證詞依序寫在手冊上的志木感到納悶。這樣簡直是競標市場，如同以競標方式決定命案發生時間。這裡是烏賊川市立魚市？

這時候，兩隻手像是被豪邁的呼聲引誘而同時舉起。

「那個，我凌晨兩點有看到。」粉領族靦腆發言。「是在約會結束回程看到的。男友也和我在一起，所以肯定沒錯，招財貓凌晨兩點就在那裡。」

「非常好，感謝您的協助。」砂川警部點頭回應。「那麼，另一位也請說。」

「唔……慢著，那個，這……」平頭男性將舉起的手放在頭上，困惑地扭動身體。

「我就免了。老闆，忘掉我剛才的舉手吧，算我取消，唔嘿嘿。」

「喔，居然要我忘掉，你說得可神奇了，真可疑。你是什麼人？」

警部在圍欄上，朝平頭男性投以質疑的視線。

「別這樣，請別這麼說。我是在附近餐廳工作的小氣廚師，沒什麼好懷疑的。」

「不想內疚的話就老實說吧，你昨晚幾點看到什麼？」

「唔，那個……當時我凌晨兩點打烊回家，走到這裡剛好凌晨兩點半。」

「什麼嘛，兩點半啊。所以你看到什麼？」

「不，老闆，其實我什麼都沒看到，嘿嘿。」

「唔……你說『沒看到』是什麼意思？」

「也就是說，我凌晨兩點半經過這裡的時候，沒有這隻招財貓，所以我才想說我什麼都沒看到……」

「不可能。」旁邊那位剛才發言的粉領族，像是不能當成沒聽到般質疑。「所以是怎樣？大叔，你的意思是我說謊？我和男友一起看到了，凌晨兩點的時候，這裡確實有招財貓，我絕對沒有說謊或看錯。」

「小姐，別生氣，冷靜一點。」砂川警部安撫著稍微激動的粉領族，回頭對廚師說：「但她說得很中肯。凌晨兩點放在這裡的招財貓，卻在兩點半不見，這種狀況難以理解。實際上依照至今的證詞，招財貓從凌晨三點到今天早上，一直都在這裡。」

「是的，我也覺得很奇怪。」

「會不會是你看錯了？換句話說，其實招財貓擺在這裡，但你因為想心事或其他原因，沒看到這隻招財貓，或者是有看到卻立刻忘記。」

「老闆，不可能有這種事喔。這是理所當然吧？這麼大的招財貓擺在這麼明顯的地方，走在路上就算不願意也看得到，而且看過之後想忘也忘不掉吧？」

廚師說得沒錯。作筆記的志木逼不得已，在凌晨三點的推理作家證詞與凌晨兩點的粉領族證詞之間，加上這名廚師的證詞。雖然內容矛盾，卻非得依照這個順序。

砂川警部先把疑點放在一旁，繼續以回溯時間的方式，向群眾打聽消息。

「我凌晨一點有看到。」臉紅如同宿醉的中年男性這麼說。「我在居酒屋暢飲回家時有看到。當時我喝醉了，不過肯定沒錯，當時是凌晨一點。」

緊接著……

「我在凌晨過零點的時候有看到。」看似學生的男生這麼說。「我是在打工回家看到的。達雄，你也有看到吧？」

「不，博史，我沒看到。」名為達雄的學生這麼說。「我出門打工經過這條路的時候，沒看到這種擺飾。」

「當時幾點？」

砂川警部如此詢問，名為達雄的年輕人思考片刻之後回答：

「將近凌晨零點。」

「這時間我也在這裡。」「我也有經過。」「我也是。」

數人表明在凌晨零點前後的這個時段經過這條路，包括下班回家的白領族、上夜班的勞工、深夜倒垃圾的主婦等等。在他們之中，零點之後經過這裡的人們證實看到招財貓，零點之前經過的人證實沒看到招財貓。

時間往回推到晚間十一點與十點也果然一樣，沒人證實在這段時間看到招財貓。

「嗯，看來可以確定凌晨零點是分水嶺。」

砂川警部爬下圍欄，分別寫下提供證詞人們的姓名與住址，結束這場模擬拍賣市場的偵訊。

「真是的，不過問完之後似懂非懂，我更混亂了。」

「一點都沒錯。」

志木也只能雙手抱胸如此回應。

就志木所見，作證群眾沒有說謊時的不自然反應，但要是把他們的證詞全當真，就完全是不自然的狀況。

問題所在的那隻成人高招財貓，應該是在昨晚凌晨零點前後，在五到十分鐘的短暫時間搬到溫室入口。似乎沒人精準目擊招財貓出現的瞬間，總之幾乎可以肯定招財貓是凌晨零點左右出現。後來招財貓直到凌晨兩點都在該處，卻在凌晨兩點半消失一段時間。如果相信廚師的證詞就是如此。

到了凌晨三點，招財貓若無其事再度出現在相同地點，就這麼放在那裡直到凌晨四點、五點、六點……到了上午九點半，以昌代為首的豪德寺家人們也目擊招財貓。

光是成人高招財貓出現在溫室前面就相當不合理，何況招財貓一度消失又出現，實在令人難以置信。然而這不像是完全無意義的現象，其中必有玄機。

「搞不懂。」砂川警部不悅低語。「出現在命案現場之後消失，然後再度出現。這隻貓到底是怎樣？是妖貓嗎？」

不，不是妖貓。

肯定是招財貓。

7

現場蒐證告一段落之後，砂川警部與志木刑警前往豪德寺家主屋，向豪德寺真紀進行偵訊。案件全貌依然撲朔迷離，但真紀的證詞或許能讓真相水落石出。刑警們抱持這樣的期待。

畢竟真紀在這次的案件，是真凶直接下手卻倖存的受害者，甚至可能目擊凶手。刑警們難免相當期待她提供的情報。

兩名刑警在會客室裡，坐在腰部像是被吸入的舒適沙發，等待豪德寺真紀。

聽說她是就讀烏賊川市附近大學的女大學生，現年十九歲。

「那個叫作真紀的女孩似乎非常漂亮，調查員議論紛紛。」

「哎，既然是那位太太的女兒，這也情有可原。」

不過，對方遲遲沒前來會議室。

兩人等到有點厭倦時，終於響起微弱的敲門聲。砂川警部像是彈簧起身迎接。

「妳好妳好！豪德寺真紀小姐……看來不是。請問您是？」

站在門後的是身穿工作服，肥胖的圓臉中年男性。

「敝姓桂木。」

這名男性是這間宅邸的管家兼廚師兼園丁。他以訓練有素的動作恭敬低頭。

「啊，原來桂木先生就是您。我雖然忘記您的名字，卻對您的長相有印象，記得我們十年前見過一次。看來您現在胖了一點。」

警部只說「胖了一點」算是挺貼心的，實際上他圓滾滾如同不倒翁。

「您特地記得我的長相，我備感榮幸，我也很高興看到刑警先生一點都沒變。當時的警部先生……我忘記該怎麼稱呼了，高木警部？高橋警部……」

「您是說高林警部吧，嗯，他依然過得很好，但已經轉調為幕僚了。話說回來，請問您有什麼事？」

「我想為兩位準備飲料，所以來詢問兩位想喝什麼。」

「太感謝了，我們正熱得很渴。既然這樣，請給我冰涼的生啤……」

「警、警部！」志木阻止忽然失控的警部。「警部，不可以啦，啊，桂木先生，只要是冷飲都好，啊，麥茶好了，麥茶。」

桂木面不改色說聲「明白了」就離開。砂川警部輕聲咂嘴，對於這次失去晨間的生啤酒，絲毫沒有掩飾依依不捨的態度。

不久，桂木端來冰涼的麥茶。砂川警部似乎對起泡的琥珀色液體抱持些許期待，謹慎啜飲一口。

「什麼嘛，居然是貨真價實的無酒精麥茶，貼心一下不是很好嗎？無聊。」

警部遲遲無法收回抱怨的心情，要是在真紀現身之前不斷抱怨下去很麻煩。志木抓準這個好機會，提出延宕至今的那個話題。

「話說回來，警部，十年前的案件，具體來說是什麼內容？該請您告訴我了。」

「這麼想知道？」

「與其說想知道，應該說似乎只有我不知道十年前的案件。」

「說得也是。好吧，雖然還不確定和本次案件有關，姑且讓你知道比較好。十年前的案件就是……」

砂川警部以麥茶潤喉，然後挖掘十年前案件的記憶。

名為矢島洋一郎的醫生，在豪德寺家的溫室遇害；當時豪德寺豐藏與昌代他們扮演的角色；高林警部的辦案過程；當時把三小時的犯罪時段縮短為一小時的經緯；尋找目擊者卻徒勞無功；最後有個隨地小便的白領族提供奇妙的證詞……諸如此類。

到最後，矢島洋一郎命案漂亮成為懸案，警部的敘述至此結束。

「……就是這麼回事。志木，怎麼樣，有沒有什麼想說的？」

「沒什麼想說的，不過……」志木像是擔心隔牆有耳般壓低聲音，吐露正直的感想。「原來以前的警部，相當喜歡隨便下結論。」

「嗯，我無話可說。我無視於隨地小便白領族的證詞確實膚淺，但也在所難免。當時我想成為重視現實線索的社會派刑警，即使出現這種無法理解的狀況，我也覺得不應該荒唐到為了犯案手法或邏輯問題大呼小叫。」

「這樣啊，看來您這十年變了很多。」

「變的不只是我，城市也變了。十年前的烏賊川市，不是招財貓會出現在命案現場的奇怪城市。既然城市改變，案件也會改變；既然案件改變，刑警也會改變。就是這麼回事。」

原來如此。同樣是以溫室為舞臺的命案，但十年前與這次的案件確實不太一樣。也就是說，犯罪經過十年之後進化了？

8

在兩人如此交談的時候……

「打擾了。」

門後響起柔和的聲音，這次真的是豪德寺真紀前來會客室。

或許是因為疲勞與精神打擊，她的氣色不太好，但是正如傳聞非常美麗。不只是臉蛋，站姿與舉止也洋溢良家子女的氣質，給人的感覺和母親昌代很像，工整五官應該也是遺傳自母親。要在昌代與真紀之間尋找差異，應該就是「看起來年輕」與「年輕」的差異。相較於給人清秀文雅印象的昌代，真紀的美貌蘊含著印證年輕的光采。

豪德寺真紀輕撥淡藍色裙襬，優雅坐下面向前方。

「抱歉讓兩位久等了，我剛才在接受熟識的醫生診療。」

「別這麼說，我們才要道歉。」

兩名刑警一起向真紀低頭致意，接著進行自我介紹以及制式的弔唁。話雖如此，這種悼詞是否能安撫喪父的女性，令人不禁打一個大問號，總之兩人還是出言哀悼。

「話說回來，身體還好嗎？醫生怎麼說？」

「嗯，沒問題。雖然被綁住很久有些不自在，卻沒有明顯外傷，為我診療的矢島醫生也說不用擔心。」

警部立刻對似曾相識的姓氏起反應。

「妳說的矢島醫生，是十年前過世那位矢島洋一郎先生的兒子？」

「嗯，是的。」

「這樣啊，記得叫作矢島……矢島達也吧？他當時還在東京的醫學院就讀，那位是豪德寺家現在的主治醫生？」

「是的，刑警先生，您好清楚。」

「沒什麼，我湊巧和十年前的案件有一點點……不對，有不少緣分。那麼事不宜遲，我想請教昨晚到今天早上發生的事情。」

「好的，請儘管問，只要是我知道的事情都會回答。不對，還是由我主動敘述比較好，畢竟我最清楚昨晚在那間溫室發生的事。」

就這樣，豪德寺真紀主動陳述昨晚到今早的恐怖體驗。

依照真紀的證詞，案件的開端是前天，也就是七月十三日收到的一封信。她從桂木手中接過這封信。桂木是把信箱裡的這封信直接親手交給她，真紀拿到信就知道這不是普通的信件。

信封是毫無特徵的白色信封，但收信人的部分只以莫名生硬的字體寫著「豪德寺真紀小姐收」，沒有寫住址與郵遞區號，沒有寄件人姓名，也沒有郵票與郵戳。這很明顯不是正規信件，只是投入信箱的一封信。不過從信封與字體來看，不像是情書那種可愛的信。

真紀獨自回到臥室，慎重打開信封閱讀內容。

「那麼，信裡寫了什麼？」

砂川警部以閃亮眼神詢問，真紀微微看向下方回應。

「內容是要我在明天，也就是七月十四日晚間十一點前往溫室，還要我看完信就燒毀扔掉。」

「原來如此，這是用來叫妳前往現場的信。所以妳依照這封不曉得寄件人是誰的詭異信件指示，於昨晚前往命案現場。奇怪，妳不覺得有危險嗎？」

「我確實太冒失了。」

真紀緊咬嘴脣低著頭。

「難道說，妳知道這封信的寄件人是誰？所以才會放心遵照指示？」

「不，沒這回事。我只是……」

「只是怎麼樣？」

「我只是覺得，總之還是去看一下。」

這是謊言，她有所隱瞞。志木如此確信，但砂川警部沒有追究，催促她說下去。

昨晚七月十四日星期六，真紀在指定的時間——晚間十一點的五分鐘前，神不知鬼不覺溜出臥室。她摸黑穿越庭園，筆直前往農田一角的溫室。

當晚一如往常是熱帶夜晚，溼度也高，小跑步抵達目的地的真紀已經冒出汗珠。時間即將來到十一點整，但溫室周圍沒有人影。真紀在入口附近等待一陣子，卻感覺不到任何人前來，隨即她越來越在意溫室裡的樣子。

這種熱帶夜晚已經很難受，很難想像有人刻意在悶熱的溫室裡等待，但真紀姑且拉開入口拉門窺視。裡面當然很悶熱，而且空空如也又陰暗，不過多虧月光與路燈，勉強看得到裡面的樣子。

真紀踏入黑暗之中，尋找他人的氣息。就在她覺得沒人的時候，黑暗中忽然伸出一隻手抓住真紀。真紀驚慌抵抗，在想求救時被對方強行摀住嘴，她感覺自己嘴角到鼻尖有種柔軟布料的觸感，然後她發現全身逐漸失去力量，最後毫無知覺……

「換句話說，妳就這麼昏迷了，大概是手帕有氯仿之類的藥物迷昏妳。」

「矢島醫生也是這麼說。」

「所以凶手當時就在妳身旁。凶手恐怕是在入口附近屏息等待妳落入圈套，一無所知的妳就這麼中了陷阱。妳當時有看到凶手的臉嗎？」

「不，這件事發生在一瞬間，所以我完全沒看到。」

「話說回來……」砂川警部慎選言辭。「妳是從入口進入溫室吧？換句話說，是打開面向豪德寺家的拉門進入溫室。是吧？」

「是的，請問怎麼了？」

「以那間溫室的構造，只要從入口踏進一步，再怎麼樣都會看到出口。我所說的出口，就是和入口相反，面對道路的那扇拉門。」

「嗯，是的，畢竟兩個門正對。」

砂川警部以更加慎重的語氣詢問。

「那麼，想請妳仔細回想，晚間十一點的時候，出口是什麼狀況？」

真紀稍微思考之後如此回答。

「我記得出口的門緊閉著，只有這樣，不曉得門外是什麼狀況。」

「明白了。」砂川警部點頭回應。「那麼，聞到藥物昏迷的妳，後來怎麼了？」

真紀昏睡一陣子之後清醒，清醒時已經完全失去身體自由。真紀發現自己被五花大綁，以蹲著的姿勢固定在溫室入口，即使想放聲求救，也被嘴上的繩子妨礙，處於想哭喊也恐懼到掉不出眼淚的狀態。

但她立刻被眼前意外的光景奪走目光。前方站著一個可疑人物，這麼悶熱還刻意穿上黑色長袖長褲，很明顯是引她落入陷阱的歹徒。

真紀擠出勇氣抬起頭，想看清對方的長相，但她看到的不是期待中的人類臉孔，而是如同瞧不起人的貓面具，大概是某處的當地民俗工藝品吧。洋溢著幽默微笑的那張臉，在這種狀況更令人覺得恐怖。

而且，貓面具歹徒旁邊還有一個人，就是真紀的父親豪德寺豐藏。豐藏正遭受歹徒威脅，歹徒手握一把頗大的刀，豐藏則是手無寸鐵。豐藏以真紀聽不到的沙啞聲音講了幾句話，但貓面具歹徒無情搖頭回應。

接著，豐藏站在真紀前方，如同要從歹徒的魔掌保護女兒。這一瞬間，父親寬大的背影覆蓋她的視界。

緊接著，豐藏發出低沉的呻吟，輕聲說出某句話，同時他的上半身往前彎，右肩無力垂下，身體明顯訴說著異狀。最後豐藏踉蹌走了兩三步，如同用盡力氣，以不自然的姿勢趴倒在地上，再也沒有動彈。

真紀抬頭一看，貓面具歹徒手上已經沒有刀，而且父親動也不動，她瞬間領悟到發生了什麼事。即使整段過程在真紀眼前上演，她依然難以相信這幅光景。

「父親在我面前被刺殺。」

真紀述說的震撼內容，即使是砂川警部也面露戰慄表情暫時語塞。戴著貓面具的歹徒，持刀當著女兒的面刺殺父親。這是有點令人難以置信的殘忍命案，但豐藏確實是被刀子刺殺，真紀則是被綁在豐藏身旁，志木覺得只能認定是事實。

「豐藏先生與凶手的對話內容，妳能夠回想得更清楚嗎？」

「這方面，當時說話語氣不是很清楚，我不太曉得是否正確……但我記得應該是『住手』或『別做傻事』之類的。任何人被刀子指著，都只說得出這種話吧？啊，此外我記得父親還轉頭張望，說出『這是怎麼回事』這句話。」

「『這是怎麼回事』啊，是看到妳被綁所說的話？」

「應該是，這部分我不清楚。」

真紀含糊搖頭。

「凶手完全沒回應豐藏先生？」

「是的，凶手一句話都沒說。」

「凶手是男性？」

「我想應該是男性……但我沒看到對方的臉。」

「身高大約多高？體型是胖還是瘦？妳覺得如何？」

「我覺得沒有很胖，但我看不出身高。我當時蹲坐在地面仰望對方，以那種姿勢看任何人都會覺得很高大。」

「原來如此，說得也是。」砂川警部困惑搔了搔腦袋。「嗯，結論就是妳看見的凶手線索很模糊，對方包含臉部在內，幾乎隱藏身體所有特徵。不過，凶手光明正大出現在目擊者面前反而不自然，這麼做是理所當然。」

是的，這種事極為理所當然，志木也同意警部的意見。凶手刻意把真紀這個目擊者引到案發現場，才是不自然的部分。凶手預先準備目擊者，卻戴上面具穿上黑色衣物，避免自己露出真面目，志木不懂這種行為意義何在。

「話說回來，想請教同一個問題。」砂川警部注視真紀的雙眼詢問。「命案發生的時候，出口是什麼狀況？」

「出口嗎……啊，對了！出口的門開著。」

「門開著。那麼，妳有看到出口外面的樣子？」

「是的，有看到。」

「看到什麼？」

「有一隻很大的招財貓，肯定沒錯。」或許是當時情景鮮明浮現在腦海，真紀說話變快。「是一隻身高和成人差不多的大招財貓。刑警先生也知道吧？就是左手擺出招手姿勢、右手抱著金幣，擺在『招財壽司』店門口的成人高招財貓，當時不知為何擺在那裡。說真的，為什麼那種地方會有那種東西？」

「我們已經確定，成人高招財貓是從正門搬過去的。」

「啊，原來如此。對，確實和正門的招財貓相同類型。我已經司空見慣，不過當時就是覺得很詭異、很恐怖……後來該怎麼說，我記得莫名有種暈眩的感覺。」

父親在面前遇害，又目擊現場有一隻巨大招財貓，會覺得暈眩也在所難免。志木如此解釋她的證詞。

「對了，說到貓，還有一件事。」真紀如同忽然想到般說下去。「我想應該和案件無關，不過當時有一隻貓，是普通的真貓。」

「貓？」警部眉心出現皺紋。「案發現場有貓？」

「是的，一隻大型三花貓。」

「在哪裡？」

「在成人高招財貓的旁邊。我確實看到牠坐在招財貓腳邊。而且很神奇的是……當時我無暇理會，所以完全沒感覺，但如今回想起來，我覺得那隻貓應該是三花子。我沒辦法斷言，不過那隻三花貓確實很像。」

「三花子？那是什麼？」

「是父親非常寵愛的三花貓，一隻不太可愛的大貓。不過這隻貓上個月失蹤，父親非常在乎這件事，還不惜刻意雇用偵探拚命尋找，但還沒找到。那隻貓在昨晚忽然出現在案發現場……不對，我不確定是不是牠，但是就我看來是牠。這當然可能是我多心，那隻貓也可能是完全不同的貓。」

「嗯，遇害者的愛貓，如同守護飼主的死，出現在命案現場……如果這是真的，就是一件不可思議的事情了。嗯，又是貓啊……」

砂川警部低語之後，繼續向真紀打聽這樁慘案的後續。

「兇手持刀殺害豐藏先生之後怎麼做？他沒有殺害妳的意思？」

真紀認命覺得自己也會被殺。她親眼目睹殺人過程，所以當然會一起沒命。戴著貓面具的殺人魔，肯定會從倒地父親的屍體抽出刀，然後插入她的心臟。不，或許兇手想以沾滿鮮血的雙手掐死她。

這些負面想像令真紀恐懼，好幾次想從喉嚨深處慘叫，然而緊緊綁住嘴的繩子，在最後都阻止她發出聲音。

歹徒終於朝真紀伸手，看來果然要用掐的。真紀拚命搖頭當作最後抵抗，然而下一瞬間，真紀發現歹徒手上握著白布，在甘甜的藥物味道籠罩之下，真紀再度昏迷。自己將會在睡夢中遇害。真紀在逐漸模糊的意識之中，確信自己絕對不會迎接新的早晨。

「但妳醒來之後確實是早晨。天亮之後，妳的哥哥真一與美樹夫救了妳。」

「是的。在那種狀況居然能得救，我完全不敢相信。」

「歹徒為什麼沒殺妳？到最後，歹徒只有限制妳的行動，沒有明顯加以危害。妳覺得原因何在？」

「這部分，我不清楚。」

「有想過是某種復仇行徑嗎？」

「復仇？」真紀美麗的柳眉瞬間變形。「您說的復仇，是對誰的復仇？」

「不，這我無法斷言……」

砂川警部支吾片刻，隨即下定決心開口述說。

「依照妳的敘述，本次案件不是普通命案，而是某種更凶惡的案件。不覺得嗎？一般來說，殺人凶手都是在四下無人的地方，在不為人知的狀況行凶，不會刻意在遇害者的親人面前像是炫耀般下手，所以得考慮凶手基於某種意圖。既然這樣，會是哪種意圖？這時候就浮現一種想法。凶手想讓妳這個豐藏先生的女兒，目睹豐藏先生死亡的瞬間。凶手想藉此對豐藏先生與妳進行雙重意義的報復。從這種復仇戲碼的角度思考，姑且能解釋凶手為何進行看似無意義的布置。包括成人高的招財貓、貓面具，或是位於現場的三花貓，若是把這些東西，當成以溫室為舞臺上演戲碼所需的道具，就覺得這種搭配煞有其事。畢竟妳也提到，豐藏先生非常喜歡貓——妳不這麼認為嗎？」

真紀蒼白的臉難過扭曲。

「我不清楚。雖然不清楚，但我依然覺得不是這樣。何況誰會憎恨家父到這種程度？父親是企業家，或許樹立了不少敵人，卻不會有人憎恨到下毒手，只有家父絕對不可能……」

志木心想，這近乎是真紀的心願。現實不會如她所願，無法否認可能有人打從心底憎恨豪德寺豐藏。

「那個，我累了，而且我大致說完了，希望可以就此休息。」

真紀說出這番話，以半強迫中斷的形式，主動為這次的偵訊作結。

9

真紀離開之後，砂川警部靠在沙發椅背，嘆出好長一口氣。

「真是的，她的證詞真讓人意外，我腦袋亂成一團，搞不懂的事情太多了。到頭來，這個案件表面上是怎樣？遇害的貓迷、戴著貓面具的凶手、成人高的招財貓，命案現場還出現三花貓……簡直全都是貓，這是某種意境嗎？」

「戴著貓面具，可以解釋成凶手在影射『戴著貓』這句俗語。畢竟如果只是隱藏長相，只要蒙面或是戴頭套就好。」（註5）

「原來如此，說得也是。那麼招財貓與三花貓要怎麼解釋？」

「這個嘛，我不曉得這是不是在模擬什麼意境，不過多虧那隻成人高招財貓，有一件事得以釐清。警部您察覺了嗎？」

「別小看我，你是指行凶時間吧？我早就察覺了。」砂川警部流利說明。「依照真

註5　原文是「猫を被る」，形容裝傻或假正經，直譯就是「戴著貓」。

紀的證詞，歹徒行凶的時候，出口已經有成人高招財貓。另一方面，依照圍觀群眾的證詞，招財貓出現的時間肯定是凌晨零點前後。進一步依照法醫判斷，遇害者的推測死亡時間，是昨晚十一點到凌晨一點這兩個小時。綜合上述線索，豐藏先生遇害的時間，是凌晨零點到一點這一個小時。謹慎的法醫刻意維持兩小時範圍的推測死亡時間，如今可以減半。這肯定是件好事，不過真的能全盤相信嗎？」

「您的意思是？」

「哎，我莫名覺得事有蹊蹺。」砂川警部堅持不改慎重的態度。「何況，那個女孩的證詞，不一定百分百可以相信。不對，不只如此，她的舉止看起來明顯對我們有所隱瞞……咦，是誰？」

此時，會客室出乎意料響起敲門聲。

「請進，是哪位？」

志木回應之後，門無聲無息打開。剛才離開的真紀神色緊張站在門外。

「怎麼了？忘記拿東西嗎？」

志木如此詢問，真紀維持若有所思的表情，再度走到會客室中間，朝兩名刑警開口。

「那個，我剛才說我大致說完了，但不是那樣。其實我還有一件事非說不可，不過想請兩位保密。」

「我們當然會保密。」

砂川警部再度邀真紀坐在沙發，等待她再度開口。真紀的動作比剛才還要緩慢，慎選言辭之後開始述說。

「我原本不想講，但我決定還是誠實說出來。畢竟刑警先生們辦案應該需要這個線索，而且如果是我搞錯……不，我認為肯定是我搞錯，但是這樣也無妨。」

「一點都沒錯，真假是由我們來判斷。所以到底發生什麼事？」

「記得我剛才形容父親遇刺的瞬間，是說他發出呻吟，輕聲說出某句話……」

「當時確實是這麼說的，這是謊言？」

「不，不是謊言，姑且是事實，但我隱瞞了一件事。父親並不是『輕聲說出某句話』，而是清楚說出一句話，我想他說的應該是人名。」

「人名！所以豐藏先生遇刺之後，說出某人的名字？」

「是的，就我聽來是如此。」

也就是說，這是推理作品經常出現的「死前留言」。志木豎耳以免聽漏真紀的聲音，等待她說出下一句話。

「所以，他說的名字是？」警部如此詢問。

「他以痛苦的聲音，說出『ＭＩ．ＫＩ．Ｏ』。」

豪德寺豐藏忍受痛楚留下的「死前留言」是「ＭＩＫＩＯ」。

砂川警部聽完之後，立刻提出單純至極的問題。

「除了妳的哥哥美樹夫，妳認識哪個男性的名字發音也是『ＭＩＫＩＯ』嗎？」

真紀低著頭，難以啟齒般回答：

「不，沒有別人。」

10

砂川警部絕對不是個性單純的人，反倒可以形容為彆扭。叫他往右走會往左走、叫他往下看會往上看，志木從至今的經驗，學習到砂川警部難以駕馭的部分。

因此，即使真紀作證轉述豐藏的遺言，砂川警部應該也不會立刻把豪德寺美樹夫當成凶手。志木如此認為，而且事實上，警部在真紀離開之後，就在會客室露出無懼一切的笑容高聲放話。

「呼呼呼，連小說的『死前留言』都不值得相信，更何況是現實案件出現的『死前留言』，日本警察沒有單純到以此求得案件真相，呼呼呼……那麼，志木刑警。」

「是。」

「立刻找豪德寺美樹夫過來。」

「警部，您這種結論很草率。」

「會嗎？很草率？」

「太草率了，完全沒有活用十年前的教訓。」

「不過，遇害者臨死之前留下『MI・KI・O』這句話。既然這樣，按照順序就應該先找最靠近我們的『M I・K I・O』問話吧？套用在這個案件，除了豪德寺美樹夫別無他選。我有說錯嗎？」

「美樹夫確實可疑，但辦案嚴禁抱持先入為主的觀念，何況這樣很不自然。真一與美樹夫是兄弟，所以按照順序，應該先找大兒子真一吧？刻意更換順序反而會令人起疑。警部，應該先從真一開始。」

警部像是趕走煩人蒼蠅般揮手。

「知道了知道了，誰都好，快去叫人。」

就這樣，大兒子豪德寺真一被叫到會客室。他現年二十八歲，穩重的舉止卻令他看起來更成熟。他現在是「招財壽司」總店店長，不過應該會慢慢繼承父業，從他落落大方的態度與言行，可以推測他具備足夠的天分。

剛才在案發現場和昌代一起接受問訊時面色沉痛的他，如今以頗為冷漠的態度坐在刑警們面前，看起來沒有因為喪父而受到太大打擊。

「那麼，豪德寺真一先生，你昨晚在哪裡做什麼？」

砂川警部刻意沒有指定時段，含糊詢問真一昨晚的行動。

「咦，警部先生，難道這是在調查我的不在場證明？」

「不不不，這是制式詢問。」砂川警部說出制式藉口。「並不是特別懷疑你，請不用擔心。」

真一似乎稍微放心，露出飽經世故的親切笑容，接著相當清楚述說昨晚的行動。

「昨晚我吃完晚飯是晚間八點。晚餐是全家人一起吃，和平常沒有兩樣。後來我在客廳看電視，看的是棒球喔，棒球。我沒看巨人的比賽，是看太平洋聯盟，洋聯！刑警先生，有沒有看昨晚的羅德對近鐵！那已經不叫作棒球賽了，應該叫作全壘打比賽或揮棒練習才對。

記得第五局結束的時候是十三比十一？我忘記哪隊十三、哪隊十一，總之那場比賽很慘，比到第六局就九點半了。後來電視像是受不了一樣結束轉播，我也賭氣繼續追比賽，一個人窩在自己房間聽廣播，比賽到最後是在晚間十一點三十幾分才結束，記得是十六比十四。啊，問我哪一隊贏球？這麼說來是哪一隊啊……記得應該是拿十六分的那一隊贏球，對了對了，是羅德，羅德隊贏了。

不過，這種事等今天看報紙就知道，所以不構成不在場證明。啊？問我是不是羅德隊球迷？我為什麼非得幫羅德隊加油？慢著，我喜歡他們牌子的口香糖，不過說到棒球就……嗯。

總之，球賽結束之後，我一下子覺得好累，不過這時間睡覺還太早，所以我出去喝兩杯。我原本就愛喝酒，加上隔天是週日可以放鬆，嗯，這種事很常見。我出門的時候，是從二樓的自己房間走後面的安全梯，沒有遇見任何人就外出。之所以刻意避人耳目，是考量家母看到可能會嘮叨。家母不喜歡我半夜出去喝酒，我打算悄悄出去悄悄回來。

是的，實際上我沒遇到任何人就離開家，我去的店是離家五分鐘路程，像是老歌咖啡廳一樣取名為『田園』的酒吧。我是那裡的常客，和店長田代俊之是朋友，不只是昨晚，我週六晚上經常在那裡喝酒。昨晚我抵達店裡是晚間十一點五十分，當時我看過時鐘，肯定沒錯。後來我舒服喝了約兩個小時，然後再度走回家，返家時刻應該是凌晨兩點左右。我沒什麼印象，畢竟當時喝得很舒服，不會計較時間，但應該大致正確。至少店長能為我作證，我在晚間十一點五十分到凌晨兩點左右有不在場證明。回家之後，我再度從安全梯不動聲色回到二樓臥室，就這麼睡著了。我昨晚的行動大致是這樣，雖然完全不足以證明清白，但也在所難免，要是整晚都和某人在一起反而不自然。刑警先生，您說對吧？」

真一說完之後，一副很遺憾的樣子搔了搔腦袋，不過實際上，他的證詞充分證明他的清白。

對照法醫所說的推測死亡時間，他的不在場證明確實只有一半。不過依照真紀的證詞，行凶時間明顯是在成人高招財貓出現（約凌晨零點）之後，真一則是供稱在凌晨零點的十分鐘之前，就待在朋友的酒吧，而且後來在酒吧喝到凌晨兩點多，因此他沒有行凶機會。

他的證詞當然不能全盤信任，砂川警部派有空的刑警去了酒吧「田園」一趟。依照不久之後收到的報告，「田園」店長田代俊之對於真一昨晚十一點五十分左右前往店裡喝到兩點多的證詞，做出以下回應。

「刑警先生，絕對沒錯。」

他挺起胸膛拍胸脯如此保證。世上並不是沒人不敢抬頭挺胸說大謊，不過得先承認他的證詞可以採信。

「志木，對吧？」砂川警部不知為何，像是誇耀勝利般拍著部下肩膀。「所以我才說美樹夫比較可疑。畢竟遇害者最後的遺言是『MI・KI・O』，即使這個推論很草率……」

「是是是。」志木隨口敷衍。「那麼，接下來是警部最看好的美樹夫。」

11

緊接著，豪德寺美樹夫被叫到會客室。相較於沉著冷靜，具備成熟氣息的真一，美樹夫的特徵是年輕。他今年春天離開大學之後，沒有好好就職而是悠哉度日，堪稱是飛特族。既然是豪德寺家的二兒子，其實不工作也不愁吃穿，志木不禁羨慕起來。

砂川警部提出和剛才真一相同的問題。

「那麼，豪德寺美樹夫先生，你昨晚在哪裡做什麼？聽說府上昨晚是在八點多用完晚餐，後來呢？」

美樹夫思索片刻之後緩緩述說。

「晚餐吃完確實是八點多。後來的話，我想想，對了，我原本想在客廳看電視，但老哥看起無聊的棒球賽，我就回到自己房間，一個人躺在床上聽音樂看推理小說，不知不覺就打起盹。嗯，這種事很常見。當時我當然獨自待在房裡，沒人能證明這一點，所以我沒有不在場證明。

一般來說，我都是這樣呼呼大睡到天亮，不過昨晚有點不一樣。快要換日的晚間十一點四十五分左右，有人敲我房門，我跳起來開門一看，家母說矢島醫生來了。是的，矢島醫生是我們家的主治醫生。不過家裡沒有人忽然生病，其實是我忘記當晚要和醫生一起看電影。

啊？問我們是不是看河內龍太郎導演的《殺戮之館》？我說啊，刑警先生，請不要瞧不起我。我為什麼要悲哀到刻意在深夜邀請客人，欣賞那種次級巨匠的大爛片？我和醫生都沒那麼閒。別看我這樣，我對電影很挑剔，對河內龍太郎導演那種趕流行拍的作品沒興趣。何況這是怎樣？《殺戮之館》、《戰慄之島》、《復仇之村》……他的作品都是抄襲以前熱門的電影鉅作吧？我一點興趣都沒有。啊？問我為什麼這麼熟悉？我、我、我就不能熟悉嗎！

總、總之，我和醫生一起看的不是那種電影。雖然同樣是早期電影，卻是超級名作。刑警先生，您知道嗎？就是山中貞雄導演的《丹下左膳軼事・百萬兩之壺》！內容我不贅述，總之是傑作，著名的『望遠鏡場面』，我現在看到還是會笑。是，我知道，要我回到昨晚的話題是吧？

對，快睡著的我，在晚間十一點四十五分左右被母親叫醒。醫生對時間管控得很嚴格，為了準時欣賞凌晨零點的電影，確實在十五分鐘之前抵達。我們至今也做過類似的約定，他每次都是這樣。後來我們喝著母親泡的咖啡等待電影開播，母親端出咖啡與點心，說她想睡之後就回房，客廳後來只剩我們兩人。

我們從電影開播到結束，當然一直在一起。片長沒有很長，大約一小時半，所以看完電影大約凌晨一點半。我當然有看時鐘，時鐘就在電視上方，不想看也看得到。看完電影之後，我又去泡咖啡，後來兩人暢談電影話題好久，聊了一小時……不對，聊了快一個半小時吧？對，一個半小時。醫生是在凌晨三點離開，所以聊了這麼久。

問我後來做了什麼？當然是睡覺啊，熟睡到天亮。我昨晚的行動大致就是這樣，如何？我的不在場證明得以成立嗎？反正肯定不會。」

不，他的不在場證明應該成立了吧？志木抱持驚訝的心情，以手冊比對美樹夫與真一的證詞。

不曉得是巧合還是事先串通，兩人行動雖然不同，內容卻有酷似之處。

首先是晚間十一點。這是真紀前往溫室，被某人以藥物味道迷昏的時間，真一與美樹夫都供稱自己當時獨自待在臥室。真一在聽棒球轉播、美樹夫在睡覺，兩人都沒有不在場證明。

再來是凌晨零點左右。這是成人高招財貓出現在溫室出口的時間，不過在這個時間，真一出現在酒吧「田園」，美樹夫招待矢島醫生來訪。換句話說，兩人都有不在場證明，因此將成人高招財貓搬到案發現場的人，至少不是真一或美樹夫。畢竟要搬運那種物體，肯定需要花費相當的時間與勞力。

那麼，接下來的時段又如何？依照法醫判斷，行凶過程最晚也在凌晨一點結束，但真一在酒吧一直喝到凌晨兩點，美樹夫直到三點都和矢島醫生在一起，代表他們沒有機會行凶。

「不過，還不能全盤相信他們的說法。」砂川警部等到美樹夫離開會客室之後，吩咐志木提高警覺。「總之，得先向矢島醫生確認。」

砂川警部再度叫有空的刑警過來下令。

「到矢島醫院偵訊矢島醫生，具體的問法是……」

「那個……」這名有空的刑警打斷警部的話語。「矢島醫生就在這座宅邸。」

「他在這裡？為什麼？」

「他來為真紀診療。雖然早就診療結束，但那個醫生後來也一直陪著她，畢竟她正如警部所見非常漂亮……」

「喔，是這麼回事啊。」

警部像是「我懂了，無須多說」點頭回應，下達別的命令。

「很好，那就由我們偵訊吧，找矢島醫生過來這裡。」

砂川警部看著會客室的門關上之後，以志木聽得到的音量自言自語。

「呼呼，仔細想想，十年前的案件也好，這次的案件也好，明顯都有矢島父子的影子。矢島洋一郎在上次案件完全是受害者，但這次究竟如何呢？如果矢島醫生對真紀有意思……」

12

出現在會客室的矢島醫生，是三十一歲的年輕醫生。即使如此，年紀還是比真紀大上一輪，但現在老少配已不罕見，富家女與開業醫師的配對並非無法想像。刑警們當然沒有直接詢問兩人的關係，面不改色迎接他入座。

「矢島醫生，真紀小姐狀況如何？剛才我們聽她當面說過，看她精神還不錯。」

「身體沒有受到太大的傷害，問題應該在於精神傷害。畢竟她目睹父親遇害，我們無從估計這件事造成的打擊，只希望不要留下後遺症。」

「原來如此，所以重點在於心理輔導。嗯，這次命案的凶手真是可恨至極。」

「您說得沒錯。真紀小姐的父親……」矢島醫生說到這裡，似乎察覺發言不妥，連忙停頓改口。「豐藏先生這次遇害，我絕對不會原諒凶手。」

志木暗自竊笑。看來矢島醫生無法原諒的不是「殺害豐藏先生的凶手」，是「殺害真紀小姐父親的凶手」。兩者意義相同，引人注意的重點卻有些差異，他應該是以豪德寺真紀為重。

「所以刑警先生，您到底想問我什麼事？」

矢島醫生轉移話題，如同要彌補自己的失言。

「放心，不是什麼大事。剛才我們偵訊美樹夫先生，他說昨晚和你在一起，所以想做個確認。」

「啊，是指我和美樹夫的約定吧，我確實在昨晚，而且是堪稱深夜的時間造訪這裡。講得精準一點比較好吧？我大概在晚間十一點四十五分造訪這個家，電影是凌晨零點播放。片名？是《丹下左膳軼事・百萬兩之壺》，電影播完是凌晨一點半左右。後來我們聊電影聊了一個半小時，我大概在凌晨三點離開。美樹夫也是這麼說吧？」

「是的。」砂川警部幾近置身事外，毫不在乎點頭回應。「話說回來，兩位在電影播放的時候，是否曾經離開？」

「不，沒有。《百萬兩之壺》是一部不容許中途離席的名作。」

《百萬兩之壺》在這裡也大受好評。

「我想再請教醫生當天的行動。你來到豪德寺家之後的狀況，在剛才交代完畢，那麼在這之前，例如在晚間十一點左右，你在哪裡做什麼？」

「您說的晚間十一點，是真紀小姐被某人的信叫到溫室，被藥物迷昏的時間吧？我懂了，也就是說，這不是在確認美樹夫的不在場證明，而是調查我的不在場證明。刑警先生，對吧？」

矢島醫生很敏銳。晚間十一點正是這個時間。

「不過，這個時間的我獨自待在家裡，應該沒人能證明我不在案發現場。畢竟我單身，這也在所難免。」

「原來如此，說得也是。」

砂川警部大幅點頭，結束這次的偵訊。

矢島醫生離開之後，志木注視手冊再度深思。美樹夫的供述，看起來悉數由矢島醫生的這番話得到證實。如同「田園」店長為真一作證，矢島醫生也為美樹夫作證。

「不過，相較於『田園』店長完全是外人，矢島醫生不一定是如此，這部分難免覺得有可疑。」

「確實如此。那麼接下來還有一位，再請昌代夫人過來一次吧。」

13

來到會客室的昌代，首先為剛才現場勘驗時失控的那件事，向刑警們鄭重道歉。刑警們惶恐邀昌代坐下。

「話說回來，又有事情要向您請教了。放心，不是什麼大事，您丈夫遇害的時間幾乎已經確定，為了以防萬一……」

「刑警先生，您想調查我的不在場證明吧？」

「啊啊，不，老實說，與其說是調查您的不在場證明，應該說是調查您兒子們的不在場證明。聽說昨晚深夜時分，矢島醫生前來造訪，這部分沒錯嗎？」

「是的，醫生確實前來造訪，記得是將近凌晨零點，大概是凌晨零點的十分鐘到十五分鐘之前。」

昌代的證詞，和美樹夫與矢島醫生的供詞幾乎一致。昌代繼續說下去。

「醫生說他和美樹夫約好，一起收看深夜衛星頻道播放的電影。是的，之前也偶爾會這樣，並不稀奇。我當時為他們準備茶水和點心，等到電影開始，我就離開客廳回到寢室直接就寢。畢竟時間很晚了，而且他們兩人聊起來，不知道會聊到幾點。」

「也就是說，您在電影開始之前，一直和他們兩人在一起，電影開始播映就離開客廳。是吧？」

「嗯，是的。」

「電影幾點開始播放？」

「凌晨零點整。」

「順便請教一下，是什麼樣的電影？」

「黑白電影，好像是很久以前的時代劇。我不懂電影，不知道是誰的作品。」

肯定是《百萬兩之壺》。也就是說，至少在凌晨零點這個時間，昌代、美樹夫、矢島醫生三人都在客廳，而且就在這個時候，成人高的龐大招財貓出現在案發現場。既然這樣，可以確認搬動招財貓的不是這三個人。

不對，等一下——志木變得慎重。將招財貓從正門搬到案發現場的人，一定是殺害豐藏的凶手嗎？應該無法否認這兩件事是不同人在進行，那就無法立刻把這三個人排除在嫌犯名單之外。

「話說回來，關於凶手殺害豐藏先生的動機，您心裡是否有底？想到什麼請儘管說。」

「不知道，我完全沒有頭緒。外子個性有點怪，但我認為他不會遭人記恨。」
「您說他個性有點怪，是指他喜歡貓？」
「是的，而且他非常寵愛，甚至不准我或兒子們碰一根汗毛。」
「碰誰？」
「貓。」
「貓……嗯，其實我從剛才就在意一件事。」砂川警部有些裝模作樣環視四周。「豐藏先生是著名的愛貓人士，但我在這座宅邸連一隻貓都沒看見，請問這到底是什麼原因？」
「啊，是的，正如刑警先生所說，現在這座宅邸沒有養貓，不過直到上個月都有一隻貓，是叫作三花子的三花貓。剛才提到不能碰的就是那隻貓。」
「啊，原來如此，真紀小姐也有提到這隻失蹤的貓。不過這隻貓這麼受寵？」
「是的，非常受寵。外子始終把三花子抱在懷裡，絕對不會讓其他人抱，外出時甚至把貓放進專用房間上鎖，一回家就率先前往那個房間問候三花子。」
「嗯，有點不正常……呃，恕我失言。」
「不，刑警先生說得沒錯，外子在這方面確實超脫常軌。您看過別館了嗎？」
「不，還沒看過。」
「晚點您看過應該就會明白，外子堪稱是一種『貓狂』。」
「喔，豐藏先生是眾所皆知的『愛貓人士』，而且其實是『貓狂』？嗯，這部分無妨，我也很喜歡動物，像是水母或海牛，我百看不厭。」

「這樣啊……」

砂川警部的特殊嗜好，使得昌代露出困惑表情，像是忽然對自己的供詞難為情。

「不過，我不認為外子愛貓的個性和動機有關。抱歉我剛才多嘴了。」

如果貓可能成為動機，應該只限於真凶是昌代夫人的狀況，也就是妻子對丈夫超脫常軌的愛貓行徑火冒三丈之類的。不，這樣果然想太多了。志木逕自摸著下顎告誡自己。

對話暫時中斷。志木不經意回想起之前抱持的疑問，決定直接詢問昌代本人。

「那個，恕我冒昧，請問真一先生不是夫人的親生兒子吧？兩位如果是親母子，年齡差距太小了。」

「是的，如您所說，真一是外子和前妻所生的孩子。」

「那麼，美樹夫先生與真紀小姐呢？」

「比較小的兩人，是我和外子所生的孩子。」

「換句話說，真一先生和另外兩人，是同父異母的兄弟。」

「是的，請問怎麼了？」

「沒事，我只是有點在意……順便請教一下，三人的感情怎麼樣？」

昌代似乎有所察覺，揚起美麗的柳眉毅然回應。

「他們三人即使同父異母，卻是真正的一家人，我自認毫不偏心，外子當然也是同樣深愛三人。如果刑警先生覺得孩子們有問題，肯定是您的誤解。」

「呃、是的，那當然。」

志木懾於昌代出乎意料的氣勢，不再追究這件事。

昌代離開會客室之後，砂川警部愉快地取出菸點燃。他在嫌犯們面前克制至今。

「如她所說，三兄妹之中，只有真一是同父異母。」

砂川警部似乎在十年前的案件，就掌握豪德寺家的內部細節。

「感覺她不想提到這個話題。」

「這是有原因的。記得豐藏先生和昌代結為連理的過程是……」警部朝天花板吐出一大口煙，進行補充說明。「這是二十多年前的事。當時豐藏先生有另一位妻子，我忘了妻子叫什麼名字，他們只有一個獨生子真一，記得當時真一正準備念小學吧。聽說兩人的婚姻生活還算美滿，但昌代在此時出現了。當時的昌代正值荳蔻年華，美貌名聞遐邇，提親的要求蜂擁而至。」

「既然連現在都那麼美麗，我想也是……啊，所以豐藏先生也一樣？」

「嗯，豐藏先生即使已有家室，依然受到昌代吸引而熱烈追求，後來昌代也不禁為這個年紀可以當她爸爸的中年男性著迷。」

「以現在的說法就是外遇吧？」

「以當時的說法也是外遇，不過這種事屢見不鮮。後來豐藏和前妻離婚，順利和昌代結為連理。」

「所以是豐藏先生積極追求？」

「這一點肯定沒錯。例如豪德寺這個姓氏，並不是豐藏先生原本的姓氏，豐藏先生舊姓……這部分我莫名忘了，總之我記得是相當平凡的姓氏。」

「也就是說，豐藏先生和昌代結婚之後冠妻姓？」

「對。」

「是基於昌代家的期望？」

「或許也是原因之一，但比較偏向是豐藏先生本人的意願。換句話說，豐藏先生應該是刻意拋棄舊姓，象徵自己完全拋棄之前的家庭，藉以追求昌代。他不惜這麼做也要和昌代在一起。」

「哇，即使再怎麼愛上對方，男人一般也做不到這種程度吧？」

「哎，一種米養百種人。」

「話說回來，離婚的前妻後來怎麼樣了？」

「不久就病逝了。原本由母親撫養的真一，因而再度由父親豐藏先生撫養。記得來龍去脈就是如此。」砂川警部把菸蒂塞進菸灰缸，吆喝使力起身。「那麼，我們去別館看看吧，記得有個叫作劍崎的人借住在那裡。」

14

別館看起來像是農舍，也像是土牆倉庫。看似農舍的部分確實是農舍，看似土牆倉庫的部分，是將當年的倉庫改造成起居空間。掉漆的古老兩層樓建築，若是當成倉庫肯定相當氣派，但要住在裡面得具備一些勇氣。即使已經改裝，外觀依然充分展現沉重陰溼的氣氛，正常人應該不想住在這裡，所以住在裡面的肯定不是什麼正常人。

砂川警部站在建築物正面的巨大門前，大幅點頭示意。志木回應他的動作，握拳輕敲木門。

「來了來了來了來了來了～」

門隨著無數的「來了」從內側開啟。

現身的是微瘦的中年男性，高度數眼鏡隱約給人神經質的印象，此外就沒有顯眼的外型特徵。要是他坐在政府機關的辦公桌前面按計算機，應該很像假日加班的財務課長。但這位倉庫財務課長似乎莫名靜不下心，像是壞掉的收音機擅自說話。

「兩位好，請問你們是？啊啊，不用說我也知道，我當然知道，是刑警先生吧？我一眼就看出來了。放心，我看起來這樣，但我對自己看人的眼光有自信，不過為了以防萬一，方便讓我看一下警察手冊嗎？啊啊，原來如此，長這樣啊，我第一次看到真正的手冊。嗯，可以了，請收起來吧。話說回來，刑警先生們也很辛苦呢，在這種盛夏的酷熱日子還要工作，而且今天是週日對吧？即使警察沒有週日或暑假，也真是辛苦你們了。啊，我當然是真的這麼想，絕對不是口頭慰勞而已，這是當然的。話說回來，兩位忙碌的刑警先生找我到底有什麼事？啊，我知道了，是想找我詢問豐藏先生的事情吧？我懂我懂，是的，我當然不吝提供協助。是的，這都是為了能逮捕殺害豐藏先生的凶手，有什麼問題請儘管問。」

「……」

「不用客氣，請問。」

「那我不客氣請教了。」砂川警部嚴肅對劍崎說：「你不擅長和他人交談吧？」

「不，完全不是這樣，我不會把交談當成苦差事。請問怎麼了？」

劍崎京史郎聽不懂警部的挖苦，實在令人驚訝。警部朝志木投以無奈的視線。

「總之，可以讓我們進去嗎？」

「啊啊，抱歉我沒察覺，請進。不過刑警先生，您或許已經知道，我年過四十依然單身，不對，與其說依然單身，今後應該會永遠單身下去，總之基於這個原因，所以房間很亂。沒有啦，我自己的房間一點都無所謂，不過收藏室總是整理不好，所以抱歉得請您小心腳邊，不要隨便踢飛附近的東西，畢竟都是會帶來好運的東西。」

劍崎講話不但冗長，而且不得要領，志木覺得沒辦法把他講的話聽進去。他剛才好像提到收藏之類的，卻聽不懂他在說什麼。

「簡單來說，可以進去吧？」

砂川警部煩躁確認。

「是的，請進。裡面是這種構造，所以不用脫鞋。」

劍崎大幅打開門，邀請刑警們入內。

「那就叨擾了。」

砂川警部依照指示，穿著鞋進入倉庫走了兩三步，卻在下一瞬間……

「唔哇！」

警部發出驚愕的聲音倒退一步。剛開始不適應倉庫微暗室內的志木，在逐漸看清楚眼前光景之後，也藏不住驚訝的心情。

「貓！」

雖說是貓，卻不是真貓。倉庫裡滿是大小不一的招財貓。排成月牙型的展示櫃，擺著一整排的招財貓，而且每隻都面向入口瞪著兩名刑警……不對，正確來說是向兩人招手。總之數量驚人，要說倉庫一樓幾乎被招財貓占據也不為過。

「刑警先生，怎麼樣，嚇一跳嗎？」

「呃……是啊。」

劍崎京史郎在微暗照明之中洋溢詭異笑容，依序撫摸場中招財貓的頭。

「這些都是我與豐藏先生的收藏品。怎麼樣，很可愛吧？」

「可、可愛？」警部輕聲向志木確認。「喂，可愛嗎？」

「這、這個嘛……」

志木想答也答不出來，只能含糊搖頭回應，無數問號在腦中飛竄。

可愛？這東西可愛？為什麼？為什麼會覺得這些東西可愛？貓確實可愛，招財貓也算是可愛。不過數量上百甚至破千的許多招財貓並排在倉庫櫃子，居然以「可愛」來形容，志木無法相信有人擁有這種品味。一般來說應該會形容為「詭異」才對。

「不過，這樣就解開一個謎題了。」砂川警部看著櫃裡的招財貓撫摸下顎。「豪德寺家甚至號稱貓屋，進屋卻發現連一隻貓都沒有。原因當然在於唯一飼養的三花子失蹤，我卻依然覺得沒什麼貓的影子。不過現在我總算明白了，昌代夫人形容豐藏先生是『貓狂』，實際上他與其說是『貓狂』，應該說是『招財貓狂』。你說對吧？」

劍崎京史郎頻頻點頭回應警部。

「刑警先生，正如您所說，豐藏先生肯定是貨真價實的道地『招財貓狂』。而且刑警先生，不瞞您說，雖然我比不上豐藏先生，卻同樣是招財貓的愛好者。」

「喔，你也是？」

「是的，我和豐藏先生算是遠房親戚，但我們更是擁有相同嗜好的同志，堪稱是共同收集招財貓的收藏家。豐藏先生基於社會地位終日辛勞，即使有錢也沒時間整理或管理收藏品，我則是時間很多卻沒錢沒地方住，所以我們就聯手了。挺有趣吧？」

「有趣是有趣，但我難以置信。居然只基於這個理由，就特地安排遠方親戚住進自己家？應該還有其他要素吧？」

「正如您的判斷，我們的收藏品，將來肯定會發展成事業，我算是為此受雇。」

「喔，打算開古董店？」

「呼呼呼，刑警先生，不可以小看喔，豐藏先生並不是想做這種小生意。不對，形容成生意是錯的，應該說是文化事業。豐藏先生總是計畫要成立招財貓博物館，讓自己長年的收集品與研究成果廣為社會大眾所知。雖然現階段還要很久才能實現這個計畫，但現在就必須為此準備，我就是為了成立博物館而雇用的總監。順帶一提，豐藏先生允諾在招財貓博物館開張之後，會讓我成為第一任館長。啊啊，在他早早歸西的現在，我的夢想也化為烏有了。不對，我並不在乎館長的職位，但我很想親眼目睹『豪德寺招財貓博物館』！」

「招財貓博物館啊……」

「您覺得沒必要為區區招財貓做到這種程度對吧？我能理解您的想法，但刑警先生也不希望真正理解我們招財貓愛好者吧？您認為我們就像是收集模型的動畫迷吧？不然就是想把自豪的珍品拿到《開運鑑定團》證明自己眼光獨到的古董迷，或是把凱蒂貓精品放在身邊癒療心靈的年輕女孩，或是類似正統推理作品迷……」

「知道了知道了！總之你想說什麼？」

警部煩躁詢問，劍崎京史郎以更加入迷的眼神回應。

「招財貓的世界完全不同。招財貓的世界和那種膚淺的東西是兩回事。」

「……正統推理作品迷會膚淺？我不這麼認為。」

砂川警部展現偏頗的執著，劍崎無視於他，單方面繼續說下去。

「招財貓是模型、是古董、是藝術，而且更是宗教。雖說是宗教，不過當然和那種詭異的宗教團體不一樣。招財貓是從民間自然誕生，並且在大眾內心生根的信仰。所以在不相信的人眼中只是擺飾，不過在相信的我們眼中，是無可取代的寶物。」

「這位先生，我們想問的是……」

「這種日本自古以來的貓型福神，在歷史、傳統以及大眾文化生根，若要描述它真正的魅力，隨便都能寫成一本書。無論是造型也好、軼事也好，都令人深感興趣。到頭來，刑警先生，您覺得貓招福的傳說源自於哪裡？這件事說來有趣……」

「啊啊，夠了，這種事無所謂！」

砂川警部以如同鞭打的犀利語氣，打斷招財貓迷的話語。

「……」

招財貓迷似乎還想繼續授課，但警部不允許。

「我們想聽的不是招財貓課程，是命案線索！」

「……」

砂川警部過於咄咄逼人，使得劍崎沉默下來，接著打從心底詫異詢問。

「難道說，刑警先生討厭招財貓？」

「不是討不討厭的問題，普通人不會滿腦子思考招財貓度日，我也是。」接著，砂川警部終於開始詢問劍崎京史郎昨晚的行動。「你昨晚吃完晚飯在哪裡做什麼？可以說明一下嗎？」

「這是在調查不在場證明吧？我懂我懂。我想想，昨晚和大家吃過晚飯之後，我直到晚間八點都在主屋，後來我回到這間倉庫，一如往常整理收集品，記得就這樣持續到深夜，所以這段時間我當然是獨處，沒有不在場證明。不過後來我和朋友們一直打麻將到天亮，一起打的牌友應該能幫我作證。」

「打麻將？你平常都會打牌？」

「並不是經常打，只會在週六晚上偶爾打，昨晚剛好就是打牌日，地點在山村良二這個人的家。放心，就在附近，走路大概三分鐘。我與山村加上另外兩人，共四人一直打到天亮。」

「這是早就預定的行程？」

「是的，半個月前就預定了。」

「那我再問清楚一點，你前往山村良二家的正確時間是幾點？凌晨零點之前還是之後？」

「凌晨零點之前。我們約在凌晨零點開打，我基本上只要約好時間就不會遲到。對對對，我想起來了。我昨晚離開倉庫走後門出去時，剛好撞見矢島醫生。醫生看起來很匆忙，簡單打個招呼就前往主屋。那位醫生會在週六深夜前來，大致都是和美樹夫約好一起看電影。昨晚衛星頻道播放的電影是幾點開始啊……我對電視與電影都不熟就是了。」

「是零點開始。矢島醫生在約定時間之前來到豪德寺家，當時大概是晚間十一點四十五分。」

「啊，那我應該也是這個時間出門。」

「原來如此。換句話說，你直到晚間十一點四十五分都是獨處，後來到山村良二家玩，和朋友打麻將到天亮，是吧？」

劍崎京史郎回答「這樣沒錯」，再度愛憐撫摸櫃子並排的招財貓頭部。

兩名刑警向劍崎道謝之後，離開他的倉庫。

砂川警部再度叫有空的刑警過來，派他立刻前往山村良二家，驗證劍崎京史郎的供詞。不久之後傳來回報，劍崎京史郎確實在昨晚十一點五十分左右前往山村家，和朋友們打牌到天亮，山村的供述和劍崎相同。

「完全沒有中途離場？」

警部抱著一絲希望如此詢問。

「打麻將途中經常去上廁所，但每次都沒有離開牌桌太久。」

劍崎於凌晨零點之後的不在場證明，果然無從質疑。

「什麼嘛，這麼一來，真一、美樹夫、矢島醫生、劍崎京史郎明明都很可疑，但他們四人的不在場證明都成立了。」

「確實如此。豪德寺家的人們湊巧都在昨晚熬夜，就像是預料到這天晚上會發生命案。」

「不過，可以確定至少有一個人早就預料到了。」

預料會發生命案的人，無疑就是真兇。

第三章　葬禮凶殺案件

1

豪德寺豐藏遺體被發現的隔天，親友舉辦莊嚴肅穆的守靈儀式。守靈隔天的七月十七日，則是對外舉辦盛大的葬禮。

前往葬禮會場的車陣有一輛賓士，駕駛是身穿喪服的二宮朱美。鵜飼杜夫坐在副駕駛座，以近乎灑脫的輕浮語氣，樂觀分析自己的現狀，「豪德寺豐藏過世」的突發狀況，似乎沒對他造成多少打擊。

「放心，委託人遇害也不值得驚訝。有人說，偵探必須經歷委託人遇害的狀況，才首度算是初出茅廬。事實上，往年的偵探們也一樣，許多委託人在辦案過程遇害，這種事很常見。」

該不會是偵探們下的手吧？其中肯定有這種案件——朱美如此心想，但終究不方便當著偵探的面這麼說。她改為提出另一個問題。

「委託人遇害之後，偵探會怎麼做？」

「一般來說，會找出真凶為委託人雪恨，這樣偵探才終於算是獨當一面。」

雪恨？只有這樣？朱美無法釋懷。

「誰能保證提供報酬？既然委託人死掉，不就沒人付錢了？難道是作白工？」

「確實，有些名偵探的行徑，怎麼看都只像是作白工，這種偵探的姓名裡，肯定有『金』這個字。」

名字裡有「金」的偵探，朱美想到一人。原來如此，那個偵探總是作白工，難怪外型總是寒酸到突兀的程度，肯定是欠房租沒繳。朱美不禁同情金田一耕助的房東。

「鵜飼先生，你該不會想作白工吧？」

「呼呼，妳說呢～？」

鵜飼以像是要哼歌的模樣，從西裝口袋取出褐色信封檢視內容物。是寫著「三花貓一隻，一百二十萬圓整」的那張文件。

「和豐藏先生的合約，沒有寫到他過世之後的狀況。要不要繼續找三花貓，必須和遺族協商之後才能確認。這也是我專程參加豐藏先生喪禮的理由。」

「但我覺得用不著在葬禮時協商，改天比較好。」

「先下手為強。要趁著葬禮想辦法協商成功，這是唯一的致勝之道。」

他還是一樣這麼敷衍。

「總之，交給我處理吧。」

「當然是交給你處理。不過明明沒什麼往來，總覺得包白包有點浪費。對吧？」

「白包？」

「……」

他不打算包？

「……」

看來不打算包。

兩人沉默下來，車內鴉雀無聲。

「慘了！朱美小姐，回頭吧！」

「太慢講了！已經到了啦！」

他們搭乘的賓士，黑色車頭剛好進入烏賊川殯儀館的停車場。

烏賊川殯儀館是三層樓的鋼筋水泥建築，算是相當氣派的葬禮會場。這座城市的重要人士過世時，大多在這間殯儀館舉辦葬禮。和其他殯儀館比起來，這裡的優點是可以容納許多人。

兩人在停車場下車。

朱美身穿剪裁得宜的正統連身禮服，胸前別著紫水晶造型胸針。在簡樸穩重的打扮之中，不忘展現氣質與品味。

另一方面，鵜飼身穿剪裁得宜的ＡＯＫＩ西裝，胸前則是ＫＩＯＳＫ的黑領帶。身穿葬禮兩大平價品牌服裝的他，完全沒辦法展現品味。

以黑白布幕與許多花環裝飾的正面入口，前來參加喪禮的人們排成一列，在櫃檯進行登記。大多是中年男性，卻也看得見年輕女性。所有人當然都拿著裝飾華麗的奠儀，在恭敬行禮致意之後交給接待人員。

「不過，人這麼多就沒問題了。只要假裝已經送上奠儀，面不改色進入會場，就不用擔心被發現……」

鵜飼說完就試圖從中央闖入，朱美以右手抓住他的衣領。

「拜託，不要做這種丟臉的事。」

「不然妳有其他方法？」

「真拿你沒輒。」朱美從手提包取出自己準備的奠儀袋。「重寫一封奠儀袋吧，只要寫『鵜飼杜夫偵探事務所』，就可以兩人一起大方進入。」

「換句話說，一人份可以讓兩人進去？」

「對。」

「這種做法意外敷衍。」

你這個敷衍偵探沒資格這麼說！

2

在朱美的協助之下，鵜飼威風凜凜經過櫃檯，在逐漸擁擠的挑高大廳看錶。

「距離兩點葬禮開始還有一段時間，希望能趁現在見到豐藏先生的妻小。他們或許在會場，我去找一下，妳留在這裡就好，我立刻回來。」

鵜飼逕自說完，就穿過人群迅速離開。

「啊，等一下啦……」

朱美立刻想追過去，但她要尋找的ＡＯＫＩ西裝，立刻混入ＫＯＮＡＫＡ與青山西裝的人群之中無法辨別。真是的，男性西裝肯定是罪犯絕佳的隱身衣。朱美很快就放棄去追。

「哎，算了。就算我找不到他，他也找得到我，畢竟朱美小姐很亮眼，呵呵。」

朱美頗為自以為是的輕聲說著，以大廳一角的全身鏡，照著身上的外型自得其樂。朱美不知為何，對自己的喪服造型有自信。

真要譬喻的話，就像是在庸俗烏鴉群華麗飛舞的黑色蝴蝶。

此時……

「小姐，打擾一下。」

後方有個戰戰兢兢的男性聲音呼喚她，一隻烏鴉在向蝴蝶搭話。看在這隻庸俗烏鴉絞盡勇氣的份上，朱美決定溫柔回應。

「怎麼了？」轉身一看，年約四十歲的中年男性站在眼前。「找我有什麼事？」

男性難以啟齒般指著鏡子。

「不好意思，可以請您讓開嗎？」

叫我讓開是怎樣！烏鴉不應該對蝴蝶講這種話吧！

「夫人吩咐我，把這個藏在鏡子後面。」

中年男性以手指比劃出箭頭指向下方。朱美低頭一看，是兩個和這個場合完全不搭的物體，約四十公分高的招財貓。

「哎呀，葬禮會場為什麼有招財貓？」

朱美單純的詢問成為契機，這名男性像是忘記原本的目的開始說明。

「小姐，您質疑這裡為什麼有招財貓，就我的立場，我反而詫異葬禮為什麼不能擺招財貓。招財貓是招福之神，是自古以來受到日本人寵愛、敬奉的傳統福神。既然是神，就表示這是一種信仰、一種宗教。豪德寺豐藏先生是罕見的招財貓虔誠信徒，如果把今天這場葬禮，當成不幸齎志而歿的豪德寺豐藏先生踏上全新旅程，祝福他一帆風順才是人之常情吧？因此象徵開運招福的招財貓絕對不可或缺，抱持這種想法的應該不只我一人。」

不對，應該只有你一人。朱美在心中指著眼前的中年男性。無論基於什麼理由，招財貓都不適合出現在葬禮，往生者還是一個人往生就好，拜託別招手。

「……但我把這兩隻招財貓放在祭壇時，夫人阻止我了，我才不得已收起來。」

夫人這麼做是對的。話說回來，這隻烏鴉……更正，這個人逕自說得滔滔不絕，看來他不擅長對話。

朱美依照吩咐從鏡子前面退開，看著男性把兩隻招財貓藏在後面。

「話說，這種招財貓是從哪裡拿來的？」

「豪德寺家。這是豐藏先生收藏品的一部分。」

「所以說，您是豪德寺家的人？」

「抱歉還沒自我介紹，我是往生者的遠房親戚劍崎京史郎，現在借住豪德寺家。啊，這是我的名片。」

遞過來的名片，印著「招財貓愛好者團體聯盟・烏賊川市分部副部長」這個冗長無意義的頭銜，比起「私立偵探事務所所長」也不遜色。

「既然您是副部長，難道部長是……」

「哎呀，小姐您真聰明。部長就是長年擔任這個職務卻過世的豐藏先生。」

「那麼，請問，難道說……不，算了，請當我沒問。」

難道說，「招財貓愛好者團體聯盟・烏賊川市分部」這個組織，只有部長與副部長兩人？朱美原本想這麼問，不過應該是這樣沒錯，所以反而問不出口。要說當成代價也不對，總之朱美決定再花點時間打聽招財貓與豪德寺家的事。

「您說的夫人，應該是豐藏先生的夫人吧？這位夫人不喜歡招財貓？」

「這個嘛，昌代女士不算是能夠包容豐藏先生的收藏嗜好，但也沒有特別反對，感覺像是冷眼旁觀，隨便丈夫怎麼做。不過真遺憾，要是昌代女士能夠再寬容一點，就不會說出『拜託別在葬禮擺招財貓』這種話了。」

「那個，恕我冒昧請教。」朱美提出禁忌的問題。「招財貓這麼吸引人？」

「當然很吸引人。」劍崎京史郎以出乎預料的熱情，用力點頭示意。「比方說，剛才收起來的兩隻招財貓，非常吸引我又令我深感興趣。您剛才看到時沒發現嗎？」

「這個嘛，就只是……」

「您沒發現吧？我想也是，我想也是，您認為就只是普通的招財貓，我想也是。不過說來離奇……」

說來離奇？

「那不是普通的招財貓。那兩隻招財貓一隻舉右手，另一隻舉左手，換句話說不是兩隻招財貓，正確來說是一對招財貓，是某個著名陶藝家所製作，具備藝術價值的氣派成品。將兩隻貓放在祭壇左右兩側，就會漂亮展現出左右對稱的構圖。具備傳統藝術美感的招財貓，是最適合點綴葬禮的擺飾，抱持這種想法的應該不只我一人。」

完全只有他一個人這麼想。這個人為何沒察覺？

「這麼說來，招財貓正確應該舉右手還是左手？」

「喔喔，小姐，您也對招財貓感興趣！原來如此原來如此！」

不，並不是感興趣，只是在剛才的對話之中單純感到疑問。

「右手還是左手，怎樣才正確？這是非常好的問題。好，我就回答您吧。」

然而，在劍崎京史郎得意洋洋準備說明的這一瞬間……

「嗨，朱美小姐！」

和對話脈絡完全無關的地方，忽然有人叫朱美的名字，令朱美嚇一跳而縮起脖子。轉頭一看，一名看起來相當悠哉的青年笑嘻嘻站在那裡。

是戶村流平。

3

「午安，是鵜飼先生找妳過來的吧？」

流平若無其事問候，一副在路上巧遇的態度。但朱美一看到他的打扮，就懷疑起自己的眼睛。

「你、你這身打扮是怎樣！」

「嘿嘿，很帥吧？」

「簡直瘋了。」

「啊，朱美小姐，這樣講很過分喔，會侮辱夏威夷的居民。」

然而再怎麼說，這幅光景只能形容為「瘋了」。出現在喪禮會場的流平，身上穿的居然是超花俏的夏威夷衫。

「如果這裡是威基基海灘就沒問題，但你穿夏威夷衫參加喪禮簡直沒常識。而且這是怎樣……」

朱美捏起流平身上的襯衫責難。襯衫圖樣居然是盛開的鮮紅色朱槿，椰子樹下還有穿草裙跳著呼拉舞的女郎。雖然經常看見身穿夏季風格夏威夷衫的年輕人，但是烏賊川市再怎麼大，適合穿這麼「阿囉哈～」襯衫的年輕人，大概也只有流平。這身穿著簡直像是把品味遺留在某處沒帶來。

「你該不會是穿這樣參加葬禮吧？」

「哈哈哈，怎麼可能，我不會那麼沒常識。這件夏威夷衫只是很熱才穿的。」不過，這種隨便的想法已經很沒常識了。

「我當然會換衣服，我有帶西裝。」流平在朱美面前得意提起包包示意。「話說鵜飼先生呢？你們沒一起過來？」

「天曉得，不知道他跑去哪裡了。不提這個，快去給我換衣服，大家都在看了。好了，離我遠一點！」

「是是是。」流平背起包包。「話說回來，朱美小姐。」

「什麼事？」

流平在離開前，湊到朱美耳邊輕聲這麼說。

「即使對喪服打扮有自信，也不可以過度誘惑中年大叔喔。」

「並沒有！」

朱美如同狠狠朝流平背上揍一拳般推開他，確認朱槿加草裙舞女郎的身影走上二樓之後，才終於鬆了口氣。

講到一半被打斷的劍崎京史郎，明顯露出疑惑的表情。

「請問，剛才的年輕人是哪位？是您朋……」

「不，他不是我朋友，這種人不可能是我朋友，只是面識，交情一點都不好，只是知道名字而已。」

朱美像是鞭打般左右搖頭，不斷強烈否定。

「那個，剛才說到哪裡……對了，是招財貓右手與左手的話題吧？」

「是的，您問到招財貓舉哪隻手才正確。」劍崎京史郎輕咳一聲轉換心情，終於開始說明。「實際上，並非只有右手或左手才是正確答案，兩者都是。右手與左手的差異，主要起因於招財貓的產地。您知道招財貓的兩大據點嗎？」

「兩大據點……不知道。」

記得社會科課本沒寫這種事。

「其一是東京淺草的今戶燒，這裡有一段知名的招財貓誕生傳說。」

傳說是吧……

「這是很久以前的事。有一位老婆婆，經營一間生意清淡的雜貨店。某天晚上，這位老婆婆夢到一隻老貓出現在枕邊，告訴她『製作一個舉右手招客人的擺飾就有福氣上門』。老婆婆立刻造訪附近今戶燒的窯戶，依照這隻貓的吩咐，製作以右手招人的貓型瓷器，老婆婆在淺草觀音菩薩旁邊販賣這種瓷器，結果大受歡迎而致富。這種今戶燒瓷器，翻過來會看到一個圓圈加上『〆』這個緘口符號的印記，所以別名叫作『丸緘貓』，是如今稱為夢幻招財貓的珍品。若將這種『丸緘貓』視為正宗招財貓，招財貓就應該舉右手，不過接下來就是重點了。這種今戶燒招財貓，和我們現在常見的招財貓造型有著些許差異。這種招財貓的臉比較小，眼睛也不是很大，身體纖細又有點長，隱約給人女性的印象，整體配色也是偏白色的清爽色系。換個方式形容，就是造型比較真實的白貓舉右手坐著的感覺。即使具備樸素民俗工藝品的魅力，造型上卻還沒有搞怪的部分。」
「搞怪啊……」
朱美大概五年沒聽到這個詞。
「是的。這種今戶燒形式的樸素招財貓，後來進行獨特改造，一下子在日本全國為人所知，得歸功於愛知縣的常滑市。這裡是大量生產招財貓促進普及的一大據點，但原因不只是產量很多。常滑市生產的招財貓，把今戶燒型式的擬真白貓改為更加擬人化，充滿漫畫風格的魅力。具體來說是頭部變大、身體變小，使得體型變成詼諧的二頭身。至於臉的部分，眼睛變得很大，嘴巴嘛起來，兩側的鬍鬚大幅上揚，使得表情變得更像人類也更可愛。相較於今戶燒的女性化招財貓，常滑市的招財貓像是調皮小男生。配色也跳脫至今的白色系，手腳加上黑色斑點，斑點周圍配上褐色或金色，搖身成為更加華麗的樣貌。聽得懂嗎？」
「是我們經常在店裡看見的那種招財貓吧？」
「就是這麼回事。我們如今對招財貓的印象，堪稱正是這種常滑型的招財貓。常滑型招財貓的出現，發揮決定性的影響力，甚至改寫招財貓的歷史，風靡日本全國。至於這種常滑型招財貓舉的手……」
「難道是左手？」
「您居然知道！」
任何人聽你這麼說都知道！

「完全如您所說，常滑的招財貓主要是舉左手，但是當然也有按照傳統舉右手的招財貓，也因此產生混淆，出現您剛才提到『舉哪隻手才正確』的議論。不過依照剛才的說明，無法斷定舉哪隻手才正確，而是舉哪隻手都正確。如果以基督教譬喻招財貓信仰，淺草今戶就是誕生地耶路撒冷，愛知常滑則是傳教據點羅馬，在信徒眼中，兩個地方都是聖地。」

「哇～」

講得真誇張……朱美在差點說出真心話的時候忍下來了。這個人很認真，朱美也知道不能拿別人的信仰開玩笑。

而且，這個人的招財貓知識貨真價實。朱美抱著順便的念頭再度詢問。

「那麼，傳說舉左手的招財貓是招來財運保佑生意興隆的神，舉右手的招財貓是廣招福緣的福神，這種說法只是牽強附會？」

「不，不能全部認定是牽強附會。原因在於舉左手的主流招財貓——也就是常滑型的招財貓，有另一個不能忽略的特徵。與其說是特徵，應該說是更加強調招財貓多麼吉利的幸運道具。您知道是什麼嗎？不知道吧？就是金幣。常滑型招財貓舉左手，右手則是穩穩抱著一枚金幣，金幣上頭寫著『千兩』或『一萬兩』或『百萬兩』這種相當誇張的金額，這很明顯是用來求財運以及保佑生意興隆，強調為生意人討吉利的類型。從生產地是愛知縣就可以輕易推測，肯定是這樣比較受大阪商人歡迎而如此改造，所以舉左手的招財貓能保佑生意興隆，這種通俗說法姑且有根據可循。」

「那麼，舉右手的招財貓呢？依照剛才雜貨店老婆婆的故事，應該也是保佑生意興隆吧？」

「不，關於舉右手的招財貓，有一段更有名的傳說。」

又是傳說。

「以前，德川家康的家臣之中，有一位名為井伊直孝的諸侯，這位諸侯住在現在的東京都世田谷區。某天他打獵返程途中，經過一間沒落的寺院時，天空即將下起傾盆大雨，此時沒落寺院門後忽然跑來一隻貓，像是人類舉起右手朝他招手。井伊直孝在貓的招呼之下進入沒落寺院避雨，因而結識造詣高深的住持。這座沒落寺院基於這段緣分，成為井伊家供奉祖先牌位的菩提寺，接受鉅額捐贈而富裕起來。換句話說，這隻貓拯救了這間沒落寺院。後來寺院於這隻貓死後鄭重建墓埋葬，命名為『招福貓兒』祭祀，造訪這座寺院的人們，也製作舉右手招手的紙糊貓『招福貓兒』供奉。這是招財貓發祥故事之中最有名的一篇。如果只聽這段故事，就知道舉右手的招財貓並沒有保佑生意興隆的意義，而是開運招福的吉祥物，演變成舉右手的招財貓會廣招福緣的通俗說法。」

「這樣啊，也就是說，舉哪隻手都很吉利？」

「就是這麼回事。所以現代陶藝家發表的招財貓新作品，甚至有舉雙手的造型，或是剛才那種左右成對的造型，收集這種特別造型，也是收藏家的樂趣之一。」

朱美聆聽劍崎京史郎熱情傳授知識之後，開始能夠理解愛好者的心情。招財貓的世界確實比想像中深奧。

「不過，那個沒落寺院的故事是虛構的吧？」

「千萬別這麼說，這是真實事蹟，當然是真實事蹟。這座寺院依然位於世田谷，至今依然有人在寺內供奉『招福貓兒』求福，是一間有名的寺院，您肯定也聽過這間寺院的名字。」

「叫什麼名字？」

劍崎京史郎確實說出一個朱美知道的寺院名字。

「豪德寺。」

4

戶村流平抱著包包進入二樓男廁，裡面是寬敞冷清的空間。

洗臉臺前面，一名看似前來憑弔的男性正在調整領帶；小便斗區域，一名看似職員的男性正在如廁。可上鎖的八個隔間，門全部往內側開啟，顯示無人使用。

總之得以迴避最擔心的狀況，使得流平鬆了口氣。

流平擔心的是這種事。

接下來，他要進入隔間換裝。

從夏威夷度假造型切換為日式正裝造型，是一件相當費時的工程。

假設男廁是客滿狀態，他在使用的隔間前面，當然可能站著陌生人等候。

或許這個人，正陷入分秒必爭的危機。

這名男性應該會敲門示意「快一點」。

流平則是敲門回應「還沒」。

接著，再度敲門示意「快一點」。

流平再度敲門回應「還沒」。

然後敲門。

再度敲門。

再三敲門，再度敲門。

反覆進行「快一點」與「還沒」的無聲對話之後，對方肯定會在心裡這麼說。

「臭傢伙！○○也太久了吧！肯定不是什麼好東西！」

人們往往以如廁時間判斷他人。陌生人怎麼評定都無妨，但依然不是什麼好事，所以廁所還是不要有人排隊比較好。

流平在鑰匙形空間裡直角轉彎，進入最後面的隔間立刻換裝。脫掉超花俏的夏威夷衫，穿上低調的深藍色西裝打上黑領帶，在右肩別上黑紗就完成了。不過總覺得缺了某些東西。低頭一看，腳上依然穿著涼鞋。西裝加涼鞋只能以怪異來形容。

但流平當然萬無一失，從包包裡取出珍藏的皮鞋換穿。以假蛇皮大膽裝飾的這雙皮鞋，是不久之前在烏賊橫町（類似阿美橫町）買的，今天第一次穿。流平確認穿起來的感覺之後，總算換完裝拎起包包走出隔間。

走廊人數看起來比剛才還要多。流平把礙事的包包收進投幣寄物櫃再看向時鐘。葬禮預計下午兩點開始，還有三十分鐘，預定列席的人們各自圍成一圈或是面對面，忙著進行形式上的問候與無關痛癢的閒話家常。

流平當然沒有加入他們，而是張望尋找鵜飼。

就在這時候，流平左肩突然「咚！」地受到強烈撞擊，某人和他擦身而過時肩膀相撞，流平不由得踉蹌，對方男性以雙手扶住他的身體。

「對、對不起，不要緊吧？」

看起來約三十歲的男性搶先流平道歉，是一名如同把五官裝在玉米上，臉型細長的男性，身上毫不例外穿著西裝。

「不，我才要道歉。」流平低頭致意。「我在找人，東張西望沒注意到。」

「我、我也是在找、找廁所，所以東張西望沒注意到。」

尖頭男性小小的額頭冒出汗水，他體內肯定正賭上人類尊嚴，進行分秒必爭的激烈戰鬥。

「廁所在這條走廊直走到底的右邊。」

「直、直、直走到底的右邊是吧，感謝您親切告知，告辭。」

男性微微垂下流汗水亮的額頭示意，縮起身體小跑步經過流平身邊離去。他慌張的樣子，使得流平擔心他會不會走到底撞上走廊牆壁，頗感興趣看著他離去的身影。

後來這名男性終究沒有撞到牆壁，卻在命運的丁字路口往左轉，枉費流平一番好意。

「啊～我明明說是右邊……」

流平回想起來，至今每次有人問路，他總是沒有說明清楚。不過以這次的狀況，要怎麼樣才能比「直走到底的右邊」說明得更清楚？還是應該伸手用指的？

流平回想起縮著身子費神進行空虛戰鬥的那名男性，不禁有點同情。這個時候，一個熟悉的聲音從後方叫他。

「剛才那個人是岩村吧，你認識他？」

「啊，鵜飼先生。」

流平轉過身來，總算找到師父。

「不，我不認識他，只是剛才肩膀相撞了一下。那個人是岩村先生？」

「嗯，岩村敬一，通稱萬事通岩村。」

「萬事通……所以那個人是殺手？可是怎麼看都不像啊？」

「你啊，為什麼只有這種極端的想法？」

看來這是極端的想法。

「連殺人委託都會接的萬事通，只存在於電影世界。你的想法要現實一點。」

說到現實，流平回想起前陣子躍上新聞版面的某個萬事通。

「我知道了，所以他會搬佛像吧？」

「嗯？是啦，找他搬佛像的話應該會搬……不過你在說什麼？」

「咦，鵜飼先生，你不知道？事情是這樣的。」

某個提供萬事通服務的男性，受人委託把佛像搬到山上埋起來。這名男性顧名思義什麼工作都接，所以即使覺得事有蹊蹺，依然接下這項委託。但他從委託人那裡接過佛像一看，佛像全身包著布，抬起來會覺得莫名軟趴趴。佛像當然不可能軟趴趴，其實委託人是殺人犯，軟趴趴的物體不是「佛像」，是貨真價實「歸西」的屍體——這是一段如同冒失笑話的真實事蹟。

「嗯～真的是『事實比小說還離奇』。總之不提這個，岩村敬一是除了犯罪委託什麼都接的萬事通，工作項目也包含丈夫外遇調查，或是尋找離家出走的失蹤人口，所以偶爾會和我們私家偵探搶生意，或是把我們做不來的工作轉交給他，彼此之間有各種交流。他在這個業界算是挺出名的游擊手……喔，聊著聊著，他又來了。」

朝著鵜飼所見的方向一看，剛才經過流平身旁的萬事通岩村再度接近這裡，看來他在二樓繞一圈又回到原點。他額頭的汗珠變大，前傾角度更低，看來他明顯還沒抵達他嚮往的地面樂園。

「喲，小岩，好久不見，這麼慌張是要去哪裡？」

「喔喔，小U！遇見你真是剛好，知、知、知道廁所在哪裡嗎？」

「廁所啊，廁所在走廊直走的那邊。」

鵜飼似乎很清楚岩村這個人的個性，不是口頭指示，而是用手指。

「謝、謝啦小U，下、下次再一起喝一杯吧！」

岩村敬一痛苦道謝離開，走到走廊盡頭暫時停步，左右張望之後確實往右走。

「總之如你所見，他不太成材。」

「似乎如此，他這樣工作時沒問題嗎？」

「依工作而定，不過他骨子裡很正直，算是挺有用的。喔，對了，現在沒空在這裡摸魚。流平，有沒有看到豪德寺家的人？我想趁現在找他們談事情。」

5

偵探與偵探徒弟，是在二樓吸菸區發現豪德寺家的人們。打造成露臺風格的吸菸區一角，擺放小桌子與面對面的座位，成為一個閒聊的空間。數名男性趁短暫空檔努力補充尼古丁時，三人默默心不在焉圍坐在桌旁，一人是身穿和服的中年婦女，兩人是青年。流平對身穿和服的婦女有印象，是豪德寺豐藏過於年輕的妻子。

「嗨，您是豐藏先生的妻子……記得是昌代夫人吧？請您節哀順變唔嗯唔嗯。」

鵜飼以不成文字的話語，表達不成話語的心意。

昌代瞬間露出困惑的表情。

「啊，您是之前那位偵探先生。不好意思，感謝您專程過來……」

進行形式上的問候之後，昌代貼心為鵜飼介紹同桌的兩人。他們是豪德寺家的兒子，大兒子真一與二兒子美樹夫。兩人各自起身簡單點頭致意。

「我是鵜飼，豐藏先生生前非常照顧我。」

鵜飼說著極為自然坐在桌旁的空位。

「啊，他是我的不肖徒弟。沒關係，他不用椅子。啊啊，流平，你還年輕，就站在那裡吧。」

「是～」

流平聽話站在桌邊，一邊和四面來襲的煙霧奮戰，一邊聆聽四人交談。

「話說回來，雖然是這種時候，但我想商量一件事，就是關於豐藏先生要我尋找三花貓的委託。」

「喔，所以父親為了三花子雇用的偵探就是您？」

真一說得像是現在才知道。

「嗯，是的。如今豐藏先生不幸過世，我想確認這項委託今後是否依照原定計畫進行。夫人，怎麼樣？我可以認定尋找三花貓的委託依然有效嗎？」

「是的，那當然，畢竟這是已故外子的遺志。」

「哎呀，這樣啊，我聽您這麼說就放心了。畢竟合約沒特別註明委託人驟逝時該怎麼做，所以我一直掛念這件事。」

「媽，請等一下。」真一點菸加入話題。「不需要檢討是否繼續委託吧？到頭來那是爸爸的貓，老實說，家裡除了爸爸，沒人對那隻貓有感情，對吧？」

「說得也是。」二兒子美樹夫附和哥哥的意見。「到頭來，爸爸不准任何人碰那隻貓，我們想培養感情也沒辦法。像我甚至沒摸過三花子的頭。」

「是啊，美樹夫說得對，為什麼不惜刻意雇用偵探也要找那隻貓？我知道爸爸很想找到三花子，畢竟爸爸確實很寵牠，不過在爸爸過世的現在，貓根本無所謂吧？」

「我也贊成哥哥的說法。如果是附血統保證書的高貴純種貓，那就可以考慮找回來，但那隻只是普通的雜種貓，現在應該沒辦法和附近野貓區別了吧？」

「不，請等一下。」

鵜飼舉起手掌往前，像是要將忽然捲起的強烈逆風推回去。

「我能理解兩位的心情，不過這邊也有所謂的合約，而且合約有註明期限。依照合約內容，尋找三花子的任務持續到這個月底。換句話說，我直到這個月底，都有義務依照豐藏先生的委託尋找三花子，如果找到，豐藏先生有義務支付相應的報酬，合約就是這麼寫的。所以即使豐藏先生過世，要是各位擅自毀約，我這邊也很困擾……這部分請各位諒解。」

鵜飼嚴肅低下頭。場中沉默片刻。

真一輕吐一口煙說著「可是啊……」，表情頗為不滿。

美樹夫則是如同置身事外。

「既然合約這麼寫，那就繼續找吧？畢竟或許找得到。話說偵探先生，合約記載的『相應的報酬』是多少？」

「這個嘛……必要經費加上事成報酬，總共一百二十萬圓整。」

美樹夫忽然發出像是鴨子打嗝的聲音。

「一、一百二十萬！」

喝掉十二瓶啤酒結帳時，發現這裡是黑心酒吧，帳單寫著「啤酒一瓶十萬圓，總計一百二十萬圓」——顧客這時候的反應肯定就像他這樣。流平有點可憐他們。

另一方面，真一冷靜沉著向鵜飼確認。

「是日幣吧？日幣一百二十萬圓？」

「日幣一百二十萬圓，肯定沒錯。」

即使如此，美樹夫依然像是無法接受，氣勢洶洶如同暴風雨。

「一百二十萬圓，開什麼玩笑！哪有人會為一隻貓付這麼多錢？我們家確實不會計較一兩百萬這種金額，但是為一隻區區的雜種貓花費一百二十萬實在離譜，在這個不景氣的年代，這種事我聽都沒聽過。即使爸爸再怎麼喜歡貓，也不可能簽這種亂七八糟的合約。偵探先生，您該不會趁著我爸死掉亂開價吧！」

「美樹夫，別這樣，你說得太過分了。」

昌代這番話的語氣平穩，卻發揮卓越的效果，使得激動的美樹夫安分下來。場中安靜之後，昌代平靜朝偵探提出一個單純的問題。

「為什麼不是一百萬，而是一百二十萬？我莫名在意這一點。」

「不，沒什麼，這個金額沒有特別的原因，就是……彼此協商的結果。」

流平知道，這個數字肯定來自於「房租十萬圓╳十二個月」，但他當然連表情都沒有穿幫。

昌代姑且認同點頭，接著提出要求。

「您帶著合約書嗎？如果有帶，請借我看一下。」

鵜飼從內袋取出褐色信封，從裡面拿出一份文件，而且事到如今才補上微笑，將文件遞給昌代夫人，兩個兒子立刻把頭探到昌代夫人身旁。

「真的耶。」「是合約書。」「難以置信。」「不過有蓋章。」「還有簽名。」

兩個兒子接連驚聲表達意見，在最後沉默下來。看來勝負已定。

「我看完了。」昌代將合約書還給鵜飼。「以一百二十萬圓找一隻三花貓，這個金額超乎常理，不過實際上，外子具備這種無法以常理衡量的部分。既然外子做出這個超乎常理的約定，身為遺族的我們也得守約。正如合約所述，只要您月底之前找到三花子，我會代替過世的外子支付一百二十萬圓，這樣可以吧？」

「感謝您的諒解。」

鵜飼將合約書收回胸前口袋，露出安心的笑容。

「話說回來，您有把握找到三花子嗎？」

「唔～這部分相當陷入苦戰。畢竟原本就缺乏線索，豐藏先生是少數能提供情報的人，卻發生這種事，老實說我現在很頭痛。」

「這也難免。我要是知道什麼線索就可以提供給您……對了，我只有一個線索。前幾天，我女兒目擊一隻很像三花子的貓，但也可能是她看錯……」

「喔，很像三花子的貓？是什麼時候在哪裡看到的？」

「是案發當晚發生的事。偵探先生應該知道，命案發生在溫室，報紙也有記載。接下來的事情必須保密，我不方便詳細透露，不過案發的時候，我女兒……她叫作真紀，目前不在這裡，她當時就在案發現場。依照真紀的說法，外子遇害的時候，她在現場看到一隻很像三花子的三花貓，或許那隻貓就是三花子。」

「喔……這是奇妙的巧合，感覺似乎暗藏玄機。」

「警方也說，這就像是走失的家貓忽然現身，守護飼主離世。」

真一乾笑兩聲斷言道：

「哈哈，怎麼可能。媽，妳想太多了，那只是真紀看錯，其實是完全不同的貓，對吧？」

真一尋求弟弟同意，美樹夫姑且以消極態度表達贊同之意。

「懷疑妹妹也不太對，所以那隻貓大概真的很像。不過每隻貓看起來都差不多，如果三花子在命案當晚忽然出現，那就太神奇了。我也認為是真紀看錯。」

「不，可不能這麼斷言。」鵜飼接著美樹夫這番話提出反駁。「經常有人說，貓具備神祕的力量。例如住在船上的貓，會比人類更早察覺暴風雨來臨，所以討海人相信貓的神祕性質，而且非常重視。」

「這只是動物的第六感吧？這種事連我也相信。」

「所以說，三花子或許是基於動物的第六感，預料到豐藏先生即將過世，而出現在案發現場。」

鵜飼的說法，使得美樹夫顯露不悅的神情。

「偵探先生，神祕也要有個限度。預測暴風雨這種事，連氣象預報員都做得到，再怎麼厲害的偵探，也無從預料命案發生吧？請不要亂講話。」

「原來如此，說得也是。我曾經成功解開命案之謎，卻沒預料過。你說得對。」鵜飼不經意在話中提及自豪的事蹟，接著緩緩起身。「先不提真紀小姐目擊的貓是什麼貓，看來搜尋宅邸周邊是找到三花子的捷徑。或許最近還會到府上叨擾，夫人，請問方便嗎？」

「好的，請隨時光臨。」昌代夫人表達歡迎之意，還出乎意料給偵探一個鼓勵。「請您務必找出三花子。老實說，那隻貓並不可愛，但現在是已故外子的遺物，祝您成功。」

真一刻意咳了一聲。

「媽，找到就得付一百二十萬圓，別找到比較好吧？無論怎麼想，只要找到貓就虧大了。我們家的經濟狀況沒這麼樂觀。」

另一方面，美樹夫一副鬧彆扭的樣子。

「總之，應該找不到吧？畢竟只是普通的三花貓，不可能的。」

6

和豪德寺家的三人協商結束時，流平肚子咕咕作響。

「這麼說來，記得葬禮會提供餐點給參加者吧？」

「你是說齋點？當然會有，不過那種餐點不吸引人。我不奢求在葬禮會場吃得到烤肉，但還是希望能招待好一點的東西吃……啊！」

鵜飼忽然臉色大變。

「怎麼了？」

「慘了！我完全忘記朱美小姐，一直讓她在一樓大廳等。這下完蛋了，她肯定火冒三丈。」

「啊，這部分沒問題。我剛才也在大廳見到朱美小姐。」

「她在生氣吧？」

「沒有。」流平率直說出所見的印象。「她在愉快誘惑中年男性。」

「愉……」鵜飼張大嘴，以無奈表情回應。「愉快誘惑中年男性……這樣啊，原來如此。」

「……就我看來是這麼回事。」

鵜飼的表情嚴肅的前所未見。

「唔唔，這可不行。我不曉得她對自己的喪服打扮有多少自信，但這種行為會降低鵜飼偵探事務所的格調，得要求她克制才行。」

鵜飼說完沿著走廊大步往回走，來到兩層樓挑高的二樓扶手處，俯視一樓大廳。流平也跟著從扶手探出上半身。下方身穿黑衣參加喪禮的人們，就像是聚集在食物旁邊的螞蟻，那麼朱美就是蟻后，她的容貌確實特別亮眼。朱美站在描繪優雅弧度的白色階梯下方，和剛才一樣在鏡子前面，和中年男性談笑風生。

「啊，找到了，鵜飼先生，在那裡，有看到嗎……」

流平還沒問完，鵜飼的聲音就迴盪在大廳。

「喂～朱美小姐～！別在那種地方勾引中年男性囉～！快上來啊～！」

一瞬間，整間大廳鴉雀無聲。

「你說什麼！」

其中有一道黑影，以看不見的速度衝上通往二樓的階梯。

「哇，哇，哇！」

流平喉頭深處痙攣，發出無聲的慘叫，進逼的恐怖預感，使他害怕到離開鵜飼身旁保持距離。緊接著，喪服美女以難以置信的速度抵達二樓，走向懾於氣勢怕得佇立不動的鵜飼。

「我什麼時候勾引中年男性啊！」

一進入射程範圍，美女就二話不說，隨著吶喊狠狠往鵜飼臉頰打下去。

「嗚喔！」

鵜飼就像是香港動作電影裡專門被打的配角，在空中旋轉一圈半落地。強勁的魄力使得近距離目睹的流平戰慄到冒出雞皮疙瘩，遠遠看到這一幕的大廳人們，報以如雷掌聲讚賞。

這一切都發生在一瞬間。

五分鐘後，葬禮（不是鵜飼的，是豪德寺豐藏的葬禮）若無其事肅穆進行。葬禮莊嚴又華麗，很適合這位足以成為榜樣的人物。點綴祭壇的各色菊花釋放馥郁香氣，打造出極樂淨土的感覺。四名僧侶齊聲誦經，成為美麗的和聲，不只送死者靈魂前往天堂，也將許多參加者引入睡眠地獄。烏賊川市工商協會大老致詞，述說他們和故人的回憶時，列席者各處響起無法壓抑的啜泣聲。

「嗚……嗚嗚……」

鵜飼也低聲哭泣。不過他並非懷念故人。

「嗚……好痛……好痛……」

只是被朱美打的右臉頰很痛，而且是假哭。

「什麼嘛，有夠假！何況到頭來是你的錯，你是自作自受。流平，你說對吧？」

「嗯，是啊。」

流平回想起一部老電影。對，記得片名是《粉紅豹》。飾演怪盜的大衛·尼文，對飾演公主的克勞黛·卡汀娜說「美女受汙辱時必須賞對方耳光」，卡汀娜聽到這番話，隨即面帶微笑賞了尼文一個耳光。換句話說，朱美的行為堪稱依循傳統，不過力道過重了一點。

7

經過一小時的儀式，豪德寺豐藏的靈魂順利歸天，再來就是等待出殯。不過在這之前，要在棺材放入故人喜愛的物品再封棺，是一段頗為感傷的儀式。那麼，豪德寺家的人們，會在豐藏棺材放入何種物品供奉？流平好奇遠眺遺族的行動，不過這幅光景比想像的還要奇妙。

「……貓？」

即使故人再怎麼喜歡貓，也不可能獲准在棺材封入真貓。仔細一看，那隻貓是布偶，這種程度應該很常見。然而接下來，某人拿著撲滿大小的招財貓要放進棺材時，葬儀社男性立刻前來檢查。

「不可以放不燃物，請放可以燃燒的物品。」

「所以柴魚塊就可以放？」某人這麼說。

「柴……」葬儀社男性眨了眨眼睛。「嗯，那是可燃物，可以放。」

「那麼金幣不行嗎？我想應該不可燃。」

「金……」葬儀社男性睜大眼睛。「嗯，金幣不會造成妨礙，所以無妨。」

「那麼貓草呢？」

「貓……算了！」這名男性似乎終於懶得說了。「想放什麼請盡量放吧，燒剩的物品之後回收就好。」

「那麼，招財貓果然不能少。」某人再度這麼說。「畢竟這是故人的守護神。」

就這樣，豐藏心愛的招財貓以及和貓相關的小東西，在他遺體旁邊擺得滿滿的。

流平終究無言以對。這和他期待的感傷場面差太多了。

「總覺得棺材變得像是玩具箱。」

旁邊目睹這一幕的鵜飼輕聲說出這句話，令人覺得完全說中真相。接著，如同玩具箱的棺材蓋好釘牢，再來只需要等待出殯。儀式地點從殯儀館移往火葬場，普通列席者當然不會陪同前往火葬場。

「那麼，我們差不多該回去了。啊～真是的，搞不懂今天是來做什麼的，好奇怪的葬禮。」

後方傳來朱美的聲音，流平轉過身去。

「那我去拿包包，我放在二樓的投幣寄物櫃。」

「這樣啊，但你不用換衣服了，以這身穿著回來吧。」

看來夏威夷衫評價不佳。流平很想立刻換衣服，但是目睹「鵜飼慘劇」的現在，他無法輕易違抗朱美的命令。沒辦法，回到鵜飼事務所再換衣服吧。流平如此心想的走到二樓，從寄物櫃拿回放衣物的包包，不過在拿起包包感覺到重量的瞬間，他察覺自己的疏失。

「糟糕，我的涼鞋……」

剛才在廁所隔間換衣服時，他把涼鞋換成皮鞋。到這裡沒問題，但他不記得有把涼鞋收回包包。打開包包檢查，裡面果然沒有涼鞋，所以答案只有一個。如果沒人偷走，涼鞋一直扔在那個隔間。

流平立刻前往廁所。他清楚記得是哪個隔間，肯定是最裡面那個。

流平來到那個隔間前面。門很不幸關著，其他隔間的門全都開著。換句話說，其他隔間都沒人，卻只有這個隔間有人用。流平不得已等待片刻。由於枯等也很無聊，所以他隨手敲門。

「咚咚！有人嗎～」

然而無人回應。慢著，該不會沒人吧？抱持疑問的流平，確認周圍沒人之後，悄悄放低姿勢往下看。門下方是十公分的縫隙，看得到正在如廁的人物雙腳。實際上，流平確實看到一雙穿皮鞋的腳，裡面肯定有人。不過話說回來……

「咚咚！請問～還沒好嗎～？」

還是沒回應。不對，與其說沒回應，更像是連一點反應都沒有。流平莫名有種被瞧不起的感覺，何況他個性急躁，到了這種地步，他行事就變得沒有節制。流平以更強的力道再度敲門，確定沒有回應之後，就把手按在門上，說出禁忌的謾罵。

「臭傢伙！〇〇也太久了吧！肯定不是什麼好東西！」

流平這一推居然打開門了。映入他眼簾的，是無力坐在馬桶蓋上的男性。男性身穿喪服西裝，似乎是參加喪禮的人。

「啊……對、對不起……」

流平道歉時，看見男性襯衫染成紅色。

流平倒抽一口氣。

男性腹部遇刺，已經死亡。

同時，流平聞到一個奇怪的味道。廁所或命案現場都不該有的味道。

流平下定決心，把臉湊到男性腹部聞味道，同時察覺染成紅色的傷口周邊，殘留著褐色的汙漬。褐色，這個顏色告知味道的真相。

「味噌湯！」

不知為何，味噌湯潑灑在屍體傷口周圍。

接著，流平再度看向男性的臉。他對這張尖尖的臉有印象。

是萬事通岩村——岩村敬一。

8

原本順利進行的葬禮，因為忽然發現屍體加上警方抵達而被迫中斷。打上釘子正要送到火葬場的棺材，也在送上靈車途中叫停，緊急轉向再度回到祭壇。

聚集在烏賊川殯儀館參加葬禮的人們，也依照警方要求留下來，本來就要陪同出殯的相關人等沒什麼差別。其他不明就裡的人們當然紛紛表達不滿，但得知發生命案之後，這股聲浪也減弱了。

得到首位目擊者榮耀的戶村流平，受邀進入特別準備的小房間接受表揚款待……真相當然不是如此。實際上以流平為首，加上鵜飼與朱美共三人被關在小房間，受到制服警員的監視。

軟禁狀態維持約三十分鐘，流平利用這段時間，向鵜飼與朱美述說自己發現岩村敬一屍體的過程與現場狀況。

「真的是小岩吧？不是長得很像的別人吧？」

「肯定沒錯，那張尖尖的臉，我不會看錯。」

「那個叫作岩村的人是誰？鵜飼先生的朋友？」

鵜飼簡單說明「萬事通岩村」這個人，也提到流平今天在這個會場，和岩村引發的找廁所事件。

「既然這樣，岩村先生或許是和鵜飼先生你們聊完之後衝進廁所，然後遇害。」

「有這個可能性。」

「不過即使裡面沒人，在葬禮會場殺人也很危險吧？很可能會失敗。」

「嗯，或許凶手有分秒必爭的隱情。」

「更難理解的是屍體身上的味噌湯，這當然是凶手幹的吧？」

「總之，應該是這麼回事。」

「也就是說，凶手為了殺害岩村先生，特地從家裡帶味噌湯過來？真奇怪。」

「不，沒必要從家裡帶，那是齋點。」

「齋點？啊，你說的齋點，是葬禮結束發給參加者的寒酸餐點吧？」

「居然說寒酸餐點，妳啊……」鵜飼糾正朱美不怕天譴的獨斷解釋。「至少也要形容為樸素餐點吧？」

「總之，鵜飼先生的意思是說，凶手利用的是齋點所附的味噌湯，不是特地從家裡拿來？」

「就是這麼回事。只要是這個會場裡的人，都有機會領一碗味噌湯。」

「換句話說，我們該思考的不是『誰做的』，而是『為什麼這麼做』。」

「嗯，沒錯。凶手為什麼要對屍體潑灑味噌湯？嗯，這很難，是某種意境嗎？」

「遇害的岩村先生，和豪德寺家有什麼關聯？既然專程出席葬禮，生前肯定有某種交情吧？」

「可以認定殺害岩村先生的人，就是殺害豐藏先生的凶手嗎？」

三人各自抱持疑問時，小房間的門打開，便服刑警傳喚三人。

9

砂川警部板著臉，在案發現場的廁所等待。

這裡是最深處的隔間。坐在馬桶蓋上的死者已經勘驗結束，如今安置在擔架上蓋著床單。警部站在擔架旁邊，簡單舉起單手冷漠問候。

「偏偏又是你們。哼，我們真有緣啊，尤其是你！」

砂川警部擺出手槍的手勢，把槍口對準流平。

「我、我怎麼了？」

「最近烏賊川市發生的命案，一半都是你發現的。」

聽他這麼說就發現沒錯，流平如今才憎恨自己的「好運氣」。無論是那時候、那時候以及這次……確實去哪裡都會目擊屍體，因此這是第三次參與命案搜查，真是貢獻良多。

「哎呀，沒什麼，不用多禮，哈哈。」

「沒人感謝你。」砂川警部握拳強調。「我的意思是說，要當成巧合也太不自然了。五成耶，五成！這麼荒唐的機率很少見，應該有某些原因吧？肯定有。」

「唔，我覺得沒什麼原因。畢竟我買彩券都不會中，打小鋼珠也老是輸……」

流平搔頭說出溫吞的感想。

鵜飼出面緩頰。

「警部先生，實際上這真的是巧合。詳情我不便透露，但豐藏先生是我們的委託人，由於他意外過世，我們才會緊急趕來葬禮會場，結果湊巧發生命案，而且由流平發現，只是如此而已。我們和這個命案完全無關，肯定沒錯。」

「喔，豐藏先生是你的委託人？」砂川警部緩緩點頭，似乎心裡有底。「嗯，原來如此，是這樣啊。所以豐藏先生委託尋找三花貓的偵探就是你，原來如此。這工作或許最適合你們負責。」

鵜飼堅持面無表情，把砂川警部的挖苦當成耳邊風。

另一方面，流平覺得眼前的狀況有點不對勁。在過去的案件，砂川警部旁邊總是有個如影隨形的年輕刑警，依照狀況會成為警部的左右手、助力或是累贅，今天卻沒看到那名刑警，難道是感冒？

鵜飼似乎也抱持相同疑問而指摘這一點。

「我好像沒看到志木刑警，他怎麼了？被降職？」

「別擅自把別人部下降職。」砂川警部愁眉苦臉說明狀況。「現在許多參加喪禮的人被留下來，但也不能老是維持現狀，所以非得先偵訊他們，我讓他過去幫忙。」

「這樣啊……」鵜飼像是明瞭般搖頭回應。「我們剛才也被搜身了。原來如此，得向所有參加喪禮的人做這件事，這就辛苦了。」

「女警也有對我搜身。警部先生，不惜做到那種程度，具體來說是在找什麼？」

「慢著慢著，由我先問。總之詳細說明發現屍體的經過吧。」

流平回應砂川警部的要求，一五一十述說當時的狀況。

他以「具備夏季風情的服裝」來到烏賊川殯儀館，在廁所換上西裝，當時把涼鞋忘在隔間，要回去時察覺這件事而去拿鞋子，因而發現屍體。

「也就是說……」砂川警部聽完流平敘述，從塑膠袋拿出一個證物，高舉在流平面前給他看。「在現場發現的這雙涼鞋是你的？」

「啊，是的是的，果然在那個隔間吧？」

「對，當時是翻過來遺留在隔間一角。我覺得要當成凶手遺留的物品太不自然，依照你剛才的供述，這雙鞋和命案毫無關係，真是的。」

砂川警部把證物扔給旁邊的搜查員。

「話說警部先生，有件事我不太懂。」詢問的是朱美。「這個隔間設計成沒人使用的時候，門會往內開啟。流平到這裡拿涼鞋時，最裡面的這個隔間關著，所以流平認為有人在使用。但實際上沒人使用，而是稍微推一下就能開門，換句話說沒有從內部上鎖。那麼這個隔間的門是處於什麼狀態？」

「沒什麼，這是很簡單的手法。簡單來說，就是在門上打個小小的楔子。這裡說的楔子不是木頭，是摺成一小塊的報紙，凶手在門與門框之間夾入一塊小楔子，讓門以關著的狀態固定。凶手這麼做的原因應該無須說明吧？只要門關著，來上廁所的人就會使用其他門開著的隔間，隔間裡的屍體就暫時沒人發現。」

「但是多虧那雙忘記拿走的涼鞋，所以發現屍體的時間意外地早。那麼實際的犯行時間是幾點？」

「這是辦案的機密事項，不能透露。」砂川警部冷漠回應之後，再度轉向流平。「回到正題吧。你發現屍體的時候完全沒有觸碰，這是真的？」

「真的。」

「沒有因為嚇一跳，把味噌湯潑灑在屍體身上？」

「要在什麼狀況嚇一跳，才做得到這種事？」

「嗯，這就是讓我頭痛的部分。」

這個警部真的為此頭痛？流平頗感疑問。

「哎，算了，味噌湯的問題先擱置。話說回來，你沒從現場拿走東西吧？」

「不，什麼都沒拿。」

「說謊也會立刻穿幫，隱瞞對你沒好處。」

「我沒說謊。何況我能拿走什麼東西？」

「還會是什麼……唔～……」

砂川警部面色凝重雙手抱胸。

至今沉默的鵜飼終於開口。

「總之，我大致猜得出來。是凶手會帶離行凶現場的東西，也是警方抵達案發現場首先尋找的東西。」

流平聽到這裡也懂了。現場確實沒有類似的物品。

「喔，原來如此。」朱美也像是理解般頻頻點頭。「難怪要仔細搜身。所以找到凶器了嗎？」

「唔，不，那個……」

砂川警部語塞時，他的搭檔隨著「警部！」這聲有力的吆喝衝進現場。是志木刑警。砂川警部如同看到救星般，輕輕舉手打招呼。

「喲，志木刑警，查出什麼了嗎？」

年輕刑警露出滿面笑容，說著「是的，得到非常重要的情報」迅速跑向警部，但他認出旁邊的流平等三人，表情就赫然僵硬。

「他們怎麼在這裡？難道是凶手？」

光看臉就質疑是凶手，講得真過分。

「或許是凶手吧……」砂川警部也說得相當不留情。「話說回來，『那個東西』找到了？」

「您是說『凶器』吧？」志木刑警一句話就搞砸砂川警部拐彎抹角的苦心。「很遺憾，還沒找到類似的物品，不過絕對找得到。畢竟刃長二十公分的銳利物體沒那麼好隱藏。如果找不到，就代表凶手位於已經回去的葬禮參加者之中。另一方面，豪德寺的相關人員都在會場，沒機會離開建築物，要是凶手在他們之中，肯定能在這棟建築物的某處找到凶器。警部，您說是吧？」

「嗯……」砂川警部抱住頭。「說得也是，確實如你所說。」

「這樣啊……」鵜飼拿出手冊寫筆記，像是故意做給警部看。「凶器刃長二十公分的銳利物體……講得有點拐彎抹角，應該可以認定是大型刀子或菜刀吧？」

「麻煩別擅自寫筆記。」砂川警部喝止鵜飼，轉身面向部下。「話說志木刑警，你剛才說得到『非常重要的情報』，剛才那就是『非常重要的情報』？我不認為有什麼大不了的。」

「當然不是，我現在才要說重要的情報。」志木刑警看著手冊開始述說。「首先是可疑人物的目擊情報，我認為相當有希望，因為參加喪禮的人幾乎都有看見。」

「喔，這就令人感興趣了。所以是怎樣的人物？」

「中等體型的男性，年約二十歲，身穿花俏夏威夷衫加卡其色褲子，看起來就覺得很可疑。詭異的不只外表，這名男性在葬禮開始的三十分鐘之前，就在案發現場閒晃，好幾人目擊到他。即使如此，不久之後就忽然沒看到這個人。警部，不覺得這個人絕對，絕～對很可疑嗎？」

「嗯～確實可疑，太可疑了。或許真的是他。」

流平目睹兩名刑警天真熱烈討論，實在沒有勇氣說明真相。

「那個，兩位。」朱美代替他，一語道破兩人的誤解。「抱歉潑你們冷水，但你們說的夏威夷衫男性就在這裡。」

朱美指向流平，兩名刑警的視線集中過去。流平像是惡作劇被抓到的孩子，戰戰兢兢慢吞吞舉起手。

「嘿嘿，那個人是我。」

「………」

志木刑警無言注視流平舉起的手。

「原來如此……是你。是你啊。」

砂川警部顯露失望神色瞪向流平。

「所以剛才我不是說明了嗎？我從『具備夏季風情的服裝』換成西裝。」

「居然是夏威夷衫……確實非常具備夏季風情。」砂川警部隨著這句調侃嘆氣。

「哎，算了。所以志木刑警，還有其他重要情報嗎？」

「有有有，接下來這個情報絕對很重要。」志木刑警把手冊翻到下一頁，說出第二個情報。「依照目擊者的證詞，遇害者於下午一點半左右，在案發現場附近的走廊和某人交談，而且基於部分證詞，兩人看似相當親密。對方男性稱呼岩村敬一為『小岩』，岩村則是稱呼那名男性為『小U』。」

「嗯～稱呼『小U』是吧。會是誰？內村（Uchimura）、內田（Uchida）、內山（Uchiyama）、宇野（Uno）、宇川（Ukawa）……還有哪些姓氏？」

「會不會是『鵜飼（Ukai）』？」朱美再度犀利指摘。

「嗯，似乎是。」鵜飼非常乾脆舉起手。「我並不是刻意隱瞞，但我和遇害的小岩是老朋友。所以怎麼了？」

「………」

志木刑警再度沉默。

「你、你就是……」砂川警部總算開口詢問。「你就是『小U』？」

「我就是小U。鵜飼（Ukai）的U。」

「那麼，你為何會在這裡遇見岩村？」

「當然是巧遇。流平，你說對吧？」

鵜飼與流平，再度述說當時岩村的找廁所事件。

「這樣啊，我完全懂了。那麼岩村或許是和你們告別之後就遇害。」接著，砂川警部像是抱著最後期望，轉身面向志木刑警。「還有沒有……其他的情報？貨真價實的有力情報？」

「唔，並不是沒有……」志木刑警再度把手冊翻到下一頁。「還不清楚是否和案件有關，不過許多人出言作證，在葬禮即將開始時，二樓階梯附近有一男一女發生打鬥事件。據說是二樓的男性對一樓的女性亂講話，女性一氣之下猛然衝上樓，一招把男性打倒在地……有點難以置信就是了。」

「唔~那是怎樣？在葬禮會場打情罵俏？聽起來挺奇怪的，究竟有什麼意義？你們心裡對這件事有底嗎？」

「………」

「………」

經過漫長的沉默之後，鵜飼用力輕咳一聲，接著以賣關子的語氣解釋。

「我想，這應該是完全和命案無關的小糾紛。我沒目擊，但我這麼認為。」

「沒、沒錯，我也這麼認為。但我沒目擊就是了……」

近距離親眼目睹那幅光景的流平，當然不敢說話。

10

岩村敬一遇害的這天尚未結束。

時間是下午六點。盛夏太陽終於西斜，溫度計好不容易降到三十度的時候，志木刑警陪同砂川警部，走在勉強能讓一輛車通行的小路。

周邊是木造住宅與小工廠櫛比鱗次的古老街景。近年開發風潮完全遺忘的一角，巷弄交錯如同巨大迷宮，複雜到誇稱外地人無法輕易抵達目的地。

「就算這麼說……」志木以手帕按住額頭擦汗低語。「警部，如果我們也迷路就不好笑了。我們好歹也是刑警。」

「但我們現在確實正在迷路。椿大廈在哪裡？」砂川警部朝著站在路邊乘涼的老先生搭話。「啊，哈囉，老先生，想請教一下，這附近有棟叫作椿大廈的綜合大樓，您知道在哪裡嗎？」

「椿大廈？椿大廈椿大廈……咦，我好像在哪裡聽過……」老人擺出像是遠眺滿洲或新加坡的姿勢，接著終於回想起真相，拍打自己額頭發出「啪！」的聲音。「對喔，我想起來了。椿大廈是我名下的大廈。看，就是你們面前這棟。」

老人以黝黑指尖指著一間老舊大廈。那是一棟近乎廢墟的綜合大樓，但入口看板確實寫著「椿大廈」三個字。丈八燈臺照遠不照近，要找的建築物已經在眼前。不提這個，這位老人花不少時間才想起眼前這棟自己的大廈，難道是故意的？志木刑警有種不祥的預感。

「喔～您是這棟大廈的擁有者啊，人不可貌相。」

砂川警部交互看著建築物與老人，像是要辨別哪一邊比較老。

「講人不可貌相真是沒禮貌，你們是什麼人？」

「我們是不可貌相的警察。」砂川警部高舉黑皮手冊。「您是大廈擁有者的話正好，想請教兩三件事情，是關於曾經住在椿大廈的岩村敬一先生，方便嗎？」

「我不介意……不過您說『曾經住在椿大廈』是什麼意思？他至今也住在這裡。你看，二樓有個萬事通招牌吧？就是那一間。不然我去叫他過來？」

「咦，看來您還不曉得。不對，這也在所難免。其實岩村在今天下午，在幾小時之前遭到殺害，腹部中刀身亡。」

「什麼？這、這樣的話……」老人用力睜大雙眼露出驚愕表情，擠出聲音詢問。「這樣的話，兩位是警察？」

「我剛才就說過。」

「喔喔，說得也是。我剛才確實聽過，我有印象。」老人像是失敬般，拍打自己額頭發出「啪！」的聲音。「所以，兩位警察找我有什麼事？」

「我說了，想請教兩三件關於岩村敬一的事。」

「啊，他嗎？他住在二樓，我去叫他過來？」

「就說了，他今天下午遇害了。他・遇・害・了！」

「什、什麼！」老人用力睜大雙眼露出驚愕表情，擠出聲音詢問。「這樣的話，兩位是警……」

「我不是說過我們是警察嗎！你這個痴呆老頭！」

「喔喔，說得也是……啪……所以，兩位警察找我有什麼事？」

「可、可惡，敗給你了！」砂川警部舉白旗承認敗北。「真是的，現在不是為這種事浪費時間的場合。老伯，如果您真的是椿大廈的擁有者，您肯定有鑰匙。先別問那麼多，總之先幫忙打開椿大廈二〇三號房！」

老人似乎判斷繼續裝傻終究會妨礙公務，乖乖遵循砂川警部的指示。兩名刑警和老人一起進入椿大廈，沿著又窄又陡的階梯上二樓，四扇門隔著狹窄的走廊相對。其中一扇門掛著萬事通岩村的招牌，那裡就是二〇三號房。老人拿起鑰匙串，叮噹作響挑出一把鑰匙開鎖。

「這樣就行吧？」

老人打開沉重鐵門，按下入口旁邊的開關為室內開燈。

「可以了。那麼接下來是我們的工作，請您暫時迴避。」

「別偷東西啊，不然我會報警。」

砂川警部隨即露出部下也很少見到的恐怖表情，把額頭湊到老人額頭前面。

「我們就是警察，我剛才應該說・三・次・了・吧？」

「那個，警部，冷靜下來吧，好嗎？警部，對方是年邁民眾……好嗎？」

志木好不容易把激動的砂川警部拉進室內。

裡面隔成兩個房間，靠近大門的是只能以殺風景來形容的事務所。窗邊擺一套辦公桌椅，中央擺一組會客桌椅，牆邊是大型置物櫃，裡頭塞滿未經仔細整理的文件。此外就只有電話、傳真機、影印機之類的辦公用品。由於放置的東西少，事務所給人的印象很清爽。

岩村敬一這個人或許愛乾淨。如此心想的志木往深處房間一看，裡面是洋溢著光棍的生活氣息，無比雜亂的荒廢空間。

脫掉沒洗的內衣褲與長褲、吃剩沒清理的調理食品容器、空便當盒、空啤酒罐、被褥扔著沒收，書報雜誌也隨處棄置。看來岩村敬一是「不整理的人」，不對，正確來說是「只整理事務所的人」。

志木心生畏懼，砂川警部夾帶著嘆息開口。

「總之只能依序找了。岩村敬一命案與豪德寺豐藏命案，肯定有某種關聯性……所以志木，那間交給你，我搜索事務所。」

果然來這招。志木不喜歡這種差事，但是無法抱怨。逼不得已，志木下定決心跳入這片垃圾海。

刑警們約一小時後結束搜索。負責在垃圾海捕撈的志木毫無斬獲，另一方面，搜索事務所的砂川警部得到相當的收穫。

「首先是岩村的存摺，在辦公桌抽屜找到的。」

砂川警部將存摺交給志木。打開一看，裡頭盡是三萬或五萬的小額進帳或支出，完全反映他的小資生活。

「不過在最近的七月十二日，他有一筆二十五萬圓的進帳，這是什麼？」

「確實，這對他來說是一大筆錢，是完成某件大工作嗎？」

「此外還有這本手冊。這是在岩村的西裝口袋找到的，他似乎會把預定的工作寫在上面。你看看七月那頁。」

志木聽話翻開七月這一頁。從內容看來，「萬事通岩村」並不是生意興隆應接不暇，預定表欄位只有零星的記號，旁邊簡短寫著「幫忙搬家」、「貼海報」或「煙火大會占位置」等內容，很像是萬事通會做的小事。

「看起來沒什麼特別的地方。」

「仔細看，七月十四日的欄位，打了一個特別大的記號吧？」

仔細一看，警部說得沒錯。記號旁邊沒有寫任何關於工作內容的註記，然而十四日這一天有其意義。

「原來如此，七月十四日深夜，就是豐藏先生在豪德寺家溫室遇害的日子，岩村在這天做了某件工作。啊，警部，這份工作的報酬就是二十五萬圓吧？」

「嗯，這樣推斷沒有突兀之處，畢竟很難想像『幫忙搬家』、『貼海報』或『煙火大會占位置』這種工作的報酬有二十五萬圓。認定價值二十五萬圓的這項工作是在七月十四日進行，並不是突發奇想。事實上，這個十四日的記號，畫得比其他工作都大又顯眼，對岩村來說肯定是很重要的工作。」

「也就是說，二十五萬圓是訂金，餘款是事成之後的報酬……」

「恐怕是這樣沒錯。假設工作是十四日進行，岩村是在兩天前收到二十五萬圓，然後在十四日深夜工作，接下來在今天十七日下午，沒拿到成功報酬反而喪命。」

「這麼一來，殺害岩村的凶手，很可能是委託工作的人。不曉得岩村從凶手那裡接到什麼工作。」

「嗯，肯定是相當重要的工作。就算這麼說，總不可能是把殺害豐藏先生的計畫全權委託給他。即使只是訂金，以二十五萬當作殺人的報酬也太少了。」

「說得也是。要接殺人任務，報酬至少要以百萬為單位才夠。那麼，難道岩村是協助凶手殺害豐藏先生？」

「以金錢雇用的共犯是吧，這個偵辦方向或許不錯。凶手在殺害豐藏先生之前，以金錢聘雇岩村敬一來加以利用，不過在成功殺害豐藏先生之後，凶手害怕岩村洩漏犯行，所以殺他滅口。以這種論點解釋這兩件命案還算合理，不過沒有證明的根據。」

「說得也是。」

志木點頭回應。「以金錢雇用共犯」說來簡單，實際上並非如此。雖然岩村敬一掛出萬事通的招牌，一般來說只能解釋成他展現志氣的方式。也就是說，即使凶手找上門說「我十四日深夜要殺人，我出這樣的金額請你幫忙」，也無法保證岩村願意接案。不對，肯定九成九會拒絕。以金錢雇用共犯並非不可能，只是相當困難。

然而，岩村確實在十四日接下某件工作，恐怕和豪德寺豐藏命案有關。

「看來必須查明他基於什麼原因接下什麼工作。」砂川警部說完之後，向至今默默在入口監視刑警們的那名老人詢問。「您知道哪些人和岩村很熟嗎？無論是聚餐朋友、女朋友或同行都可以。」

老人回應「既然您這麼說……」，提到住在椿大廈一樓的吉岡宗助。這個人是和當地報社簽約的職業攝影師。

「吉岡先生與岩村先生，好像經常一起去喝酒。」

11

吉岡宗助住在椿大廈一樓的一〇四號房。砂川警部敲門之後，門立刻開啟，一個和砂川警部年紀相當的中年男性探出頭。

「哪位？」聲音聽起來還沒睡醒。

砂川警部以眼神向志木示意「由你來」，志木聽話拿出警察手冊。

「我們是這個身分。」

「警察？警察找我有什麼事？」

開頭還算順利。志木向吉岡說明岩村敬一在今天下午遇害，吉岡似乎首度得知這個事實而驚訝，卻沒有悲傷嘆息的樣子。

「話說回來，吉岡先生和岩村先生交情很好？」

吉岡搖頭回應志木的詢問。

「沒到這種程度。我確實經常和岩村先生去喝酒，但交情沒有特別好，只是常去的酒館湊巧是同一間。不過這個情報應該不太值得參考吧。」

一般來說，若是問到和死者的交情，人們大概是認為遭受誤會將造成困擾，大多敘述得比較低調，所以不能全盤相信。

「您最後一次見到岩村先生是什麼時候？」

「我想想……是最近的事。記得那天是週六，所以是十四號晚上。那天我把車子借他了。」

「十四號晚上！」

是豐藏先生遇害當晚。

「請詳細說明當時的狀況。」

「好的，當時狀況有點怪……可能要花點時間說明，刑警先生，要進來嗎？」

吉岡說著邀請兩人進房，刑警們恭敬不如從命的踏入室內。受邀坐下的刑警們，喝著吉岡招待的麥茶聆聽說明。

「到頭來，整件事的開端是大約一週前。那天我和岩村先生一起在酒館喝酒，他愉快表示接到不錯的工作。我適度附和之後，他像是藏不住祕密般擅自說起來。聽他說，只要把某個物體搬動一百公尺左右就能賺大錢。我說『哪有這麼好的事，你肯定被耍了』，他正經回答『不，絕對沒錯』，還說『十二號會收到訂金，要是沒收到就代表我被騙了』。他講得很具體，所以我認同真有其事。」

原來如此，十二日確實有訂金入帳，岩村不是被耍。

「岩村先生有提到委託人的特徵嗎？比方說年長或年輕、高矮胖瘦之類。」

「不，我沒聽他說。他接工作大多透過傳真或電話，如果是簡單的工作，即使彼此完全沒見過面也不稀奇。雖然我不懂，但委託人有時候應該也不想露面。」

「這樣啊。所以岩村先生十二號收到訂金了？」

「嗯，似乎如此。十二號當晚，他特地來到這裡向我報告這件事。當時他主動要求『順便拜託一下，十四號深夜能不能借我車』，原因是這個工作五分鐘就能做完，租車的話太荒唐。他自己有車，所以我當時回答『你開自己的車不就好了？』，但他說『必須有貨斗才行』。我的車確實有貨斗，適合載運大型物體，老實說我不太想借，卻找不到不借的理由，後來就讓鈴木家的麥弟大顯身手了。」

「？？？」

忽然出現在辦案線索裡的男性名字，令志木愣了一下。

「那位鈴木先生是誰？」

至今態度配合的吉岡，此時首度露出不悅的表情。

「鈴木家的麥弟不是人，是我開二十年的愛車。」

志木覺得這個人講得很奇妙。

「鈴木？」

「是的。」

「麥弟？」

「對。」

「他是誰？」

「我不是說過是車子嗎！」

這不可能是車名。志木輕聲詢問旁邊的砂川警部。

「他這麼說耶……」

警部按著太陽穴。

「你會誤認也在所難免，不過如他所說，鈴木家的麥弟不是人，是車。別在意，讓他繼續說下去。」

「……明白了。」

志木就這麼不明就裡，再度看向吉岡。

「所以您在十四日深夜借車給岩村先生。當時是幾點？麻煩盡量講精準一點。」

「他晚間十一點半來我房間，我把車鑰匙給他，問他幾點能還車，他說『對方指定的時間是零點整，假設工作完成立刻回來，應該零點二十分就能還』。我原本就是夜貓子，那天也預定三點才睡，所以完全沒問題。他立刻開車出門，並且按照預定在零點二十分回來。我拿回鑰匙問他工作狀況，他說『簡單到一下子就完成，真的是五分鐘就完工』，然後給我五千圓做為謝禮。所以我也邀他進房，一起喝了兩個小時，等到彼此醉醺醺，他就愉快的回到二樓的自己房間。這是我最後看到他的瞬間。」

吉岡這番話出乎意料，使得志木暫時語塞。

這番話怎麼聽，都令人覺得岩村敬一涉及豪德寺豐藏命案。尤其這個時間是……

「岩村先生說『指定的時間是零點整』，零點整是做什麼的時間？」

「應該就是他所說『把某個物體搬動一百公尺』的時間吧，我是這麼解釋的。」

沒錯，照道理果然會這麼解釋。

「那麼，要搬動一百公尺的『某個物體』，具體來說是什麼東西？岩村先生在這方面透露過什麼嗎？」

「唔……不，他沒有具體透露，而且我也沒問。」

最後的問題沒有成果，不過到此為止已經很有斬獲。如今可以肯定岩村敬一在豐藏命案扮演的角色。

志木偵訊吉岡結束之後，朝砂川警部耳語。

「警部，岩村深夜搬動的『某個物體』，真面目顯而易見。」

「嗯，八九不離十。」

接著砂川警部重新面向吉岡，以「為求謹慎」做為開場白，要求看看那輛車。吉岡立刻改為友善的態度。

「咦，兩位想看鈴木家的麥弟？當然沒問題，樂意之至。」

吉岡帶兩名刑警前往停車場。停車場位於椿大廈走路兩分鐘的位置，吉岡走在完全變暗的小巷，述說他對愛車的熱情。

「鈴木家的麥弟，正式名稱是Suzuki Mighty Boy。不只是卓越的命名，小車特有的低耗油與低總價，逗趣又便利的嶄新外型，使得一問世就在當時的年輕人之間捲起旋風，堪稱代表二十世紀的名車，即使現在停產，依然有許多死忠支持者……」

「？？？」

志木越聽越搞不懂「鈴木家麥弟」的真面目。

「當時年輕人喜愛的名車是小貨車？」

「並不是小貨車！」吉岡臉色大變瞪向志木。「鈴木家的麥弟絕對不是小貨車，真要說的話是雙人座跑車。」

他講得更奇怪了。

「小車？」

「是的。」

「雙人座？」
「對。」
「有貨斗？」
「嗯。」
「那不就是小貨車？」
「是跑車！」
搞不懂。志木歪過腦袋。所謂的跑車，是帥氣奔馳在海邊或山路的東西。「附貨斗的跑車」這種矛盾的組合不可能存在。
志木向走在身旁的砂川警部徵詢意見。
「警部，他說的是小貨車吧？」
警部再度按著太陽穴。
「你會誤認也在所難免，不過如他所說，鈴木家的麥弟不是小貨車，是跑車……到了，你看，就是那輛。」
志木看向警部所指的方向，那輛車就在街燈照亮的停車場正中央區域。
「喔喔！」
附貨斗的雙人座小車，卻不是小貨車。志木面對堪稱獨一無二的奇妙造型，體認到吉岡那番話完全無誤。
「這、這就是鈴木家的麥弟……」

目睹這個小型貨斗的志木不禁思考，這個貨斗的空間用來搬家太小了，用來放旅行用的行李卻太大，當時的年輕人到底如何使用這個不上不下的貨斗？

然而，砂川警部提出一個漂亮的使用法。

「這個貨斗的面積，拿來載運那隻喵德斯上校剛剛好。志木，你不覺得嗎？」

不用說，志木只想得到這個用途。岩村敬一肯定也如此認為。

第四章　刑警與偵探

1

岩村敬一遇害隔天的七月十八日。

砂川警部與志木刑警再度前往豪德寺家，專注解決豪德寺豐藏命案。

「推測凶手的目標只有一個，就是殺害豐藏先生，殺害岩村敬一只是副產物，因此案件核心是豐藏先生與豪德寺家，破案關鍵也在這裡。尤其是案發現場那種奇妙的狀況，要是查不出個中含義就無從破案。」

如此斷定的砂川警部，帶著志木回到最初的案發現場。兩名刑警再度在夏季天空底下和招財貓相遇。

豐藏遇害的溫室維持當時的樣貌。成人高招財貓也依然擋住入口，維持著窺視溫室內部的樣子。這幅光景依然異常，但行人這幾天似乎完全習慣，不再停步眺望。

原本應該很吉利的招財貓，因為沾上田地塵土，莫名令人覺得印象稀薄。看著行人置之不理，外觀也逐漸髒汙的招財貓，砂川警部開了一個玩笑。

「呼呼，招財貓也逐漸變成野貓了。」

這句玩笑話莫名令人覺得真實。

志木刑警以食指撫摸招財貓累積一層灰塵的表面。

「凶手為什麼不惜雇用岩村敬一，也要把招財貓運到命案現場？到頭來，這是最大的問題。」

「就是這麼回事。」砂川警部點菸，如同自言自語開始述說。「比方說，這是為即將死去的豪德寺豐藏準備的『錢行貓』，或是讓強迫目睹父親死亡的真紀加深恐怖印象的『布景貓』，確實有這兩種可能性。但我覺得即使如此也太大了。」

「太大？」

「對，這隻貓太大了。無論是當成『錢行貓』或『布景貓』，肯定不需要如此巨大。太小或許不像樣，但只要是夠大的招財貓肯定就足夠。你不這麼認為嗎？」

「確實如此。」志木姑且點頭。「但前提是凶手手邊有『夠大的招財貓』吧？」

「當然有。」砂川警部以右手香菸的火，朝豪德寺後門方向示意。「為這座宅邸門口裝飾的招財貓，並不是正門才有，後門就有符合後門的『夠大的招財貓』。正門的巨大招財貓約成人高，後門的則是大約小學生高，後門招財貓的體積明顯更適合當成『錢行貓』或『布景貓』。成人高的招財貓太大，無法通過出口，但小孩高的招財貓就能搬進溫室，一隻不夠可以用兩隻，最重要的是比較省力，用不著借鈴木家的麥弟，那種體積可以用雙手搬運。

嗯，凶手為什麼不用那兩隻？為什麼刻意花力氣把成人高招財貓搬到案發現場？其中肯定有某種更具體的『凶手利多』。」

「『凶手利多』啊，所以果然是用來製造不在場證明……？」

「大概吧。」砂川警部輕輕朝盛夏天空吐一口煙。「志木刑警，豐藏先生在真紀面前遇害的具體時間，你推測是何時？」

「法醫判斷是十四日晚間十一點到隔天十五日凌晨一點的兩小時。不過依照真紀的證詞，命案發生的時候，溫室出口已經擺著成人高招財貓，由此推測凶手是在凌晨零點到一點的這個小時犯案。」

「為什麼？為什麼是這樣？」

「啊？您問為什麼是指……」

「為什麼你推測行凶時間是凌晨零點之後？我想知道根據。」

「因為，成人高招財貓是在凌晨零點出現在案發現場。案發隔天，警部從圍觀群眾問到的證詞，也顯然證明這一點。凌晨零點之前行經道路的人們都沒看到招財貓，相對的，凌晨零點經過的人都……不對，有一人例外，但幾乎所有人都看到招財貓。

何況，昨天從椿大廈查到的情報，明顯證明岩村敬一在案發當晚搬運招財貓。如果相信岩村的說法，那他搬運招財貓的時間正是凌晨零點整，和圍觀群眾的目擊證詞完全一致。」

「說得也是。成人高招財貓出現在案發現場的時間，是十四日進入十五日的凌晨零點整，這部分應該沒錯。」

「既然真紀在案發時目擊這隻成人高招財貓，就表示當時肯定是凌晨零點以後，換句話說，行凶時間是凌晨零點到一點的這個小時。我認為照道理應該這樣推測。」

不對，真是如此嗎？志木有種忽然站不住腳的不安心情，這是如同被凶手恣意玩弄於股掌之間的奇妙感覺。自己導出的結論，照道理應該正確。雖然正確，卻只不過是代為證實砂川警部剛才所說的「凶手利多」。
砂川警部果然針對這一點質疑。
「真的沒錯？」警部將菸灰彈進自己的攜帶式菸灰缸，露出不滿的表情。「要是把行凶時間定為凌晨一點到兩點的這個小時，就沒人是凶手了。志木，這樣對嗎？」
「嗯，我開始覺得這樣是中了凶手的計。」
正如警部所說，這樣就沒人是凶手了。可能是真凶的嫌犯，在案發當晚都有不在場證明。
砂川警部把香菸放入菸灰缸按熄，改為從西裝口袋取出老舊手冊。他看著上面的筆記，大致回顧嫌犯們的不在場證明。
「首先是豐藏家的大兒子真一。他在案發當晚十一點五十分至凌晨兩點都在『田園』喝酒，這是完美的不在場證明。相對的，他十一點五十分之前待在自己臥室，沒有不在場證明。」
「記得他說，當時他獨自聽收音機轉播羅德球賽。」
「嗯，但是不能完全採信這個說法。接著是二兒子美樹夫，他從晚間十一點五十分到凌晨三點，和矢島醫生一起待在豪德寺客廳，收看衛星頻道的電影並暢談電影，所以同樣是完美的不在場證明。相對的，他十一點五十分之前也獨自待在自己臥室，不在場證明不成立。」
「他的不在場證明以矢島醫生作證也不太對，畢竟醫生自己也是這次命案的重要嫌犯。」

「矢島醫生確實也是嫌犯之一，但我不認為他和美樹夫串通。到頭來，如果美樹夫與矢島醫生共同犯案，他們肯定沒必要刻意雇用岩村敬一。如果想在凌晨零點把成人高招財貓搬過去，他們兩人悄悄一起搬就好，到時只需要一起供稱『我們一直在客廳一起看電視』，沒人能否定他們的說法。」

「說得也是。」

「再來就剩下劍崎京史郎，但他在案發當晚也有不在場證明。他在晚間十一點五十分造訪山村良二家，通宵打麻將到隔天早上。如果行凶時間是凌晨零點至一點，他同樣不可能犯案。不過他在晚間十一點這時候，幾乎都是獨自待在倉庫，所以沒有這段時間的不在場證明。」

「昌代夫人呢？」

「她確實沒有不在場證明，但她不可能犯案。哎，如果她假扮成男性，或許可以殺害豐藏先生，但無論怎麼想，她都很難殺害岩村。」

「為什麼？」

「別問這種淺顯易懂的問題。因為案發現場是男廁！」

「啊，說得也是。」

女性進入男廁會非常引人注目。如果昌代是凶手，應該不會刻意挑選這種地方下手。她當然有可能偽裝成不顯眼的外型（例如假扮成清潔阿姨），但應該很難從喪禮和服迅速換裝。所以凶手應該是男性，仔細想想也是理所當然。

「幫傭桂木如何？他是男性。」

「他的狀況相反。或許他能殺害岩村，卻不可能殺害豐藏先生，這是不在場證明之前的問題。以他的體型，即使戴上貓面具也於事無補。」

「原來如此，那種像是不倒翁的臃腫體型，想藏也藏不住。」

依照真紀的證詞，凶手沒有明顯的身體特徵，甚至看不出是男是女，很明顯只有桂木不在條件範圍。

「總之，大致就是這樣。」砂川警部闔上手冊。「把行凶時間定為凌晨一點到兩點的這個小時，就沒人是凶手了。因為男性嫌犯們各自具備不在場證明。不過……」

砂川警部此時把臉湊到志木面前幾乎要貼上去，強調自己的想法。

「不過，是誰證明他們的不在場證明？酒吧『田園』的店長？衛星頻道的電影？還是深夜聚集的牌友？不，不是他們。讓他們不在場證明成立的是這隻貓！」

砂川警部說到這裡像是狠狠揍下去般，用力拍向和自己差不多高的招財貓背部。

「這隻大到誇張，就算不願意也很顯眼的成人高招財貓，為真凶提供假的不在場證明！這堪稱是凶手刻意雇用岩村敬一，讓這隻巨大招財貓在零點整出現在案發現場的唯一目的。換句話說，這隻招財貓就像是『失準的時鐘指針』。這麼大的指針引人注目，卻不一定顯示正確的時間。」

「聽您這麼說，我也開始這麼認為……不過實際上又是如何？案發當晚，這裡發生過什麼事？」

「哼。」砂川警部不是滋味的輕哼一聲。「要是能知道就破案了。」

看來這個問題很愚蠢。志木以手帕擦拭冒汗的額頭。

2

後來砂川警部從成人高招財貓旁邊鑽進溫室。溫室裡應該超過四十度，即使志木不太想進入這個空間，卻不得不跟著長官進入。

砂川警部站在溫室中央區域，交替看著入口與出口，像是想到什麼般走向入口。入口和案發當時一樣緊閉。發現命案當時，豪德寺真紀被綁在這個地方，但如今完全沒留下痕跡，就只是一扇貼著塑膠布的拉門。

砂川警部蹲在該處。志木以為他在地面找到東西而提高警覺，但警部就這麼蹲著看向出口。

「那個……警部，您在做什麼？」

「沒事，並不是在做什麼。」砂川警部依然維持蹲姿回應。「只是在意真紀在案發當時，看到什麼樣的光景。」

「光景……嗎？」

「對，光景。從這個位置看過去，熟悉的溫室也會成為相當奇妙的光景。何況那隻超大招財貓坐鎮在正前方二十公尺處，印象會更加強烈。你也蹲下來看看，世界會變得不一樣。」

是嗎？志木也跟著砂川警部蹲在入口。

原來如此，熟悉的溫室忽然以不同樣貌映入志木眼簾。天花板感覺忽然變寬廣，相對的，難以感受到地面的寬廣。這是由於目光位置變得極低使然，但因為不習慣這樣看，會有種迷途闖入不同空間的錯覺。真紀在案發當晚，應該也嘗到這種感覺。

不過，無論以何種方式觀看這個溫室空間，只有二十公尺前方的成人高招財貓，依然維持瞧不起人的表情展現獨特存在感，只有這點絲毫沒變，反而令人覺得奇妙。

「警部，真神奇。」

「什麼事？」

「光是像這樣蹲下來，把目光放低一公尺，溫室裡看起來就完全不同，不過只有那隻招財貓看起來沒什麼變化。為什麼會這樣？」

「問我為什麼……別問我太難的問題。簡單來說，在我們眼中，溫室內部是近處的空間，放在外面的招財貓是遠方的物體，或是遠方的一個點，只是這種差異罷了。不過這個點有點大。」

「這樣啊，是『近處空間』與『遠方物體』的差異？」

「對。懂了嗎？」

「不懂。」

「我也不懂，所以才叫你別問。」砂川警部如同甩掉雜念般搖頭起身。「不過，凶手刻意挑選溫室這種特殊空間犯案，肯定具備某種意義。」

「什麼意義？」

志木也站了起來，一邊打開溫室入口一邊詢問。

「這部分也還不得而知。不得而知的事情太多了。」砂川警部穿過入口，來到盛夏陽光之下。「不過，無論是多麼複雜、表面多麼奇妙的不在場證明詭計，追根究柢的唯一目的，堪稱都是企圖扭曲『時間』與『空間』兩項要素，這個凶手在這一點也相同。成人高招財貓與溫室的組合，可以認定正是為此準備的裝置。換句話說，如果招財貓顯示的是『時間』，溫室顯示的就是『空間』。凶手讓我們看見名為招財貓的『失準的時鐘指針』，再給我們名為溫室的『錯誤地圖』，將整個案件引導到錯誤的方向。志木，你不覺得嗎？」

「這樣啊……」志木聽不太懂。「那麼，我們今後的辦案方針是什麼？」

「那還用說？」砂川警部如同答案既定般斷言。「就是找出『正確的時鐘指針』與『正確的地圖』，這樣肯定能破案。」

「警部，您講得真有信心。」

「應該能破案。」

「警部，您改口了。」

看來砂川警部覺得還不到斷言的程度。

3

砂川警部與志木刑警移動到豪德寺家的庭院。庭院有一座足以把普通平房沉下去的大型葫蘆池，旁邊有一間雅致的涼亭。兩人在簷下躲避夏日豔陽，繼續討論案件。

「不過，並不是沒有線索。」砂川警部再度點菸。「這次的豐藏先生命案與岩村命案，還發生另外幾件不明就裡的事件。這些事件分別都是謎題，卻也同時是線索。大致整理起來有這些。」

砂川警部不念手冊的內容，而是直接遞到志木面前。

①豐藏先生的死前留言「ＭＩＫＩＯ」是什麼意思？

②豐藏先生遇害瞬間，他寵愛有加的三花貓像是送行般出現在現場，這是真的？還是真紀看錯？

③零點整放在案發現場的成人高招財貓，卻在凌晨兩點半暫時消失，這是真的？還是目擊者眼花？

④岩村敬一為何非死不可？凶手為何急於下手？

⑤殺害岩村敬一的凶器消失在哪裡？

⑥岩村敬一屍體上的味噌湯代表什麼意義？

⑦這次的豐藏先生命案，和十年前的矢島洋一郎命案有何關聯？

⑧那些傢伙到底在做什麼！完全搞不懂！

「警部，上面寫到的『那些傢伙』，是指偵探那些人吧？」

「⑧不用思考，只是我內心的吶喊。」

看來在砂川警部眼中，偵探那些人非常礙眼。不過，他們的動向確實令人在意。依照現有線索，他們似乎在尋找豐藏的三花貓，雖然看起來不像是認真在找，但他們現在的工作姑且是尋找三花貓。然而真的只有這樣？

志木確實沒聽說豪德寺家的遺族委託這群人調查命案，就他們的行動看來，他們自己似乎也不想介入命案偵辦。到頭來，鵜飼杜夫姑且是職業偵探，不可能沒接委託就參與命案調查。即使如此，無論是豐藏命案或岩村命案，總是隱約看得到他們的影子，這是為什麼？他們在找的不只是三花貓？那些傢伙到底在做什麼！完全搞不懂！

「那麼……」砂川警部依照手冊內容開始述說。「首先是①，不過在昆恩的著作問世之前，死前留言就是誤導辦案的元凶，別過度執著比較好。反正等到真相大白，肯定只是『什麼嘛，原來是這樣』的程度。」

「我有同感。那麼②呢？」

「嗯，聽起來挺玄的，不過就算這樣也不能無視。畢竟豐藏先生生前還刻意雇用偵探要找這隻貓，無法否認貓和命案的關聯性，問題在於出現在現場的三花貓，是否真的是豐藏先生寵愛的三花子，也可能是很像的另一隻貓。」

「聽說豐藏先生的貓有個很明顯的特徵，是普通三花貓的一點五倍大。」

「嗯，似乎是一隻大貓。」砂川警部吐出一口煙。「話說回來，那隻貓在行凶當晚被目擊之後，如今在哪裡做什麼？既然是這麼顯眼的貓，應該也可能被我們看到。我們在這間宅邸只看到招財貓。」

關於②的議論低調結束。

「③有點難以想像，莫名其妙。」

「嗯，招財貓凌晨零點出現在現場，我們從岩村敬一受雇於凶手而確認這一點。不過招財貓在凌晨兩點半消失，並且在三點再度出現，這是怎麼回事？這也是岩村造成的？」

「我覺得這件事和岩村無關。他接到的工作是在凌晨零點把招財貓載運到溫室，肯定只有這樣。」

「所以是目擊者說謊？但我不覺得那個廚師的證詞是假的，畢竟廚師說謊也沒好處。就算這樣，也很難當成是他看錯，畢竟招財貓那麼顯眼，只要放在那裡，就算不願意也看得見。所以招財貓果然在凌晨兩點半的時候短暫消失。」

「這也是凶手的不在場證明詭計之一？」

「唔～……」警部暫時默默任憑煙霧瀰漫。「不過，很難把凌晨兩點半這件事當成凶手計畫的一部分。廚師目擊招財貓暫時消失純屬巧合，相較於真凶刻意讓豪德寺真紀目擊豐藏先生遇害的做法明顯不同。那麼，招財貓暫時消失是基於何種意圖……我也不清楚。到頭來，甚至不曉得是否是凶手的行徑。」

盡是摸不著頭緒。

「④是什麼問題？」

「岩村敬一為何非死不可？凶手為何急於下手？」

「這應該不是什麼問題吧？凶手殺害共犯，目的當然是滅口吧？」

「志木，你太天真了，問題在於為何需要滅口。岩村很有可能是以傳真或電話接下凶手的委託，這麼一來，岩村不曉得凶手的真面目。假設兩人曾經當面交談，凶手基於立場肯定會下點工夫，避免岩村知道他的身分。這麼一來，就不用擔心岩村一供述就揭穿凶手的真面目。」

「說得也是。那麼，會不會是凶手想隱瞞岩村搬運招財貓的這件事？換句話說，凶手害怕岩村列入辦案的調查對象。」

「既然這樣，為何要在豐藏先生的葬禮會場下手？這簡直是大聲告知這兩件命案有關。實際上，我們昨天傍晚造訪岩村的事務所，得知豐藏先生命案和岩村的關係。如果凶手不想讓我們知道豐藏命案和岩村有關，應該在更遠的地方，在不為人知的狀況下手，但他沒這麼做，這就是疑點。」

「也就是凶手為何急於下手，是吧？」

「嗯，只可能是凶手基於某些隱情急於下手。」

「再來是⑤的凶器之謎，我們沒找到殺害岩村的凶器。」

「哎，如果解釋成凶手把凶器帶離會場，這就不是問題了。」

不過，難就難在不能這樣解釋。依照昨天的調查，豪德寺家的成員當然不用說，借住的劍崎、矢島醫生甚至是幫傭桂木，所有人進入會場之後，直到葬禮結束都待在會場裡，這部分已經確認。無法否認他們有機會下手，但是可以認定他們沒機會把凶器拿出會場。

就算這麼說，也不能將他們完全排除在嫌犯名單之外。

「反倒應該推測凶手在他們之中，為了讓自己擺脫嫌疑刻意藏起凶器。」

「當然。問題在於凶手使用何種凶器，後來又藏在哪裡。」

「凶手該不會是準備冰刀，在行凶之後打碎沖進馬桶吧？」

「喂，志木。」

「有，什麼事？」

「你的推理品味老套到恐怖，我快吐了。」

「是的，我自己也嚇一跳。我這個現代刑警，居然說出這麼古典的手法，搞錯時代也要有個限度。」

「不過，出乎意料是個不錯的方向！」

「警部，到底是怎樣？」

「我覺得冰刀終究不可能。因為如果要用冰刀行凶必須事先準備，但是葬禮會場廁所發生的那件命案，我不認為凶手預先準備得這麼周到。」

「說得也是。」

砂川警部的反駁意外正經，志木不得不點頭同意。

「但我覺得這個思考方向不差，希望能再鑽研一下。」

「再來是⑥的味噌湯。」

志木驕傲抬頭述說自己的想法。

「這部分我也有一些想法。我認為或許這是在模擬某種意境。」

「意境嗎？哼，又是復古的說法。」

警部語帶調侃。

「我姑且問問吧。志木刑警，潑在屍體身上的味噌湯，到底是模擬什麼意境？」

「是貓。」

「貓？」

「是的。這次的案件隨時都以貓點綴，所以……」

「喂喂喂，點綴屍體的不是貓，是味噌湯。味噌湯和貓有什麼關係？」

「那麼警部，請教一下，味噌湯拌飯俗稱什麼飯？」

「狗飯吧？」

「咦？」

忽然聽到「狗」這個字，使得志木不由得愣住。奇怪，明明以為會是「貓」……

「志木，你想說什麼？」

「味噌湯拌飯不是貓飯嗎？」

「你是笨蛋嗎？味噌湯拌飯是狗飯，俗稱的貓飯是加柴魚片與醬油的白飯。」

「或、或許關東是如此……」

「全國都一樣！」

「………」

我完全不曉得！原來狗飯與貓飯之間，有如此明確的材料差別，我一直以為兩者是相同的東西。

志木體認到自己的冒失。凶手對貓有所執著，所以他認為屍體肯定是以貓飯風格裝飾，看來方向完全錯誤。原來如此，貓飯需要的不是味噌湯，是柴魚。說到柴魚，柴魚塊和貓草與金幣一起放進豐藏的棺材供奉，卻沒放在屍體旁邊……真可惜！

4

「最後的問題是⑦。警部，十年前的案件和這次的案件……有關嗎？」

「應該有。畢竟同一間溫室發生兩件命案，應該不能以巧合解釋……唔！」

砂川警部忽然閉口，像是偵測周圍氣息般移動到涼亭邊角，慎重看向庭院的樹叢或岩石後面。

「警部，怎麼了？」

志木小聲詢問，砂川警部維持緊張的表情回應。

「我剛才隱約察覺有人。」

「真的？」

志木也向庭院提高警覺。然而葫蘆池與周邊的日式庭園，就只是任憑夏季陽光與蟬鳴灑落，呈現一如往常的悠閒景色。

「看起來沒人。」

「不過肯定有東西。唔！那邊的是誰！」

接著，茂盛杜鵑花叢後方傳來回應。

「喵～」

是貓叫聲。

「啊，什麼嘛，是貓啦，貓。」

「貓啊……但我覺得回應的時機太好了，就像是聽得懂我的問題。真的是貓？」

「喵～喵～喵～喵～」

傳來一陣拚命的叫聲，如同訴說自己是貨真價實的貓。

「看吧，警部，果然是貓。」

「嗯，看來是我多心了。那就回到正題吧。唔……剛才說到哪裡？」

「喵～喵～……咪～咪～……」

還在叫。

「十年前案件和這次案件的關聯性。」
「咪～咪～……喵嗚～喵嗚～」
還在叫。
「對喔，我想起來了。沒錯，這兩個案件恐怕有關聯……」
「喵嗚～喵嗚～」
似乎還想叫。
「恐怕有關聯……關聯……」
「咪～咪～」
接連不斷的叫聲，使得砂川警部終於無法忍受。
「可惡！這隻貓好吵，要叫多久啊！我難得在談一些緊張的事，不准喵喵叫！」
砂川警部似乎相當火大。他從涼亭走到庭院，從石礫地面撿起一顆石頭，以酷似往年村田兆治的上肩投法，將石頭全力投向杜鵑花叢。石頭以高速與絕佳的控球技術射入花叢。
「咕呃！」
「？？？」不像貓的慘叫聲令警部蹙眉。
「嗚喵！」
片刻之後，響起像是貓尾巴被踩的叫聲，庭院終於恢復寂靜。
「唔？……總覺得這隻貓的反應特別慢。哎，算了。哼，知道了吧，不准瞧不起警察。」

「警部，用不著對貓這麼認真。」志木簡單安撫警部之後，終於回到正題。「那麼，警部認為十年前的命案和這次的命案，是同一個凶手的犯行吧？您認為十年前殺害矢島洋一郎的凶手，如今再度犯案殺害豐藏先生。」

「有這個可能性，但是不能斷言。因為我們不能排除另一種可能性。」

「另一種可能性？」

「十年前殺害矢島洋一郎的真凶是豐藏先生的可能性。或許豐藏先生經過十年才遭受報應。」

「豐藏先生殺害矢島洋一郎！怎麼可能，他是『招財壽司』的社長啊？」

「哎，『招財壽司』十年前的規模沒這麼大，十年前的他，只是從漁夫轉行的餐廳老闆。」

「就算這樣……」

「不過，並不是不可能。」

「也就是說，關於十年前的命案，您對豐藏先生有些質疑？」

「有，多少有一點。」

然而，就像是等待砂川警部說出這句話，此時響起一句完全否定的話語。

「沒那回事，是刑警先生想太多了！」

是年輕女性的聲音，來自豪德寺真紀。

轉頭一看，真紀已經位於他們所在的涼亭外圍，像是把兩人當成殺父仇人狠瞪。在這幾天恢復體力的真紀，案發時的虛弱印象已不復見，母親遺傳的美貌更加耀眼，用力瞪向刑警們的視線也具備魄力。

「妳聽到剛才的對話？」

真紀默默點頭回應砂川警部。

「那麼，妳剛才是否躲在那個花叢後面學貓叫？是的話，我很過意不去……」

「這是在說什麼？」

看來不是。

接著真紀緩緩走向刑警們，並且單方面述說。

「我自認大致明白刑警先生的想法。您認為家父十年前殺害矢島醫生的父親矢島洋一郎先生，這次的命案是當時的報復，而且犯案的是洋一郎先生的兒子矢島達也醫生，對吧？但是沒有這種荒唐事，刑警先生只是擅自幻想，強行把十年前的命案和本次命案連結起來。」

「喔，是嗎？」

砂川警部一副裝傻的態度，像是在挑釁真紀。

「是的。何況您有什麼根據？您有根據斷定十年前的命案是家父所為嗎？我聽過當時命案的細節，也知道家父在案發當晚有不在場證明，這個不在場證明還沒證實造假吧？」

「那麼，只要破解這個不在場證明，我就可以將豐藏先生認定是凶手？」

「不可能。別說不在場證明，到頭來，家父沒理由殺害矢島洋一郎先生，沒動機就不可能殺人。」

「慢著，小姐，恕我講得像是在回嘴，不過關於這方面，或許當時遺漏了某些細節，我現在想……」

「我知道。」真紀打斷砂川警部的話語，並且像是要讓自己鎮靜般輕吐一口氣。「刑警先生照例想質疑案發之前，家父和矢島洋一郎先生發生過爭吵吧？但這種事算不了什麼。既然平常交情就很好，也難免會有些爭執，只根據這種事就懷疑家父，您這樣過於異想天開。」

「我並非如此斷定。如果這次的命案只是豐藏先生遇刺身亡，或許可以認定和十年前的命案無關，但這次不只如此。成人高招財貓加上貓面具凶手，凶手殺害豐藏先生時，刻意以貓的要素點綴，光是如此就必然令人質疑和十年前命案的關聯性……」

「一點關係都沒有。這只是牽強附會。」

真紀以低沉語氣如此放話。

「那麼，妳認為令尊不可能和十年前的命案有關？」

「是的，那當然。我相信父親。」

「那麼案發當晚十一點，妳為什麼會按照凶手信中指示，毫無戒心前往溫室？」

警部的強烈質疑，使得真紀態度忽然改變。

「那、那是因為……我也覺得自己當時太輕率了……」

「輕率？但應該不只如此吧？小姐，我是這麼推測的。妳燒毀扔掉的那封信，或許寫了某些十年前的事情吧？例如『告訴妳十年前的真相』之類。」

「這種事……」

「而且妳內心一直質疑自己的父親，或許就是十年前殺害矢島醫生父親的凶手。正因如此，妳才無法忽略這場詭異的邀約，在那天晚上前往溫室。對吧？」

「不對。」

真紀的話語斷然否定，眼神卻戰戰兢兢游移不定。

「妳認為是誰寫信叫妳過去？該不會認為是矢島達也醫生……」

「沒那種事！」真紀強烈否定一切，不留議論的餘地。「總之，父親殺害矢島洋一郎先生是荒唐無稽的臆測，矢島醫生更不可能為了報仇，在我面前殺害父親，這種事……只有這種事絕對不可能。」

「不，我沒講這麼多……」

砂川警部試著辯解，但真紀不肯聽，單方面微微低頭致意。

「抱歉我剛才太激動了，恕我告辭。」

真紀似乎對自己的輕率行動感到難為情，低著頭迅速離開。

愣住的刑警們，只能默默目送她穿越庭院，消失在建築物另一頭。

「簡單來說……」志木先開口了。「她想強調矢島醫生的清白？」

「應該是這樣。」砂川警部搔了搔腦袋。「但我不記得我把矢島醫生認定為殺害豐藏先生的凶手，只說豐藏先生可能殺害矢島洋一郎。」

「聽在她耳中，應該是相同的意思吧。」

這麼一來，感覺真紀有點像是不打自招。她相信矢島醫生，內心卻無法拭去矢島醫生的嫌疑，可以推測她就是因此不小心展露那種激動態度。

「回到剛才的話題，十年前的矢島洋一郎命案，豐藏先生多少有點嫌疑？她剛才也提到類似的事。」

「嗯，是動機問題。當時有好幾人證實，豐藏先生和矢島洋一郎之間，發生過好幾次類似吵架的高聲爭論。」

「所以兩人之間有摩擦？」

「似乎如此，不過當時沒當成太大的問題。那時候負責辦案的人，都認為這種爭論很無聊，實在不足以成為行凶動機。」

「如她所說，這是常見的爭吵？」

「不，和爭吵不太一樣。他們摩擦的原因，在於某個東西是否能割愛。」

「某個東西？」志木有種不祥預感。「當時是什麼狀況？矢島洋一郎要求割愛，豐藏先生卻不肯？還是……」

「相反。豐藏先生要求割愛，矢島洋一郎不肯。」

「請問一下，豐藏先生要求割愛的東西是……」

「嗯。」警部沉重點頭回應。「是招財貓。」

「果然！」

「無論是當時或現在，豐藏先生非常想要的東西只有這個。兩人當時因為矢島洋一郎擁有的招財貓而產生摩擦，數人曾經聽聞豐藏先生單方面想要那個招財貓，矢島洋一郎卻再三拒絕，他離奇死亡之前發生過這種事。不過，總不可能……豐藏先生總不可能為了得到招財貓就殺人吧？至少當時的辦案人員如此認為，這件事後來沒當成問題，案件成為懸案。

然而，在我們目睹本次堪稱『招財貓凶殺案件』的豐藏先生命案之後，必須以完全不同的方式解釋十年前的命案。一般來說，確實沒人會為了得到招財貓而殺人，但如果是豐藏先生……不，正因為是豐藏先生，所以有這種可能。十年前的辦案人員，沒察覺豐藏先生內心沉眠著收藏家特有的瘋狂心理而輕易放過，或許這就是錯誤的根源。我越是調查本次的命案，越有這種感覺。」

5

「走……走了嗎？」

「是的，他們走了。」

如今庭院空無一人。熱烈討論案情的刑警們走了，為愛人辯護的富家千金走了，愛叫的貓當然從一開始就不存在。

如今這裡只有兩人。從杜鵑花叢後方探頭窺視周邊狀況的戶村流平，以及虛弱蹲在旁邊的鵜飼杜夫。

「鵜飼先生，可以出來了。」流平走出花叢，用力伸個懶腰。「哎呀，不過剛才好危險，只差一點就被發現了。」

流平陪同鵜飼造訪豪德寺家，是為了拜訪豪德寺真紀。她說案發當晚看見類似三花子的貓，他們想直接向當事人打聽。

兩人把車子開進沒關的後門停好，在境內閒晃來到葫蘆池庭院，那兩個刑警緊接著來到這裡。刑警們沒察覺他們兩人，在涼亭進行類似辦案會議的討論。

現在回想起來，兩人只是在進行豪德寺家委託的任務，用不著在刑警面前偷偷摸摸，不過習慣是一種恐怖的東西。鵜飼連忙躲進花叢後方，流平也跟著放低身體，結果他們完全偷聽到刑警們的交談。

交談內容頗為耐人尋味，所以不會覺得無聊，但砂川警部中途射石頭過來時，令流平嚇出冷汗。

「都是因為鵜飼先生得意忘形喵喵叫過頭了。明明叫兩三聲就好，哪有人會叫到惹警部先生生氣？」

「呼，這是我的專長，所以就忍不住叫過頭了。」

不懂「適可而止」四個字的偵探令人傷腦筋。流平嘆了口氣。

「話說鵜飼先生，我們接下來該……哇啊啊！」鵜飼的臉重新見光之後，流平驚愕大喊。「鵜、鵜飼先生！你、你額頭受傷了！」

「呼，這是光榮負傷……開玩笑的。」

「你額頭一直流血，現在不是亂講話的時候。啊，是剛才石頭打傷的吧？」

流平一直沒察覺。他以為石頭只是擦過自己身旁，原來命中鵜飼的額頭了。難怪鵜飼當時的貓叫聲慢半拍。

「剛才那一下精準到令人驚訝，絕非偶然。當事人應該會否認，不過當時瞄得很準，如果是那個警部先生就做得到……啊，不妙，我開始頭暈了。」

「慘、慘了！得送醫才行。對了，去矢島醫院吧，似乎就在附近。」

「唔～可是依照剛才對話，這個叫作矢島的醫生，或許是殺害豐藏先生的真凶，我不太想讓殺人凶手療傷。不提這個，流平。」鵜飼仰望眩目的夏日晴空。「總覺得天空忽然變陰暗了，會下雨嗎？」

「現在是大晴天啦，大晴天！一片雲都沒有，是鵜飼先生視線變模糊了！」

「喔喔，這麼說來或許是這樣，我眼前越來越黑了。」

「呃啊！請不要講得這麼恐怖啦！」

如今不容許片刻猶豫。流平扶著腳步蹣跚的鵜飼，把他拉到車子旁邊，好不容易將他放進副駕駛座，開車高速前往矢島醫院。流平著急駕駛時，他身旁已經意識恍惚的鵜飼，像是想吃飼料的小魚一樣微微張開嘴。

「流……平……」

「鵜飼先生，什麼事！快到醫院了！」

「我知道。不過在這之前，聽我一個請求吧。」

「什……什麼請求？」

流平緊張起來。鵜飼刻意在這種緊要關頭提出的要求究竟是什麼？流平繃緊神經以免聽漏鵜飼的每字每句，鵜飼以意外有力的語氣說出他的願望。

「麻、麻煩幫我拿健保卡，我不要全額負擔……」

流平放鬆神經。什麼嘛，原來是這件事。

「記得在辦公桌的第一個抽屜？」

6

矢島醫院是兩層樓的古老木造建築。

流平一看到建築物，就回想起他所就讀小學深處的理科室。那間理科室在流平畢業之前，就因為過於老舊而改建，矢島醫院的老舊程度也不相上下。

流平攙扶鵜飼進入大型拉門玄關一看，裡面幾乎被老年人占領。老人們同時轉向這裡，一看到鵜飼沾滿血的臉，都瞬間露出驚訝表情而沉默，卻在下一瞬間繼續回到「自己的病情」或「不成材媳婦」或「似乎快過世的藝人」等話題。這些老人比想像的還要無情。

流平讓鵜飼坐在長椅之後走向櫃檯。

櫃檯坐著一名女護士。

「急診。」流平這麼說。

「要填寫問診單，請稍候。」對方進行制式回應。

感到困惑的流平，決定對護士建言幾句。

「我明白現在患者很多很辛苦，可是不能盡量先安排看診嗎？妳看，等候室的這些患者之中，看起來狀況最差的人，應該是頭上一直流血的那個人吧？啊啊……看來要是扔著不管，或許會大量失血而死。如果真的死掉就是命中註定，不過他還年輕，總覺得很可惜。三十多歲就過世，事後回想起來果然會不是滋味。護士小姐，妳也這麼認為吧？」

「明白了，立刻進診療室吧。」

果然有說有機會。

「健保卡可以之後再出示吧？」

「沒關係。」

這間醫院似乎頗能通融，晚點告訴鵜飼先生吧。

流平把如今處於瀕死狀態的偵探拖進診療室。室內以白色油氈布地板與暗沉木紋天花板組成奇妙對比，消毒水味道撲鼻而來，流平內心浮現自己當年的天敵之一——

水亮反光注射針的光景。

白袍醫生坐在桌子前面的扶手椅看向這裡，是矢島醫生。流平記得在昨天葬禮會場看到他列席。醫生也認得他們，不曉得是聽誰說的。

「咦，兩位是偵探先生與助手吧？記得正在尋找豐藏先生的貓。今天怎麼了？」

流平讓全身無力的鵜飼躺在旁邊的診療臺。

「其實我師父稍～微受了重傷，想請醫生處理一下。沒關係，只要用雙氧水沾一沾消毒就好。他是昆恩的書迷，肯定會很高興。」

「會因為雙氧水高興？真荒唐。」矢島醫生正經思考，看樣子他聽不懂玩笑話。「總之我看看傷口。嗯，額頭割傷，長約三公分，深度頂多五公釐，縫兩三針吧。」

「要縫？」鵜飼忽然扭動上半身看向醫生。「要縫？」

「只是兩三針。」

「無論如何都要縫？」

「不、不行嗎？我技術很好。」

「不，並不是不行，也當然不是我在害怕，我只是想問……真的要縫？縫頭？把頭上的皮膚和皮膚縫起來？穿針引線？哼，又不是破洞的襪子。」

「鵜飼先生。」流平把手放在鵜飼肩上。「害怕就直說吧。」

接著鵜飼回應「我不怕」，在診療臺轉過身體，拒絕接受診療。這麼露骨抗拒的傷患或許很罕見，無奈的矢島醫生提出第二方案。

「總之，傷口不是很嚴重，消毒上藥再綁上繃帶應該就會好。」
鵜飼瞬間改變態度，轉向矢島醫生握住他的手。
「謝謝您。不愧是矢島醫生，您是這裡的第一神醫。」
他開心得像是絕症康復。

7

「話說醫生，我來到這間矢島醫院，並不只是為了額頭的傷。」
「喔，還有其他地方受傷？哪裡？要不要縫？」
「我不是那個意思。」
「您想說什麼……啊，會有點刺痛喔。」
醫生把沾上消毒水的脫脂棉按在鵜飼額頭。
「我真正的來意是豪德寺家的命案，您應該也很清楚……原來如此，會刺痛，而且不只一點點。」
鵜飼不知何時眼眶含淚。矢島醫生消毒之後，暫時將瓶子放在一旁。
「我確實是那件命案的相關人員之一。」
「應該是嫌犯之一吧？」
鵜飼採取挑釁態度，矢島醫生保持沉默。

「話說回來，令尊十年前在豪德寺家溫室遇害，但警方搜查無功而成為懸案。」

「一點都沒錯，您真清楚。」

「或許兇手是豐藏先生。在十年前殺人的豐藏先生，或許至今才受到報復。」

「荒唐。豐藏先生和父親是來往已久的好友，豐藏先生不可能殺害家父。」

「不過聽說在案發之前，兩人的交情不知為何變差。」

「您聽誰說的？」

「這是經過可信管道得到的情報。」

可信管道——應該是警方吧。簡單來說，這都是剛才偷聽的成果。

矢島醫生從藥品櫃取出類似化妝品的小瓶子打開，裡面是純白的乳液。醫生以手指沾取乳液擦在鵜飼額頭。

「醫生，冒昧請教一下，這是什麼乳液？」

「經過可信管道得到的藥物。」

矢島醫生面不改色。到底是什麼管道？

「所以，總歸來說，偵探先生想打聽什麼事？希望您可以直說。」

「好的。」鵜飼注視醫生雙眼。「那我就請教了，造成兩人摩擦原因的招財貓，現在在哪裡？如果在這裡，我希望可以看一下。」

「啊……？」

矢島醫生一陣錯愕，接著鼓起臉頰，最後捧腹大笑。就流平看來，這是只有從極度緊張解脫的人獲准進行的開懷大笑。

「有、有什麼好笑的！您想大笑敷衍也沒用！」

鵜飼語氣難得變粗魯，大概是認定被瞧不起。但矢島醫生的態度毫無內疚之意。

「沒事，恕我失禮，現在不應該笑，只是您似乎有著天大的誤會。」

「我誤會……這是什麼意思？」

「偵探先生，這裡是醫院。醫院不是酒館或麵店，不可能擺招財貓吧？總之，我也算是在做生意，老實說希望患者上門，就算這樣，也不能用貓招攬客人吧？在醫院擺招財貓，就算是黑色笑話也要有個限度。偵探先生，您不這麼認為嗎？」

「唔，聽你這麼說確實沒錯。」

「我就講明吧，這間醫院無論是十年前或現在，都沒有任何一隻招財貓。我沒聽過家父家母提及，我自己當然也沒看過。」

即使是鵜飼，也想不到如何反駁這番話。流平代為詢問。

「即使沒擺在看得到的地方，會不會把值錢招財貓之類的東西偷藏在某處？」

「不會。家父沒有這種嗜好，遺物裡也沒有任何一隻招財貓。」

「既然這樣，豐藏先生與令尊關於割愛招財貓的爭論是怎麼回事？」

「應該是聽錯了。居然根據這種證詞認定豐藏先生殺害家父，這種傳聞太不負責了。我希望殺父凶手繩之以法，卻不希望豪德寺家的人們遭受這種錯誤的質疑，這樣家父將會死不瞑目。」

「………」

面對醫生堅定的話語，鵜飼與流平都無從反駁。沉默片刻之後，鵜飼以紳士態度緩緩起身低頭致意。

「醫生，感謝您的協助，我們告辭了……流平，走吧，我們還有該做的工作。」

流平點頭回應鵜飼的話語跟著離開。

「偵探先生，請留步。」

此時，矢島醫生叫住正要離開診療室的鵜飼。

「還有什麼事嗎？」

矢島醫生一副難以啟齒的樣子，朝轉頭的鵜飼說：

「請問，不用包綳帶嗎？上藥的傷口裸露在外很難看，而且還有衛生問題。」

治療尚未結束。

十分鐘後，鵜飼與流平在矢島醫生停車場的雷諾車上，討論今後的方針。

「實在搞不懂。」

「是啊。」

感覺就像是認定沒錯而追查的線索，出乎意料一下子斷絕。

到頭來，豐藏必須具備殺害矢島洋一郎的動機，才可能是十年前命案的真凶；豐藏必須是真凶，才可能在十年後遭受報復。然而矢島洋一郎完全沒有招財貓，這樣只能認定兩人之間的「因招財貓而起的摩擦」毫無根據。

「唔？」流平忽然覺得不對勁。「……鵜飼先生，好像不太對。」

「不太對？什麼事？」

「我們在追查的不是命案真相吧？追查真相的是那些刑警，我們該找的是一隻三花貓才對。」

他們剛才偷聽兩名刑警的對話，思考重心不禁轉移到命案真相。然而無須多想，他們正在處理的委託是尋找三花子，委託內容不包含辦案。簡單來說，即使破案也拿不到一毛錢，毫無意義可言。

「哼哼，是嗎？不，我不這麼認為。」鵜飼提出異於流平的見解。

「這次的事件，無論是三花子失蹤、豐藏先生遇害、小岩遇害，以及十年前的案件，我覺得全部相關。至少不能把三花子失蹤案件當成獨立的案件，我認為必須以這種角度處理本次的一連串案件。

換句話說，應該把三花子當成其中一塊拼圖。

我們正在找這塊拼圖，刑警他們應該正在找其他拼圖，但是追根究柢，我們和刑警們要完成的應該是同一幅圖。」

「同一幅圖……那麼，這幅圖是什麼圖樣？」

「天曉得，或許是一隻手高舉，另一隻手抱著百萬兩金幣的貓。找到三花子大概就能知道。」

鵜飼輕聲說完，發車前進。

8

偵探他們在矢島醫院在意十年前的招財貓時，豪德寺家的刑警們在意剛才的貓。首先提出這個話題的是砂川警部。

「剛才庭院裡有貓，即使沒看到身影，但那個叫聲肯定是貓。」

「是指警部您扔石頭趕走的那個？是的，那當然是貓，肯定沒錯。」

兩名刑警嘴裡說肯定，但他們完全錯了。唯一知道真相的偵探他們在矢島醫院，因此他們不可能察覺真相。兩人的對話就這麼朝錯誤方向進行。

「所以警部，那隻貓怎麼了？」

「我很在意這件事。我們在這座宅邸辦案至今，出現在我們面前的盡是招財貓。包括案發現場、正門、後門與倉庫都只有招財貓，換句話說，這座宅邸是招財貓屋。但也不可能連一隻真貓都沒有吧？」

「這麼說來也是。豐藏先生飼養並且寵愛有加的只有三花子，既然三花子走失，這座宅邸就不可能有真貓。那麼，剛才的貓是……？」

「嗯，我剛才不經意就趕走，不過那隻貓或許是傳聞的三花子。」

「您的意思是三花子回來了？」

「並不是不可能。到頭來，三花子失蹤案件，可以當成本次豐藏先生命案的徵兆或起因。三花子失蹤，然後豐藏先生遇害；豐藏先生遇害，然後三花子回來了。聽起來很有可能吧？」

「也就是說，三花子失蹤案件與豐藏先生凶殺案件有關？」

「對。這或許出乎意料是破案關鍵。」

「要去找剛才趕跑的貓嗎？」

「也對，應該還在這附近。」

「那麼，總之先去剛才的杜鵑花叢。或許三花子那傢伙，出乎意料被警部的石頭打中倒在那裡。」

「搞不好石頭打到三花子的眉心。應該不可能吧，哇哈哈哈！」

「警部，您說得真妙，啊哈哈哈！」（註6）

不過兩名刑警當然無從得知，那顆石頭命中的是偵探的眉心。總之，雖然這是基於誤解的推理，得出的結論卻和偵探他們的目標幾乎一致。簡單來說，刑警們開始和偵探他們尋找同一隻貓。

刑警們再度走遍庭院，仔細審視花草叢、造景石縫隙或是石燈籠死角，然而別說

註6　日文「三花」與「眉心」音近。

身影，連聲音都沒聽到。即使如此，刑警們依然不死心將搜索範圍擴大到鄰近的暗處或屋簷夾層。兩人的襯衫不知何時沾滿汗水，但是成果不佳。

「喂，志木，這樣會沒完沒了。何況我們只知道三花子是一隻大型三花貓，連長相都沒看過，所以無從找起。如果真的要找，至少應該看過長相。」

「說得也是。那麼請人借照片給我們看吧。」

「嗯，就這麼做。」

志木進入宅邸尋找家人，現身的是二兒子美樹夫。

「哎呀，刑警先生，請問有什麼事？」

「我想借一張三花子的照片，今後辦案肯定用得到。」

「三花子的照片？真意外，連刑警先生們也開始找三花子。請等我一下，家父書房應該有。」

美樹夫離開志木前往二樓，不久就拿著兩張照片下樓。

「我從相簿簡單挑了兩張，這種照片可以嗎？」

「是的，沒問題……唔！這是……」

志木的目光停在兩張照片的其中一張。照片裡的貓含著某種棒狀物體。

「這是牙刷？」

「是牙刷。」

「有什麼意義嗎？」

「怎麼可能，應該是家父鬧著玩吧。」

志木只能認同。

「不過話說回來，我很意外警方在找三花子。不不不，這不是調侃，我很歡迎您這麼做，至少比起被那個偵探找到好多了。只因為尋找三花貓就得付偵探一大筆錢，這樣很浪費。請您務必找到三花子。」

志木在美樹夫的激勵之下離開。

志木拿著兩張照片回庭院一看，砂川警部已經不在這裡，大概是認定庭院該找的地方都找過而死心，前往其他地方尋找了。志木簡單推測之後繞到宅邸後面。這裡有農舍與倉庫，倉庫二樓的小窗戶透出燈光，看來倉庫主人劍崎京史郎在家。

經過倉庫的志木過門不入，前往他早就莫名在意的那間古老農舍。

農舍總是有貓，至少志木如此認定。

或許是以前飼養在裡面的雞群味道，會喚醒貓族體內沉眠的野性，或者是自古至今的傳統農業氣息具備療癒效果，也可能只是乾稻草成為絕佳的床鋪，總之貓很喜歡農舍。

志木鑽過不再使用的脫穀機、板車與農具之間，進入農舍深處。

「啊，警部，您果然在這裡。」

砂川警部位於農舍深處，看來兩人的想法相同，但他看起來不像在找貓。志木瞬間誤以為砂川警部在玩呼拉圈。警官在農舍深處玩呼拉圈，這種光景實在奇特。

「警部，您在做什麼？」

「我原本想找三花貓，卻發現奇怪的東西……這個看起來是什麼？」

砂川警部忽然如此詢問。農舍深處很陰暗，甚至看不出警部手中呼拉圈形狀的物體是何種材質，志木不得已直接回答第一印象。

「呼拉圈？」

「確實很像。但你仔細看，這不是圓形，是半圓形。」

「半圓形的呼拉圈？」

「切半的圓環要怎麼當成呼拉圈？何況這東西沒這麼小，你看。」

確實很大，半圓的直徑似乎達到兩公尺半，材質是金屬，像是以鋁管串接而成。管子是中空的，雖然體積大，拿起來的感覺卻很輕。

光靠眼睛只能判斷這些情報，要以此判斷這是什麼物體實在傷腦筋，只能稱為半圓鋁管。

「不只這個，還有很多。你往農舍裡面看看。」

志木在砂川警部的引導之下繼續深入農舍。並排著不再使用的農具的空間裡，好幾個半圓管占據農舍牆壁。這些半圓管大小不一，剛才砂川警部給他的似乎是最小的一個，牆上有半徑比較大的半圓管、以及更大的半圓管、再大一點的半圓管，許多半圓形的鋁管如同描繪同心圓掛在牆上，其中最大的鋁管直徑達到四公尺，這個大小剛好……

「警、警部，這些半圓鋁管，該不會是溫室的骨架吧！這個最大的半圓鋁管，和案發現場溫室幾乎一樣大。」

「我也這麼認為，但是並非如此。這些金屬管是脆弱的鋁製，這種柔弱的東西實際上應該不耐用。」

「確實沒錯，案發現場的溫室鋼骨，是用更堅固的鐵管組成，不是這種鋁管。」

「何況尺寸也是問題。最大的半圓鋁管確實和案發現場溫室相同，但其他鋁管全部比較小，即使形狀都差不多，但每根的大小都不同，最小的是剛才給你看的那根，直徑只有兩公尺半，哪裡找得到那麼小的溫室？」

「說得也是。」

至少豪德寺家沒有這麼小的溫室，何況只有一根半圓管子無法搭設溫室。如果想組裝一間漂亮的魚板型溫室，相同大小的半圓管數量至少要以十個為單位，不同大小的半圓管數量再多，也無法組裝成魚板型骨架。

那麼，這裡的鋁製半圓管，乍看之下像是溫室骨架，其實是用在其他地方？

「搞不懂，這東西和命案有關嗎？」

「嗯，是啊。溫室，溫室……」

警部像是誦經般，念念有詞走出農舍。

9

接著砂川警部與志木前往倉庫。用力敲門之後，劍崎京史郎從門後現身，對於刑警突然造訪感到困惑。砂川警部開門見山詢問農舍深處奇妙道具的用途。

「農舍裡有好幾種像是半個呼拉圈的半圓形管子，那是什麼？」

劍崎京史郎放鬆肩膀，像是鬆了口氣。

「刑警先生，看了不就知道嗎？那是不再使用的溫室骨架。咦，不是嗎？我一直以為是這樣。」

劍崎京史郎的看法和刑警們相同，不曉得是真的不知道，還是明知卻裝傻。

「知道那些東西什麼時候放在那裡嗎？」

「我來到這座宅邸借住時就有了，所以是很久以前的事，至少八年前就有。」

「八年前啊……那麼，或許十年前就有了。」

「我想應該有吧，如您所見，那是一間古老的農舍，裡面的東西大多是十年以上的早期遺物。」

砂川警部大幅點頭，道謝之後轉身離去。但在劍崎京史郎要關上倉庫門的瞬間，警部像是忽然想起一件忘記的事情，停下腳步再度轉身。

「啊，等一下，我還想打聽一件事。你今天有沒有看到三花子？」

「三花子？這個嘛，我一直待在倉庫所以沒注意。刑警先生，您在找三花子？牠已經失蹤半個多月，不可能在這裡。不過，兩位為什麼事到如今在找貓？」

「剛才我們在庭院聽到貓叫聲。」

「叫聲？只聽到聲音？」劍崎京史郎隨即露出遺憾的表情。「那不是三花子，應該是艾爾莎。」

「艾爾莎？」

「是桂木先生的貓，完全不同於三花子的另一隻貓。刑警先生們只聽到叫聲吧？既然這樣，那就是艾爾莎的叫聲。」

「桂木在這座宅邸養貓？我第一次聽到。記得這座宅邸只養三花子一隻貓？」

「意思是豪德寺家只養一隻貓吧？桂木先生不是豪德寺家的人，只是幫傭。而且說他養貓也不正確，那隻貓只是野貓，只不過是經常進入這座宅邸，跑到廚房向桂木先生討食物，逐漸就定居在這裡的感覺。昌代夫人之前經常告誡桂木先生別餵野貓，但最近似乎放棄了。」

「順便請教一下，艾爾莎是什麼樣的貓？」

「普通的野貓。」

「不，我不是這個意思。牠是什麼花色？」

「啊啊，您是這個意思啊。艾爾莎是三花貓。」

「三花貓！那麼，難道和三花子很像？」

志木察覺到警部為何激動了。換句話說，警部質疑行凶之後，豪德寺真紀所目擊

「像是三花子的三花貓」其實是艾爾莎。

但劍崎斷然搖頭，一副不足一提的樣子。

「一點都不像，兩隻貓完全不同。哎，配色或花紋算是挺像的，畢竟三花貓看起來都差不多，不過三花子和艾爾莎的體型完全不一樣。艾爾莎剛出現的時候很瘦，所以取名為『瘦小的艾爾莎』。這個名字當然源自《野生的艾爾莎》，是喜歡電影的美樹夫先生取的名字。」（註7）

「原來如此，所以艾爾莎沒有很大隻？」

「是的，現在已經不瘦了，但還是比普通貓小一點，三花子則是具備威嚴，體型很大的貓。」

「這樣啊，原來兩隻貓不像。」

砂川警部再度道謝，這次真的離開倉庫了。後來警部不發一語，走向通往豪德寺家廚房的安全門，似乎是要向桂木打聽消息。志木也緊跟在後。

「話說回來，拿到三花子的照片了嗎？」

「啊，我都忘了。我拿到兩張……」

志木將照片交給警部。

「嗯，原來如此，確實具備威嚴……唔？這是什麼？」

註7　原名為《Born Free》，中譯《獅子與我》。

警部果然也覺得第二張照片不對勁。

「是牙刷，大概是豐藏先生打趣讓牠咬的。」

「這樣啊。雖然說死者壞話不太好，但我搞不懂豪德寺豐藏這個人的嗜好。」

聊到這裡，砂川警部抵達安全門。廚房正在準備晚餐，排氣扇飄出燉煮的香味。警部輕敲安全門，裡頭立刻傳來回應，桂木從門後探頭。桂木在這間宅邸的職責是管家兼廚師兼園丁，但以外表來看，廚師打扮最適合他。眼前的桂木身穿烹飪服，就像是日式料理大廚。

「哎呀，刑警先生，請問有何貴幹？」

「放心，不是什麼大事，我只是耳聞您很照顧一隻三花貓，所以有點在意。」

「您是說艾爾莎吧，艾爾莎現在也在那裡。」

朝著桂木所指的方向看去，那裡確實有一隻三花貓。牠躲在流理臺底下，正在把頭伸進缺角的飯碗用餐。

「容我近距離看一下。」

砂川警部說完進入廚房，志木當然隨後跟上。兩人圍著三花貓趴下來，以照片的三花子比對艾爾莎。劍崎京史郎斷言兩隻貓不像，然而……

「看起來挺像的。」

至少在志木眼中是如此。眼前的貓比較瘦，配色與花紋乍看之下卻相同。不過正如劍崎京史郎所說，每隻三花貓看起來都差不多，真要說的話是理所當然。

「慢著，志木，要斷言還太早，問題在體型大小。」砂川警部朝著在後方注視的桂木提出要求。「桂木先生，不好意思，這裡有沒有牙刷？」

「有一根舊的……不過刑警先生，您要做什麼？」

「舊的沒關係，借我一下。」

砂川警部接過這根刷毛開花的舊牙刷，硬是讓艾爾莎含著。這一瞬間，志木得知剛才的印象非得修正才行，因為艾爾莎與三花子有明確的差異。

「原來如此，這隻三花貓確實比照片上的貓小很多，像這樣用牙刷長度比對就很清楚，艾爾莎的臉只有照片裡三花子約三分之二大。警部，您說對吧？」

「………」

砂川警部就這麼默默抱起艾爾莎，牙刷從艾爾莎的嘴角落地。

「咦，警部，怎麼了？」

警部如同失魂落魄，無神的看著艾爾莎的臉，視線看起來像是凝視眼前的三花貓，實際上也像是完全沒對焦。志木嚇了一跳，想搖晃警部肩膀將他拉回現實世界，然而在這一瞬間……

「原……原來如此！」

砂川警部大喊一聲，像是對三花貓失去興趣，鬆手讓貓落地。艾爾莎輕盈著地逃向桂木。

「警部，怎麼了？」

志木戰戰兢兢詢問，砂川警部維持做夢般的心不在焉表情回答。

「現在……我大致明白三花貓與招財貓的關係了。」

10

志木要求說明，但砂川警部適度敷衍之後離開廚房，接著前往豪德寺家正門。站在路邊看向正門，右方門柱前面是空的。被搭檔扔下的成人高招財貓，獨自佇立在左方門柱前面落寞守門。案發之後的不平衡光景維持至今。

砂川警部繼續保持沉默靠在門柱邊，拿出手冊書寫。

砂川警部習慣一邊在手冊書寫一邊思考，至少不會呆呆看著天空在內心推理，在最後一瞬間閃出靈感理解案件全貌，他不是這種天才型的人物。對他來說，書寫就是思考。

志木只能保持距離眺望，以免妨礙砂川警部。

時刻接近傍晚，盛夏陽光逐漸減弱，白天的悶熱空氣也稍微緩和。

在這個時候，豪德寺昌代打開宅邸玄關門現身，筆直走向刑警們所在的門口。昌代向兩名刑警行禮致意，在兩人注視之下，窺視成人高招財貓旁邊的信箱。不過昌代沒看到她在等的郵件，因此詢問刑警們。

「刑警先生，冒昧請教一下，兩位不會擅自拿走信箱的信件吧？」

昌代如此詢問兩名刑警，但砂川警部沒有停筆，不得已只好由志木應對。

「警方不會擅自扣留別人的信件。如果有這個需求，當然會徵詢收件人同意。所以怎麼了？應該收到的信件還沒收到？」

「是請款單。我請附近酒館送過來，並且在下個月底付帳，但是請款單沒送到。平常都是我或桂木先生來信箱拿信確認，但桂木先生說這個月還沒收到。」

「那應該是還沒拿來吧？」

「可是酒館老闆說，請款單在十四日傍晚就放進信箱了。」

「十四日傍晚？」

那就是豐藏先生遇害數小時前的事。假設當晚沒人來信箱收信，家人應該是在隔天早上收到請款單，但隔天早上是發現命案的早上。

「夫人十五日早上來看過信箱吧？記得您當時察覺門前的招財貓少一隻，也因而成為發現命案的契機。」

「是的，正是如此。不過我十五日早上收到的信件沒包含請款單，肯定沒錯。」

「那麼，是不是掉了？」志木指著招財貓旁邊的信箱回應。「酒館老闆把請款單放進信箱時從收信口滑落，或是夫人從信箱拿信時滑落，應該是兩者之一吧？」

「那麼，掉下去的請款單跑到哪裡了？」

「天曉得，大概被風吹走吧。」

其實不太可能有這種事，志木不禁苦笑。即使稍微颳風，請款單應該也不會被吹得太遠。何況這幾天連微風都沒有，所以每天都這麼熱。如果請款單掉在附近，辦案人員肯定會發現。

「我再回家找一次，或許夾在孩子們的信裡。那個……」

「請說，還有什麼事？」

「如果需要查案，兩位可以自由使用會客室，不需要站在這種地方思考。」

在昌代眼中，站著注視手冊的砂川警部似乎相當奇妙。

「讓夫人關心真是不敢當，但是別擔心，警部就是那種類型的人，請不用在意。到最後，他應該會連自己都搞不懂在想什麼。」

「這樣啊。」昌代點頭回應，接著提出另一個要求。「話說回來，溫室那隻招財貓，還要放在那裡多久呢？我差不多想讓它回到原位了。」

「啊，說得也是。在那種地方擺那麼巨大的東西，確實令人注目。」

「是的，而且要是沒有那隻招財貓，感覺門口的景色相當不協調。畢竟成人高招財貓本來就是左右成對，只有一隻的話不太好看。總之可以把它擺回原位嗎？」

「唔，這部分我沒辦法作主……」

至今瞪著手冊沉默不語的砂川警部，在這時候忽然抬起頭。

「請等一下，夫人，您剛才說了什麼？」

「啊？」

「總覺得您剛才說出非常重要的事……唔，您說了什麼？對不起，我剛才沒有注意聽。」

「那個……我說了什麼？」

昌代聽不懂這個問題而詫異。

「唔……您提到門口的招財貓。」

「我剛才說，只有一隻的話不太好看。」

「對，就是這一段，您是不是有用別的方式形容？」

「左右成對？還是不協調？」

「對，沒錯！夫人，就是這個！」警部用力闔上手冊。「重點在協調。這種成人高招財貓，只有一隻的話就不協調，必須左右成對才協調，一開始就是這麼設計的。原來如此，我懂了。什麼嘛，好蠢，原來提示一直擺在我們面前！」

砂川警部激動的模樣，使得昌代瞪大雙眼，志木也啞口無言。

「請問……我可以告辭了嗎？我還要準備晚餐。」

昌代戰戰兢兢想離開，砂川警部拉大嗓門回應。

「沒問題沒問題！抱歉留住您了。話說回來，您沒忘記請款單遺失的事吧？沒忘記就好，我覺得您最好問一下家裡的人們。」

「好的，我會的。恕我告辭。」

志木等待昌代離開進入宅邸之後詢問警部。

「警部，到底是怎麼回事？您說提示一直擺在面前是什麼意思？您知道什麼請告訴我吧。」

「慢著慢著，在這之前得先對答案。」

「對答案？」

「首先是這個。」

警部說完再度打開手冊，在其中一頁粗魯寫字之後撕下來交給志木。

志木看向收到的紙條，上面以直書方式，潦草寫著一名女性的姓名與住址。

「案理繪……這個奇怪的中國女性是誰？」

「什麼？中國女性？」

砂川警部搶過自己剛給的紙條確認。

「不是案理繪，是安木理繪！一般都看得出來吧？」

「啊，原來是安木小姐。」

「案」這個姓氏確實稀奇，可是上面的字潦草到怎麼看都只像「案」，所以也無可奈何。警部在對部下生氣之前，應該先上習字班才對。這件事暫且不提。

「這位安木理繪小姐是誰？感覺她完全沒出現在這次的案件……」

「放心，沒這回事，志木你也見過她一次。你想想，案發當晚，不是有個女性在凌晨兩點和男朋友一起經過溫室旁邊，目擊成人高招財貓嗎？她就是安木理繪。」

「啊，是那位粉領族啊。所以要找她做什麼？」

「盡快聯絡上她，和她約好今天傍晚在案發現場見面。」

11

時間是下午六點半。夏日太陽終於躲進山頭後方，白天喧囂的蟬鳴完全止息。

面對案發現場的道路旁邊停著偵防車，砂川警部與志木在車上等待安木理繪。砂川警部不再瞪著手冊，而是在副駕駛座打盹。

志木看向道路，等待安木理繪出現。

安木理繪在公司上班，每天早晚都會走這條路。案發當晚湊巧和男友約會晚歸，在凌晨兩點經過這條路，而且她在這個時間，目擊坐鎮在溫室前面的成人高招財貓。這段證詞在本次命案具備重大意義，因為三十分鐘之後經過這條路的廚師，證實相同地方「沒有任何東西」，再過三十分鐘的凌晨三點，深夜散步的推理作家同樣目擊成人高招財貓。凌晨兩點之後的現場究竟發生什麼事？這肯定是本次案件的一大謎題。

安木理繪是否能提供這個謎題的答案？依照警部的說法是要「對答案」。

此時，手錶顯示已經超過約定時間五分鐘，對方應該快到了。如此心想的志木，發現一名女性正朝這裡走來。雖然只看過一次，但她肯定是安木理繪。

「警部，她來了。」

「嗯？啊啊，終於來了，很好。」

砂川警部睜開眼睛，打開副駕駛座車門，志木也離開駕駛座跑向她。三人剛好在溫室前面會合，警部站在她面前姑且做個確認。

「是安木理繪小姐吧？」

「是的，敝姓安木。」年輕女性簡短回應。

「我是烏賊川警局的砂川，感謝您特地赴約。其實關於上次的案件，我還想確認一件事。」

這番話使得安木理繪露出疑惑的表情。

「我應該把自己知道的都告訴您了。」

「是的，那當然。您在案發深夜的凌晨兩點經過這條路，看到溫室前面擺著巨大招財貓，是吧？」

「是的，肯定沒錯。」

「我想也是。我們並不是質疑您看見巨大招財貓，不過這裡是盲點。我們不小心忘記確認另一件重要的事，導致辦案過程陷入瓶頸。」

「……什麼事？」

「請您仔細看。」

砂川警部從道路指向溫室，那裡是發現命案之後未曾變化的成人高招財貓背影。

安木理繪依照警部所說看過去，接著警部進行重要的確認。

「您在案發當晚看到的招財貓，真的是那隻招財貓嗎？」

然而，安木理繪的回應令砂川警部失望。

「當然，那麼顯眼的東西，我不可能看錯。」

「不，我不是這個意思。」

砂川警部露出困惑表情，不死心進一步詢問。

「唔，我換個詢問方式吧。現在您看到的那隻招財貓，和案發當晚看到的招財貓相比，您是否察覺到哪裡不一樣，還是說兩者完全相同？」

「比較兩隻招財貓嗎……請等我一下。」

安木理繪似乎終於理解問題的意思，開始認真思考。

經過一段漫長的時間。砂川警部保持沉默，志木同樣動也不動地守護她的沉思。

她閉著眼睛，似乎正拚命從腦中挖掘案發當晚的記憶，偶爾睜開眼睛，將眼前招財貓的樣子烙印在眼底，然後再度閉上眼睛，比對記憶裡的另一隻招財貓。這樣的動作反覆了好幾次。

在她眼中，兩隻招財貓是否一模一樣？還是有所不同？難道……

志木緊張情緒達到頂點時，安木理繪閉上的雙眼用力睜大，帶著驚愕的神色。她輕輕發出「啊」的一聲，像是再也按捺不住，跑向區隔道路與農田的鐵絲圍欄，朝著晚霞所映照招財貓的背部斷言。

「不一樣！這隻招財貓和我當晚看到的不一樣！」

她得出的結論，完全是「有所不同」。

「對不起，刑警先生，我現在終於發現了。不過，到底是為什麼？明明是同一隻招財貓……」

大概是因為驚訝，她的話語也變得混亂。明明是同一隻招財貓卻不一樣，這是什麼意思？志木看向砂川警部尋求說明，警部則是要求她代為說明。

「具體來說，哪裡不一樣？」

安木理繪以肯定的語氣，陳述兩者的明確差異。

「現在擺在這裡的招財貓舉左手，不過我在案發當晚看到的招財貓舉右手。雖然是同一隻招財貓，舉的手卻不一樣！」

12

同一天晚上，即使已經晚間九點，鵜飼杜夫與戶村流平依然在工作。平常在這個時間，應該已經回到住處洗完澡，看著電視的棒球轉播以啤酒乾杯。他們在這種時間還在工作，等同於一種超自然現象。

「不過，考量到貓的習性，這也是逼不得已。」副駕駛座的鵜飼眺望擋風玻璃兩側，講得煞有其事。「到頭來，貓是夜行性動物，在我們睡覺的時候，會在小巷或空地召開牠們專屬的集會。三花子也是貓，如果三花子還在豪德寺家附近，肯定會參加這種集會。我們該找的地方就是這裡。」

「所以，你說的『這裡』是哪裡？」

坐在駕駛座開車的流平表達不滿。他依照鵜飼的指示，在豪德寺家周圍大致繞了一圈。

很遺憾，到處都沒看到鵜飼所說的貓集會。何況貓的集會並不是會固定在某月某日深夜某個時間的某個廣場舉辦，不是人類能夠擅自參加的活動，這種巡邏基本上是白費工夫。

「何況……」流平繼續表達不滿。「我們無從確認三花子是否在豪德寺家附近，說不定已經跑很遠了。」

「不，還在這附近。我有兩個證據。」副駕駛座的鵜飼，朝駕駛座的流平伸出兩根手指極力主張。「第一個證據，是豪德寺真紀在豐藏先生遇害當晚目擊三花子。」

「那是很像三花子的貓，不一定真的是牠。」

「第二個根據，是警方今天下午開始莫名的急於找貓，他們肯定在找三花子。大概是某人看見三花子或是聽見叫聲，警方才會開始找。三花子肯定在附近。」

這部分確實如鵜飼所說。今天下午，鵜飼與流平從矢島醫院回到豪德寺家，發現辦案人員幾乎要趴到地上，不曉得在拚命尋找什麼東西。他們檢視花草叢暗處、建築物後方甚至屋簷夾層的樣子，輕易讓人聯想到是在找貓。

話說回來，警方奔走找貓的起因，正是鵜飼模仿的貓叫聲，但鵜飼當然不用說，流平也沒想到這一點。誤解往往造成更大的誤解，本次就是最典型的例子。

先不提真相如何，流平姑且認同鵜飼的說法。

「不過，警方為什麼要找三花子？我們找三花子，是為了幫鵜飼先生繳清房租，他們是基於什麼理由？」

「嗯，他們肯定也察覺三花子是破案關鍵吧。不提這個，流平，先停車一下。」

「停在這裡？」

車子位於一無所有的單行道。流平聽話的把車子停在路邊。

「手給我一下。」

鵜飼像是要看手一樣伸出右手，所以流平沒想太多，左手放開方向盤伸過去。鵜飼一抓到流平的手，就瞬間迅速制住手腕關節，指責他的誤解。

「我不是，為了，房租，工作！既然，你也是，名偵探的，徒弟，就不可以，貶低，偵探的，工作！明．白．了．吧！」

「明、明、明白了！哇，投降，我投降！」

流平右手狂拍到幾乎痙攣。

「哼，明白就好。總之你引以為戒，今後講話小心一點。好，開車吧，開得安全一點，絕對不准撞到貓，應該說只有貓不准撞，撞到就罰錢。」

流平緩緩開車並且哭訴。

「沒有貓啦～我們回去了啦～」

接下來的兩小時，就這麼在沒發現一隻老鼠、一隻貓或一頭牛的狀況經過。時鐘顯示即將晚間十一點，他們的車停在豪德寺家不遠處的空地旁邊，車上的鵜飼與流平喝著罐裝咖啡稍作休息，兩人之間開始洋溢沉重的氣氛。

「人類找貓這個行為本身，果然不可能成功吧？」

「沒那回事，至少比貓找人類成功機率高，現在放棄還太早。」

總覺得放棄比較好……流平喝著罐裝咖啡如此心想。

「不過，鵜飼先生，如果我們非常幸運看到三花子大人出現在面前，也沒辦法保證牠會乖乖讓我們抓住。不，肯定會逃走。鵜飼先生，你有自信跑贏貓嗎？」

「不，沒有，我的爆發力不如貓。」

「耐久力肯定也不如貓。」

「或許吧。」

鵜飼將手上的罐裝咖啡一飲而盡。

「光是找到就難如登天，而且還要抓到，我們終究辦不到的。事情不會像《王牌威龍》那麼如意。」

「那個王牌什麼的是什麼意思？」

咦，居然不知道？流平反而對鵜飼的反應感到驚訝。他一直以為鵜飼知道《王牌威龍》，才會接下尋找三花貓的任務。

流平抓準機會，展現烏賊川市立大學電影系中輟生的本領。

「是一部早期的電影。金凱瑞飾演主角艾斯．范杜拉，這部電影是寵物偵探大顯身手的無厘頭喜劇。」

「唔，寵物偵探啊。除去『無厘頭喜劇』這部分，就跟現在的我們很像。」
「說、說得也是……是嗎？」
用不著除去，現在的這兩人或許就足以稱為「無厘頭寵物偵探」。
「不過艾斯和我們不同，是專業的寵物偵探，不像私家偵探是兼差接寵物委託。實際上，美國似乎有不少專職處理寵物案件的偵探。」
「日本也有寵物偵探，只是這座城市沒有。」
「喔，這樣啊？」
「小說不是也有嗎？三花貓福爾摩斯之類的。」
這種玩笑話真的很無聊，流平感到無力。
「鵜飼先生，三花貓福爾摩斯不是寵物偵探，是三花貓寵物成為名偵探吧？」
「也對，三花貓福爾摩斯確實和寵物偵探不一樣。沒事，我只是忽然想到罷了，啊～真是的。」
鵜飼喝光罐裝咖啡，把雙手枕在頭後，整個身體靠在座位上。接著並非針對某人說話，以懷舊的語氣述說。
「那部系列第一本叫什麼名字？我想起來了，是《三花貓福爾摩斯的推理》，我學生時代看過。啊啊，當時應該做夢都沒想到，自己將來會到處奔走尋找三花貓。」
「那當然。」
要是做夢想得到這麼特殊的未來，那就是預知能力了，凡人做不到這種事。流平喝光咖啡之後，將空罐扔到地上。

「那麼，鵜飼先生，你是夢想怎樣的未來？」

「當時嗎？我想想，記得我當時相信自己將來會成為私家偵探，對不成材的助手頤指氣使，消遣美女，和刑警們過招，過著有趣又奇妙的生活……」

「………」

天啊，這是預知能力。他不是凡人。

至於鵜飼則是再度輕聲回到三花貓的話題。

「對了，如果是三花貓福爾摩斯，或許會幫忙找三花貓的三花子。」

「啊？」

「畢竟同樣是三花貓，而且福爾摩斯是偵探。牠會幫忙找嗎？會幫我們嗎？」

喔，原來如此。流平感覺自己猜出鵜飼講這種無意義玩笑話的用意了。他肯定是想講這種話向三花貓福爾摩斯求助，然後咧嘴一笑說出那個老套的笑話——「這就是真正的『連貓的手都想借！』」這樣。

好，笑出來就丟臉了，絕對不能笑。

流平在內心拉起防線，鵜飼正如預料咧嘴一笑。他要說了。流平作好準備。

「這就是真正的『連貓的手……』唔？」

鵜飼忽然閉口。

「？」流平不明就裡。

「等一下，三花貓福爾摩斯與三花貓三花子……三花貓福爾摩斯和……三花貓三花子……三花貓……唔！」

這一瞬間，鵜飼像是背後被電到一樣，上半身移開椅背，如同在擋風玻璃外的夜幕尋找一絲光明般睜大雙眼，更加激動說出這句話。

「三花貓福爾摩斯……三花貓三花子……唔，不會吧，可是，不，難道……」

流平不曉得鵜飼的氣氛為何忽然改變，難道是認命覺得「連貓的手都想借」這個笑話絕對行不通，所以臨時改變搞笑路線？但鵜飼的眼神也太正經了。

「鵜飼先生，到底怎麼了？」

「流平！」鵜飼以斥責般的聲音，呼叫駕駛座的流平。「我現在察覺到一件天大的事，但完全沒有確實證據就是了。話說現在幾點？」

「呃，現在剛好晚間十一點。」

「十一點啊，真晚，但應該還沒睡。好，流平，開車吧。」

「開去哪裡？」

「到矢島醫院，我有事情要問那個醫生。」

「這麼晚去問？會造成困擾的，會被罵的。」

「既然這樣，我假裝成急診傷患如何？這樣就不會抱怨了。」

鵜飼扯下頭上的繃帶用力扔掉，露出結痂沒多久的傷口。原來如此，這樣就能成為造訪醫院的藉口了，或許白天沒有硬縫傷口是正確的選擇。

流平依照鵜飼指示開車趕路。他不曉得鵜飼腦中出現什麼靈感，不過至少不用聽「連貓的手都想借」這個笑話了。

13

矢島醫院這棟老舊建築物，安靜得如同沉眠於黑夜之中。

流平以吵醒孩子的響亮運轉聲，將雷諾開進醫院。直到剛才微暗的玄關，像是以此做為暗號變亮，應該是矢島醫生察覺有人要掛急診而貼心開燈。鵜飼迅速下車，流平也緊跟在後。

鵜飼粗魯的朝玄關拉門敲兩下，門像是自動門打開，眼前是身穿睡衣的矢島醫生。

「啊啊，醫生！」鵜飼著急開口。「抱歉這麼晚還來打擾，我等不到明天早上。其實……」

「啊，慢著，您不用講明。」

矢島醫生如同一眼就看出一切，打斷鵜飼的話語之後，帶領兩人來到候診室的長椅，接著把臉湊到鵜飼額頭的傷口，單方面開始述說。

「嗯~感覺傷口比白天還大，看來終究沒辦法只以藥物治好，這樣就只能縫了。縫吧縫吧，現在立刻縫吧。現在是深夜，沒有護士與助手，但您不用擔心。這位年輕人是您的助手吧？那就請他幫忙吧。事不宜遲，我們這就進入診療室。放心，不會花太多時間，這是單純的縫合手術，只是用針線把你惡化傷口兩側的皮膚稍微拉攏，非常簡單，想失敗都不可能。」

「醫、醫生！」鵜飼拉住矢島醫生的睡衣衣襬。「難道您看到傷口就很想縫？」

「醫生大致都是這樣，尤其是在深夜。」

「……」

「那麼，立刻進診療室吧。」

「慢著，不需要這樣。」

「這樣啊。那麼，立刻進手術房吧。」

「我說過不需要縫！這種傷口會自己痊癒！」

「不縫？真遺憾……那麼，您到底是來這間醫院做什麼的？而且還這麼晚。」

「其實是想請教醫生一件事。」

「您白天問了很多問題，這次又有不同問題要問？」

鵜飼白天詢問矢島醫生的事項，總歸來說就是「十年前和豐藏先生造成摩擦的元凶招財貓是否還在這裡」，矢島醫生則是表示「醫院不可能有招財貓」一笑置之。

「比較像是後續。醫生白天的說法過於中肯，使我想不到更進一步的問題，不過後來我稍微想到一個問題。」

「喔，什麼問題？」

矢島醫生擺出洗耳恭聽的態度。鵜飼注視著他當面提問。

「這間醫院之前有沒有真貓？不是招財貓，是真貓。」

「真貓？也就是您想問這裡是否養過貓？」

「就是這麼回事。」

「這裡完全沒養過貓。」

醫生幾乎是立刻回答，聽起來毫無改口的餘地，但鵜飼也毫不退讓。

「真的嗎？請仔細思考一下，真的完全沒有？」

「是的，肯定沒錯。何況不只是貓，動物都有衛生問題，所以我們家原則上不養寵物。」

「那、那麼令尊呢？令尊同樣不養貓？」

「那當然。家父在這方面比我還嚴格，別說養貓，連餵野貓都……不對……」

矢島醫生表情忽然一沉，這是他至今的信心大幅撼動的瞬間。鵜飼以此當成切入點繼續提問。

「令尊至少也餵過野貓吧？對吧？令尊是否意外呵護那隻貓？該不會瞞著你們偷養吧？可以請您回想起來嗎？這間醫院以前肯定有貓，有真貓。」

矢島醫生如同受到鵜飼這番話的引導緩緩起身，走到候診室其中一邊的玻璃窗，將對開的窗完全打開。帶著夏日氣息的潮溼微風，穿過窗戶在候診室舞動。

窗外是月光照亮的冷清後院。

稱不上妥善整理的庭院，有一株如今凋零的繡球花。

鵜飼與流平也站到他身旁，從窗口出神眺望庭院。

「這麼說來，雖然不曉得算不算是飼養，不過這間醫院當年有一隻貓。這是我聽已故家母提及的家父回憶。」矢島醫生以這樣的開場白說起往事。「某天，一隻受傷的野貓躲在那株繡球花底下，是一隻還堪稱幼貓，虛弱又消瘦的貓。大概是被烏鴉啄傷，貓全身上下流血，腳也骨折，扔著不管肯定會沒命。當時還健在的家母抱起貓，戰戰兢兢拿給家父看，大概是醫生個性作祟吧，絕對不算是愛貓人士的家父，把這隻貓當成人類仔細治療，這隻小貓就這樣逐漸恢復活力。」

「原來如此，令尊以此為契機，破例飼養這隻貓。是吧？」

鵜飼如此斷定，但矢島醫生搖頭否認。

「這就不曉得了。如果沒發生任何事，家父或許會直接收養這隻貓，但現在已經無從判斷。」

「如果沒發生什麼事……這句話的意思是？」

矢島醫生淡然述說。

「這隻貓傷勢痊癒，骨頭也癒合，即將完全康復的時候，家父就因為那個不堪回首的事件過世，所以沒人知道家父是否想養那隻貓。」

流平認為這是出乎意料的吻合。忽然出現的野貓令他感到意外，但矢島洋一郎的死神如同等待這隻野貓康復般降臨，實在無法以巧合解釋。不過當時應該是以巧合解釋吧，這是當然的。當時不可能有人認為野貓和命案有關。

然而現在不同。到最後，案件背後果然有貓的影子。所有的貓都具備意義，本次的案件就是如此。

「所以，那隻貓待在矢島醫院的時間，大概剛好是十年前？」

鵜飼發問確認，矢島醫生也以肯定的語氣回答。

「是的，肯定沒錯。其實我當時還在東京的大學就讀，不太清楚家裡的狀況。這件事是我從家母口中聽來的，而且家母也已經過世，所以當時的狀況無人知曉。我自己也完全忘記這件事，直到偵探先生現在詢問才回想起來。但您說得沒錯，這間醫院十年前確實有一隻貓。不是飼養的貓，而是傷患之一。」

「這件事向刑警先生提過嗎？」

「不，沒有。家母應該也沒提過，十年前恐怕連話題都稱不上吧。」

「那麼，那隻貓後來怎麼樣了？令堂沒養？」

「這就不得而知了，家母沒有提到後續的狀況。總之那隻貓原本就是野貓，或許又恢復為野貓身分吧，不然就是由某位愛貓人士領養。」

「原來如此，恐怕是後者。」

「啊？也就是說……」

鵜飼無視於矢島醫生的疑問。

「話說回來，那隻貓叫什麼名字？」

「家父似乎叫牠MAO。」

「ＭＡＯ？」

「這是中文發音。」

「難道是『不幸』的意思？」

「不，是『貓』的意思。」

「名叫『貓』的貓啊，原來如此，就某種意義來說很合適。」

「是嗎？」

矢島醫生露出疑惑表情，鵜飼像是要扔下他，單方面結束整個話題。

「等到真相大白，應該也可以告訴您。總之您這番話令我獲益良多，不枉費我深夜假扮成傷患找上門。」

鵜飼鄭重道謝之後告辭。

「額頭的傷真的不要緊嗎？留下疤痕我可不管喔。」

矢島醫生似乎非常在意。鵜飼以右手遮住傷口，一副絕對不准縫的樣子，以左手拉開玄關門。

「放心，不會有事，這種傷塗口水就會好。那麼醫生，後會有期。」

不過，鵜飼才踏出玄關一步，就像是忽然想到什麼般停步，並且迅速向右轉，再度面向矢島醫生。

「啊，危險危險！我差點忘了！」

「咦，忘記什麼嗎？」

「是的，我忘記問一件重要的事。醫生，為求謹慎，我最後再確認一件事。」
「什麼事？」
「那隻叫作MAO的貓……當然是三花貓吧？」
矢島醫生確實點頭回應。
「家母當時確實這麼說。那是一隻毛色美麗的三花貓。」

14

「鵜飼先生，總歸來說，到底是怎麼回事？」
在回頭開往豪德寺家的車上，流平要求鵜飼說明。
「哪有怎麼回事，真相顯而易見。十年前的矢島醫院沒有招財貓，但是有真貓，是一隻叫作MAO的三花貓。矢島洋一郎遇害之後，MAO就不見了。那麼MAO去哪裡了？」
「這隻貓被豐藏先生收養，成為後來的三花子？」
「應該沒錯。」
「這種推測的根據是什麼？有什麼證據可以推測矢島醫院的MAO，和豪德寺家的三花子是同一隻貓？兩隻貓的共通點只有三花毛色，或許完全是不同的貓吧？」
「不，三花子與MAO還有一個重要的共通點，就是豐藏先生都投注非比尋常的情感。」

這很難說吧？開車的流平如此心想。豐藏不遺餘力尋找三花子，這一點從他準備一百二十萬圓做為報酬就看得出來，不過至今提過他執著於矢島醫院的ＭＡＯ嗎？他十年前不惜和矢島洋一郎起爭執也想得到的東西，記得是矢島醫院的招財貓，雖然是貓卻不是三花貓，總不可能把三花貓誤認為招財貓吧……

「那個，豐藏先生投注情感的不是三花貓，是招財……」

「啊！停車！流平，快停車！」

流平還沒問完，鵜飼的叫聲就響遍車內。流平連忙緊急煞車。

「到、到底怎麼了？」

流平專注凝視擋風玻璃前方的遼闊黑暗，但是沒什麼特別的異狀。沒有障礙物，也沒有人倒地，也不像是有安裝測速器，只有一條單線道路橫越沿岸的農田延伸。

「什麼都沒有吧？請別嚇我啦。」

「仔細看。」

鵜飼指著黑暗中的某處。這裡是單線道的狹窄道路，只有一邊有人行道，另一邊和農田相鄰，路邊界線上的夏季雜草，如同抓準季節般茂密生長。鵜飼手指的就是草叢一角。

有東西！

躲在暗處的某種生物在確認這邊的狀況。流平慎重確認生物的形體。四隻腳、俐落晃動的長尾巴、柔軟的身體輪廓、尖尖的耳朵、小小的額頭，以及在黑暗之中閃閃發亮的雙眼。

「那是……貓吧？」

流平不由得嚥了一口口水。

「對，而且是三花貓。」

三花貓。但牠不是普通的三花貓，是體型有普通貓一點五倍的大尺寸，表情充滿威嚴目中無人。流平在腦中讓這隻貓含牙刷，硬是把照片的三花子和眼前的貓重疊。

「流平，聽好了，緩緩下車，慎重拉近距離。如果對方沒逃走最好，要是有逃走的徵兆，到時我會給你暗號……」

「來硬的是吧？」

「對。把牠當成一百二十萬圓的鈔票，全力撲過去。」

「一切都是為了房租吧？」

「當然。」

偵探終於說出真心話了。流平像是順應局勢，把手放在車門，同樣說出真心話。

「我只要抽一成就好，不可以忘記啊。」

「呃，一成這個數字是誰決定的……可惡，好吧，知道了。總之流平，上吧。」

鵜飼與流平輕輕開門下車，草叢裡的貓就這麼趴著動也不動的凝視，反射車燈的雙眼在黑暗中詭異發亮。

「早知道應該帶捕蟲網過來。」

嚴格來說，在這種狀況應該形容為「捕貓網」。

「不需要那種東西。」鵜飼說完，從西裝胸前口袋取出兩根棒狀物體。「我們使用這個武器就夠了。」

遞給流平的這根棒子，前端是毛蟲狀的毛茸茸物體。

「這是……逗貓棒吧？」真不起眼的武器。

「對。貓原本就不是用來抓的，是用來逗的。出發吧。」

兩人開始接近三花貓。在熱帶夜晚的悶熱空氣中，流平屏息逼近一隻貓。他出生至今首度如此慎重和貓對峙，火烤般的緊張感化為大量汗水冒出來，沿著臉頰滑落。

終於，兩人和貓的距離拉近到一公尺。近距離看到這隻貓，就更令人覺得和三花子沒有兩樣。如今等同於一百二十萬圓掉在草叢裡，流平感覺表情自然放鬆。放心，這隻貓慣於親近人類，既然原本是豐藏養的貓，當然不會怕人。

流平看向鵜飼，鵜飼也看向流平。兩人以眼神相互示意，將兩根逗貓棒同時伸向貓的鼻尖。

在這一瞬間……

三花貓不曉得在想什麼，全身體毛直豎，發出「呼～」的聲音威嚇逗貓棒，接著忽然轉身朝夜幕跑走。

「唔啊～！」

一百二十萬圓逐漸遠去，流平不由得慘叫。

「唔唔唔！」鵜飼將逗貓棒摔到地上，拔腿去追三花貓。「臭貓！居然會怕逗貓棒，你這樣還算是貓嗎！流平，快追啊！」

「呃、是！」

「那隻、那隻肯定是三花子，絕對別讓牠跑掉，死也要抓到牠。但是不能害貓死掉！死掉的話就罰錢！」

逃走的一隻貓與追趕的兩個人，沿著單行道朝黑暗直奔而去。

15

「現在擺在這裡的招財貓舉左手，不過我在案發當晚看到的招財貓舉右手。雖然是同一隻招財貓，舉的手卻不一樣！」

傍晚時分，安木理繪說出的這番話，使得志木暫時啞口無言，不過似乎在砂川警部的預料之中。換句話說，警部所謂的「對答案」姑且算是成功。志木因而要求警部詳細說明，然而……

「哎，總之別慌。我大致看出命案真相了，但是還不到證據確鑿的程度。為了得到證據，還得進行一次『對答案』的程序。」

「這次要做什麼？」

「我們兩人今晚到豪德寺家正門前面盯梢，而且是整個晚上。順利的話，應該看得見有趣的光景。」

砂川警部如今充滿自信，志木當然沒反對。兩人填飽肚子，在即將天黑的時候，來到豪德寺家正門前方。

幸好豪德寺家正門前方是狹窄的道路，再過去是別人家的田地。這塊遼闊田地和路面的落差約一公尺，因此只要躲在落差位置，就不會被進出大門的人們看見。這裡打從一開始就是適合盯梢的環境。

志木和砂川警部一起躲在一公尺的落差下方，從路邊雜草後面探頭窺視門口。日落時分，幫傭桂木前來關閉大門。純日式建築的豪德寺家，門扉是厚重的內開式木門。大門關上之後，完全看不到宅邸裡的狀況，映入志木眼簾的堪稱只有門扉、門柱、連綿的木板圍牆，以及成人高的招財貓。

成人高招財貓照例只有面對大門左側門柱前方的那一隻。右側門柱前方依然是沒有招財貓的空蕩狀態。

兩根門柱各安裝一盞夜燈，但因為亮度不夠，大門周邊頗為陰暗。在朦朧光線的斜射之下，成人高招財貓的樣子比白天更加詭異。

時間在完全沒發生事情的狀況之下平淡逝去。可能會發生某些事情的緊張感，加上不正常姿勢造成的疲勞，使得盯梢成為出乎意料的苦差事，悶熱熱帶夜的環境令人更加難熬。還沒發生任何事，志木就已經滿身是汗。

時間確實緩緩流逝。

剛過晚間十一點的這時候，志木依然隔著道路注視門口。到了這個時段，路上的行人數量是零，只有零星車輛偶爾經過。這條路原本就是幾乎只有造訪豪德寺家的人們使用，也就是如同豪德寺家的私人道路。

此時，一輛轎車像是擋住志木的視線般經過。

志木之所以特別注意到這輛車，第一個原因在於車子開得慢吞吞，搖晃到不自然的程度，第二個原因則是這輛車是很少看到，卻似乎在哪裡看過的高級轎車。

那輛形跡可疑的車子是怎樣？應該是賓士。然而總不可能是新手駕駛開著賓士，在深夜的單行道開得搖搖晃晃兜風。啊，難道是疲勞駕駛？

總之志木向砂川警部報告。

「警部，剛才那輛車的駕駛可能在打盹……唔，警部？」

「呼……」

「哇！警部，你這傢伙不可以打盹吧！我們在進行重要的盯梢任務啊！」

「唔啊？」警部抬頭張望四周之後瞪向部下。「剛才用『你這傢伙』稱呼我的是你？哼，你也囂張起來了。」

「對、對不起……不提這個，剛才有一輛可疑車子經過，是一輛黑色賓士，奇怪的地方在於那輛車開在單行道上，莫名搖搖晃晃又慢吞吞……」

志木說到這裡，又有一輛賓士搖搖晃晃慢吞吞經過他面前，就像是在嘲笑。

「…………」

「喂……志木。」砂川警部默默目送車子離開之後詢問。「就是剛才那輛？」

「好、好像是。」志木伸手擦掉額頭浮現的汗水。「可是……為什麼？為什麼同一輛車要經過同一條路兩次？」

「因為剛才是『去程』，現在是『回程』吧？」

「既然這樣，剛才應該會往反方向走，但剛才的車兩次都走相同方向。」

「嗯，也就是說……」砂川警部說出獨一無二的結論。「這輛賓士在豪德寺家周圍慢吞吞開一圈又回來了。只有這個可能。」

「是誰為了什麼做出這種事？」

「天曉得。不過如果我推測正確，那輛賓士或許會在我們這樣討論的時候，又繞宅邸一圈經過這裡……」

砂川警部說到這裡，又有一輛賓士搖搖晃晃慢吞吞經過他面前，就像是在嘲笑。

「…………」

「不愧是警部，這種無聊的預言總是命中。」

「我也嚇一跳，沒獎品讓我好失望。」

「不過警部……」

「什麼事？」

「這件事和我們的盯梢是兩回事吧？」

「對，兩回事，應該無關……別在意。」

盯梢任務若無其事繼續進行。

先不提賓士那件事，門口一如往常沒有變化，門扉依然緊閉。這扇門從外面看來完全拒人於門外，志木無法想像門在深夜忽然打開的樣子。

然而就在志木認為毫無動靜，只有時間平淡逝去的這時候，豪德寺家正門前面，終於出現等待已久的變化。

志木察覺變化的徵兆，立刻呼喚砂川警部。

「警部請看，那扇門……」

「喔喔！終於有動靜嗎！」

砂川警部也從落差後方探頭看向門扉。

「似乎有人要開門。」

「看起來很像。志木，聽好了，絕對不能被發現，被發現就完了。在我下暗號之前不准出去。」

緊張感竄過志木的背脊。

響起金屬的摩擦聲，遠遠就看得到門扉震動兩三次，應該是門後某人取下門閂，門將會在門閂取下之後開啟。志木想像到這一瞬間，不禁振奮顫抖。

門終於緩緩從內側開啟，開出一條勉強能鑽過一個人的門縫。

接著，一個人影穿過門縫出現在門前。

在夜燈微弱照明之中浮現的輪廓，無法判斷是男是女、是老是幼，就只是影子。

人影在門邊環視兩側警戒，接著走向面對正門左側的門柱。門柱前面當然擺著成人高招財貓，人影背對志木他們所在的道路，和成人高招財貓正面相對。

這個人物找招財貓到底有什麼事？志木謹慎觀察這個人影的後續行動。

接著，人影不知道忽然想到什麼，和成人高招財貓玩起相撲。不是開玩笑也不是錯覺，人影環抱招財貓肥胖的身軀，成為相撲裡固定對手的動作，接著發出「哼！」一聲使勁的吆喝，漂亮將這隻成人高招財貓抬起來。

志木愕然看著這一幕時，砂川警部輕輕以手肘頂他。

「上。」

如同低語的行動暗號。

兩人不動聲色爬上一公尺的落差來到路面。人影依然以雙手抬著成人高招財貓，似乎在尋找要讓招財貓從哪個部位著地，完全沒察覺志木他們的行動。

兩人輕而易舉站在人影正後方。

抱著招財貓的可疑人物瞬間停止動作。

看來終究察覺後方狀況不對。

一切都很順利，如今只要看清楚可疑人物的長相。

砂川警部伸出手，輕拍可疑人物的右肩。

「啊～這位老兄，你這種時間在這裡做什麼？」

可疑人物肯定嚇了一大跳。

「……」

可疑人物保持沉默，卻也沒有抵抗的樣子。他的雙手抬著大招財貓，想抵抗也不可能。

萬事休矣。對方微微顫抖的背，顯示已如此死心。

「總之放下那隻招財貓，讓我們看看你是誰。」

可疑人物看似乖乖聽從砂川警部的命令。

然而……

可疑人物先是把招財貓放在地面，接著如同在最後的最後再度絞盡力氣，高高舉起招財貓順勢轉身，以相撲上手投的要訣，將成人高招財貓扔向刑警們。

俗話說「窮鼠嚙貓」，不過只有在這個場面，應該改為「窮鼠擲貓」。

「嗚哇啊啊！」

刑警們沒預料到招財貓會變成凶器飛過來，面對這種攻擊毫無招架之力。成人高招財貓漂亮命中兩人，可憐的志木刑警與砂川警部被成人高招財貓壓在底下。

招財貓一角直接摔到地面，發出「匡！」的清脆聲響。

「……」

可疑人物看到自己最後的抵抗生效反而愣住，片刻之後才終於回神踉蹌逃走。

壓在招財貓底下的砂川警部下令。

「志木，別讓他跑了！追，快去追！那個傢伙，那個傢伙肯定是凶手，絕對別讓他跑了，死也要抓到他！但是不能害凶手死掉！」

「呃，是！」

志木推開招財貓起身去追，砂川警部當然也立刻跟上。

兩名刑警的前方，是一條道路與逐漸遠去的可疑人物背影，更遠處則是只有遼闊的夜幕。

第五章　凶手與三花貓

1

「受不了，這是怎麼回事？到處都找不到鵜飼先生與流平！」

二宮朱美在慢吞吞前進的賓士車上握著方向盤，不斷爆發不滿與不安的情緒。

「到頭來，都是因為他們兩人宣稱要熬夜找遍豪德寺家周圍……很少做像樣工作的那兩個人，居然宣稱要像這樣腳踏實地工作，我也不禁感動，覺得幫忙盡一點心力也無妨。有這種想法或許是我的錯，但我昨天在葬禮會場甩了鵜飼先生一個耳光——不過這件事百分百是他的錯——事隔一天之後，我覺得應該對他好一點，那個人居然厚臉皮要我花時間送宵夜過來。平常的我肯定會叫他自己去便利商店買，不過這樣我好像是個冷血女人，所以才會順口答應。講出這種話的我也很笨，可是既然說好就只能做了，我特地下廚耶！而且是我親手做的料理……不對，在這種狀況，我下廚做的料理當然是親手做的料理，總之我做了！盡力而為了！願賭服輸！不對，還沒確定是我輸，反正我從下午四點開始做，等到完成之後發現已經晚上十一點……慢著，這是什麼料理？天啊，真是的！料理這種東西實在不能自己做……而且來到這裡還找不到他們，啊啊，我到底是在對誰講話？我好孤單啦～快來人啊～～！」

賓士在豪德寺家周圍緩緩繞了兩圈，如今是第三圈。像這樣繞著宅邸開車，朱美也總算清楚這裡有多大，但是比起占地面積，招財貓還是更令她留下印象。

門口是一隻成人高招財貓，田裡溫室前面是一隻同樣大的招財貓，後門擺兩隻小一點的招財貓。

大概是具備某種保佑效果吧，不過在朱美眼中只是詭異的光景。在鵜飼偵探事務所見到豐藏先生本人的那一次，是第一次也是最後一次，所以朱美無法斷言，只覺得這個老翁有點怪。但她如今目睹這座宅邸之後，覺得似乎非得修正這個印象。

思索著這種事的朱美，第三次通過正門前方。

話說回來……

「刑警先生們為什麼要監視門口？」

刑警們大概自認利用道路與農地的落差完美藏身吧，不過從駕駛座在左邊的賓士車上俯視，即使看不到臉，也大致看得出輪廓，他們明顯是砂川警部與志木刑警。

「不過，既然那兩人在盯梢，就代表這座宅邸今晚很可能會發生事情。」

這麼一來，鵜飼他們的通宵搜索行動並沒有錯，三花子登場的預感確實存在，問題在於最重要的鵜飼他們完全不見人影，這是一切的重點。

「真的到處都找不到，該不會中途厭倦撤退吧……有可能！」

不夠正經的他們，非常有可能這麼做。

這麼一來，在豪德寺家周圍再怎麼尋找也是浪費時間。朱美沒有繞第四圈，隨便找個地方停車，拉起手煞車來到車外。

持續熱帶氣候的烏賊川市夜晚，除了偶爾拂過的微風，只聽得到細微蟲鳴。

朱美不經意看向道路另一邊，那裡是豪德寺家的溫室，成人高招財貓背對這裡坐在溫室前面。看來好巧不巧停在這種難以靜下心的地方了。哎，無妨。朱美決定稍微散心。

她離開溫室前方，在農田旁的筆直道路行走幾十公尺之後，來到一個小小的十字路口。這裡往右轉是豪德寺家的正門，往左轉會通到哪裡，連朱美也不曉得。記得直走會走到烏賊川河岸。

好啦，走哪條路找得到偵探他們？

「嗯？」

不經意拂過的一陣風，將遠方聲音捎來朱美耳際。

「剛才的聲音是……鵜飼先生？」

如同回應這聲呼喚，另一個聲音傳入耳中。

「這次是……流平？」

朱美在十字路口正中央專注聆聽，試著辨識隨風而來的細微聲音。

此時不知為何，完全不同的方向響起完全不同的聲音。

「匡！」

是清脆響亮的無機質聲音。

「咦？……那是什麼聲音？」

緊接著傳入耳中的，是複數男性的粗魯聲音。

朱美轉頭朝道路兩側環視兩三次，試著看清黑暗。

不知道是什麼原因，感覺自己身邊忽然騷動起來，就像是不知名的恐懼接連接近的氣息。不是從正面，也不是從背後，是從朱美左右兩側逐漸逼近。真要譬喻的話，就像是左邊有海嘯、右邊有龍捲風。

「怎、怎麼回事，現在是什麼狀況！」

朱美慌了手腳，這次鵜飼的聲音清楚傳入耳中。

「喂～誰都好，快幫忙抓住那隻貓啊！」

朝左邊一看，黑暗另一頭是搖晃跑來的人影。雖然看不清楚，不過是兩名男性，肯定是鵜飼杜夫與戶村流平。原來海嘯的真面目是他們！

而且有一隻貓，如同引導他們兩人般跑來這裡。

不是普通的貓。朱美的視線盯著這隻逐漸接近的貓。

是三花貓。

朱美明白一切了。

平常和全力狂奔無緣的他們如此拚命追捕的三花貓，全世界只有一隻。

這隻貓就是三花子。

得抓住才行。

然而……

「喂～那邊的女人！讓路，讓路！」

右邊傳來一個制止朱美的聲音。

朱美嚇一跳縮起身體，轉頭往右邊一看，誇張的光景令她懷疑自己的眼睛。

在黑暗路上往這裡跑來的是志木刑警，遲一步緊跟在後的是砂川警部。原來龍捲風的真面目是他們！

而且他們奔跑路線的前方，有個陌生人物臉色大變，試圖逃離警察。

朱美此時再度明白一切。

這兩個刑警全力狂奔追捕的人物只有一人。

這個人就是凶手。

現在不是顧慮三花貓的時候，得優先避免遭遇危險。朱美將伸向三花貓的雙手縮回來。

隨即……

「幫忙抓啊！」

左邊傳來的偵探聲音，使得朱美不禁猶豫。三花貓就在眼前，位於只要伸出手就會主動撲過來的距離，她不由得將縮回來的手再度伸出去。

但是……

「危險！快逃啊～！」

右邊傳來的刑警警告聲，再度讓朱美回神。凶手同樣來到不遠處。三花貓在這種時候不重要。朱美縮回手。

然而……

「抓啊！」左邊的偵探這麼說。

接著……

「逃啊！」右邊的刑警這麼說。

不過……

「快抓啊！」左邊這麼說。

可是……

「快逃啊！」右邊這麼說。

左邊是三花貓與偵探。

右邊是凶手與刑警。

左邊是海嘯。

右邊是龍捲風。

左，右，左，右，左……

然後……

朱美終於陷入恐怖、緊張加脖子痛的混亂狀態，瞬間要朝三花貓伸出去的右手，在最後的最後收回來，並且緊握拳頭。

「每個人都這樣……」

真是的，每個人都是自顧自地下令。啊啊，搞不懂該怎麼做了。可惡，既然這樣乾脆自己決定！

「到底要我……」

朱美扭身向後，朝著即將進逼到她面前的凶手，擺出一擊必殺的架式。手肘維持九十度，手臂放輕鬆，以扭腰的力道出招……記得某本書就是這麼寫的！

「到底要我，怎麼樣啦！」

朱美夾帶無從宣洩的憤怒揮出右勾拳，這一拳描繪大大的弧度，漂亮命中凶手的太陽穴，完全扼殺對方來勢。衝過來的凶手被這一拳打得失去平衡飛到半空中，如同崩潰般從下巴摔倒在擂臺……更正，摔倒在地面。

一切只發生在一瞬間。

三花貓從倒地的凶手頭上輕盈躍過。

流平依然追著貓跑，卻絆到倒在路上的凶手身體而淒慘摔倒。

緊接著從反方向跑來的志木刑警，撲到重疊的凶手與流平身上，同時壓制兩人。

鵜飼試圖跳過去，在成功跨越三人時，和前方衝來的砂川警部撞個正著飛出去。

「咕嘿！」

鵜飼發出像是鴨子頸部折斷的聲音，加入重疊倒地的人群行列。

「遺、遺憾，只差一步，就差這一步了……」

另一方面，倖免於難的三花貓，像是在嘲笑這群陷入大混亂的人們，以輕盈的腳步悠然離開。

以視線一角看著三花貓的朱美，完全搞不懂現在是什麼狀況。回過神發現右拳不知為何隱隱作痛，這股痛楚不知為何有種快感。

「……這到底是什麼狀況？發生什麼事？」

在這種狀況之中，只有砂川警部不忘進行最後的工作。

砂川警部取出手銬，朝疊在一起的人們之中，壓在最底下的凶手說：

「你的罪狀，總之，我想想……簡單來說，就是涉嫌朝警官扔招財貓導致跌倒，也就是妨礙公務，你無從抱怨。此外，關於豪德寺豐藏與岩村敬一命案，當然也會聽你怎麼說。沒問題吧？」

砂川警部對凶手銬上手銬。

凶手毫無抵抗。

朱美戰戰兢兢看著凶手詢問。

「這個人是誰？」

2

「匡！」

桂木在自己房間聽到這個清脆的聲音。

桂木覺得，很像塑膠餐具掉到地上的聲音。

時間已經是晚間十一點多，餐廳這個時間應該沒人。

桂木來到走廊一看，昌代剛好正呼喚他的名字前來。

「桂木先生，啊啊，桂木先生，有聽到剛才的聲音嗎？」

「是的，當然有聽到，似乎是廚房的聲音。」

「不，不是廚房，應該是玄關或大門那裡，我好像還聽到有人喊叫，到底發生什麼事？而且時間這麼晚了，我很擔心。桂木先生，不好意思，可以麻煩你去看看嗎？我去確認孩子們的狀況。」

「好的，我立刻過去。」

桂木回到自己房間，抓起護身用的金屬球棒前往玄關。玄關門依然鎖著，沒有任何異狀。桂木右手緊握球棒，打開玄關門前往戶外。

「啊！」

桂木不由得驚叫。

門口明顯有異狀。

桂木在天黑時親手掛上門閂的門，被某人打開了。

桂木雙手握著球棒跑向大門，慎重鑽過微微開啟的門扉來到門外。

「哎呀！」

桂木再度驚叫。

成人高招財貓倒在門前。

不曉得是誰的惡作劇，或者是被車子擦撞倒地。總不可能是某人和招財貓相撲，以上手投的招式摔出去……

不提這個，剛才「匡！」這個聲音的真相，肯定是招財貓倒地的聲音。桂木抱起成人高招財貓放回原處，環視周圍確定已無異狀。

「咦！」

桂木第三次驚叫。

他看見一隻貓從黑暗之中跑過來。

不是普通的貓，是三花貓。桂木剛開始以為是艾爾莎，但隨著貓越跑越近，就知道並非如此。

碩大的身體、目中無人的表情；總是抱在老爺懷裡，絕對不准別人碰的貓；從上個月就下落不明的貓。

牠終於回來了。

「三花子！」

桂木張開雙手呼喊這個名字，隨即貓像是回應般「喵」了一聲，撲進他的懷裡。

桂木穩穩抱住三花子，接著立刻回到宅邸。

「夫人，夫人，不得了，是奇蹟，發生奇蹟了！」

「哎呀，桂木先生，怎麼了，喊得這麼大聲？」

昌代驚訝走到玄關，一看到桂木懷裡的三花貓就掌握事態。

「哎呀，三花子回來了？」
「是的，絕對是三花子，牠肯定還記得豪德寺家。」
「這樣啊……太好了，真是太好了。」
昌代從桂木手中接過三花子，以臉頰疼愛磨蹭。
「要是外子還在世，肯定會非常開心吧。」
「夫人，一點都沒錯，我非常明白。」
一家之主豐藏過世的同時，失蹤的三花子就回來了，這種事實在諷刺。不可思議的命運相會，使得桂木無法壓抑內心湧上的情緒。
短暫感傷之後，昌代忽然抬起頭。
「話說桂木先生。」
「我去房間沒看到孩子……」

3

朱美戰戰兢兢看著凶手詢問。
「這個人是誰？」
回答的是砂川警部。
「豪德寺真一，豪德寺豐藏的大兒子。」

第六章　三花貓與招財貓

1

豪德寺真一落網隔天，砂川警部親口述說命案細節。

時間是晚間七點。

本次命案的相關人員，已經聚集在豪德寺家的客廳。

志木在緊繃氣氛中，感受著坐立不安的緊張情緒，源頭當然是豪德寺家的遺族。一家之主豐藏遇害，下手的大兒子真一又被逮捕，這些事實使得豪德寺家看似化為沉重的陰影壓在頭頂。即使室內空氣很涼快，志木依然反覆擦拭脖子的汗水。

應該是主角的砂川警部，卻不知為何坐在室內一角的椅子吞雲吐霧，心不在焉眺望窗外，完全不像是要說明的樣子。

終於，豪德寺美樹夫像是按捺不住漫長的沉默而發聲。

「刑警先生，怎麼了？除了過世的家父以及落網的老哥，相關人員都到齊了，請您開始說明案情吧？何況老哥昨晚被逮捕至今快一整天了，為什麼非得等這麼久？」

昌代夫人立刻訓誡兒子。

「好了，美樹夫，注意分寸，不准對刑警先生這麼任性，刑警先生們是基於某些隱情。對吧，刑警先生？」

「夫人，感謝您的體諒。」

砂川警部就這麼坐著恭敬行禮致意，接著再度看向窗外確認某些事情，把沒抽完的菸按在菸灰缸起身。

「差不多了，我也不忍心讓各位繼續等下去。首先我應該感謝各位抽空前來。昌代夫人、美樹夫先生、真紀小姐、劍崎京史郎先生、矢島醫生以及桂木先生。啊，還有三花子與艾爾莎。」

兩隻三花貓穩穩抱在桂木懷裡。

「以上共六人加兩隻貓，成員都到齊了。」

「咳、咳、咳咳！」客廳角落響起全世界最生硬的咳嗽聲。「警部先生，您該不會忘記我們吧？」

「哼，並不是忘記。」砂川警部冷冷看向他們。「私家偵探鵜飼杜夫與另外兩人是吧……但我不記得有找你們過來。」

他說的「另外兩人」瞬間轉頭相視。

「朱美小姐，妳、妳有聽到嗎？我們是『另外兩人』。」

「不可原諒，我、我居然和流平相提並論……」

鵜飼冷靜呼籲激動的兩人。

「啊，兩位，麻煩看場合節制一下，這時候得忍耐，不能被挑釁。」

「我並不是在挑釁……唔！」

這時候，砂川警部就像是看到稀奇的東西，將視線落在鵜飼臉上，並且指著自己的額頭。

「話說回來，雖然完全不重要，但你額頭的傷是怎麼回事？有人拿石頭砸你？」
「你說什麼？可惡！講得像是置身事外，真令人火大！」
鵜飼臉色大變抓住警部。
「？？？」警部不明就裡。
「鵜飼先生，冷靜一點，不能被挑釁！」
戶村流平制止激動的鵜飼收場。志木無法理解鵜飼為何暴怒，不過這個偵探的行動都不太容易理解，志木決定不深究，回到原本的話題。
「總之，他們的事情放在一旁，警部，快說明案情吧。」
「嗯，也對。」警部像是重整心情般抬頭環視眾人。「那麼各位，該出發了。」
「出發……？」矢島醫生以不滿的表情發言。「不是要在這裡說明？」
「我覺得在這裡說明，各位可能聽不太懂，所以預先在案發現場作好準備，請各位跟我來。」接著，警部看向窗外進行補充。「現在剛好日落，溫室周邊也完全籠罩夜幕，和案發當晚相同。」
志木總算理解警部拖到這個時間才說明案情的理由。警部想重現案發當晚。
相關人員們像是螞蟻部隊，紛紛前往案發現場。
正如砂川警部的期待，現場周邊完全受到黑暗統治。和豐藏遇害深夜的不同點，只有空氣依然明顯洋溢著白天的餘韻，重現案發當晚的環境堪稱布置完成。

警部在溫室前方數公尺處停下腳步。

「接下來我要向各位說明的，是推理作品所謂的不在場證明詭計。不過別擔心，雖說是詭計，其實就像是魔術戲法，和硬幣在手心消失又出現的那種魔術相同。既然這樣，在變魔術之前，得先讓各位看看手心。」

「這是什麼意思？」

昌代詫異詢問。

「接下來，我想讓各位看看這間溫室的內部。這是我為求謹慎，想請各位確認那間溫室完全沒動過手腳，是各位這幾天看過好幾次的溫室。不過，請各位不要進入，只在入口觀察就好。沒問題吧？」

相關人員們以質疑視線看向警部，但他們當然沒有拒絕。

「很抱歉，完全沒有手電筒之類的照明。不過各位請看，溫室旁邊有路燈，即使光線朦朧，依然透過塑膠布照進室內，所以溫室裡並非完全漆黑，光靠肉眼肯定也能清楚看見裡面的狀況。那麼請各位排成一列，依序從入口觀察室內。」

警部引導相關人員前往溫室入口。首先是昌代夫人，再來依序是孩子們、食客、醫生、管家兼廚師兼園丁、偵探與另外兩人，眾人輪流觀察室內。

各人只花幾秒鐘觀察，沒有做出明顯反應就離開入口。志木是最後一個觀察室內的人，而且同樣幾秒鐘之後就離開。

警部滿意環視眾人。

「溫室裡的狀況怎麼樣？」

美樹夫不滿回應。

「沒怎麼樣。就只是一間溫室，裡頭是一片什麼都沒種的地面，最深處是出口，成人高招財貓一直放在那裡。是的，如刑警先生所說，是至今看過無數次的溫室。」

相關人員幾乎都以摸不著頭緒的樣子點頭，就像是質疑為何要做這種早已知道的事情。志木同樣抱持這種想法。

「哎呀，是嗎？」二宮朱美如同造反般提出異議。「剛才的溫室怪怪的，但我不太能形容。」

接著，鵜飼也附和她的說法。

「嗯，我也覺得有點不對勁，莫名覺得眼花，是個某方面不太正常的空間……流平有感覺嗎？」

「不，我完全沒感覺，就我看來只是普通的溫室。」

「這樣啊。」鵜飼一語拋棄不成材的徒弟。「我不該問。」

不過，志木聽到偵探「莫名覺得眼花」這句話就想到一件事。案發隔天早上偵訊時，真紀回答案發當晚現場狀況的時候，使用過類似的話語。

記得她說「有種暈眩的感覺」。這是巧合嗎？

「那麼真紀小姐，妳覺得呢？」

她慎重回應警部。

「我的話……我只覺得……剛才看到的溫室，和我案發當晚看到的光景很像。」

「真紀小姐，這是當然的。」矢島醫生這麼說。「因為這間溫室，一直維持著案發當晚的狀況，別說很像，根本就是一模一樣。刑警先生，沒錯吧？」

砂川警部沒有回答矢島醫生，只說聲「很好」點頭回應。

「看來實驗成功了。雖然有兩個例外，但他們非常特殊，不算普通人。」

「喂，你說誰『特殊』啊？」

「就是說啊，『特殊』的只有鵜飼先生！」

砂川警部以沉默扼殺「兩個例外」的抗議。

「話說回來，刑警先生……」昌代夫人出言催促。「您剛才提到這是『實驗』，這到底是什麼意思？記得您剛才說過，要讓我們見識某種『魔術』……」

「是的，我當然沒忘記。話說回來，各位，麻煩移駕前往溫室的出口，但是別穿過溫室，請從外面繞過去。」

這個刑警提出的要求真奇怪——相關人員們露出這樣的表情，依照警部指揮，從溫室外側繞到另一頭。

十幾人列隊抵達溫室出口。

「啊！」首先目睹出口光景的是美樹夫。「沒、沒有！不見了！」

劍崎京史郎接著他的驚呼聲發言。

「你說什麼東西不見……哇！真的耶，不見了。」

「不見了。」

「消失了。」

「為什麼？」

「跑去哪裡了？」

「剛才明明還在啊？」

接著，人們陸續發出驚訝的聲音，遲一步在最後目睹出口光景的志木，總算得知他們騷動的原因。

出口沒有成人高招財貓的身影。

案發之後一直擺在這裡，而且剛才從入口窺視時也確實擺在這裡的招財貓，如今無影無蹤。

「警部，這是怎麼回事？」

「我不是說過這是魔術嗎？沒什麼，接下來才更驚奇……那麼各位，麻煩再度移駕回到入口，但是別穿過溫室。」

看來溫室內部有某種機關。警部阻止所有人進入溫室，應該是想繼續隱藏機關，但志木無法想像是何種機關。

相關人員們各自沉思，再度回到入口，並且以相同方式，逐一從入口窺視，接著他們陸續發出近乎慘叫的驚呼聲。

隊列最後面的志木，有種在夏日廟會排隊看鬼屋的奇妙亢奮感。難道他們看到會笑的人頭？

最後輪到志木了。他在警部催促之下，從入口窺視室內。一切都和剛才相同。陰暗的室內、塑膠布隧道、另一側敞開的出口，而且成人高招財貓確實坐鎮在外面！難以置信。會笑的人頭還比較能夠接受。

「……」

過於奇妙的現象使得志木語塞。不只是志木，許多相關人員無法理解現在目睹的現象，明顯出現消化不良的反應。在這樣的狀況中，比任何人都面不改色的男性——鵜飼杜夫向砂川警部開口。

「警部先生，差不多該讓我們見識機關的真面目了吧？不過我自認不用看也大致明白。」

「喔，你懂了？」

「是的，那當然。我好歹也知道『斯帕達宮的柱廊』。」

志木第一次聽到這個名詞。「斯帕達宮的柱廊」到底是什麼？

2

鵜飼得意洋洋繼續述說。

「其實我也沒有實際看過，但我知道『斯帕達宮的柱廊』是知名的錯覺建築，這間溫室就是應用之後的成果。警部先生，沒錯吧？」

「你說的那個『斯帕達啥的』是什麼東西？咖啡店？」

「您說的是星巴克，不過這座城市沒分店。」

烏賊川市確實沒有星巴克咖啡店，今後應該也不會有。

「我說的是『斯帕達宮』。所謂的『斯帕達宮的柱廊』是……咦，警部先生，您不知道卻製作出這個機關？」

「完全不知道。」

「真令人驚訝。既然這樣，就沒有我表現的餘地，請警部先生繼續說明吧，感覺挺有趣的。」

鵜飼一副決定作壁上觀的樣子。看來他知道這個魔術的祕訣，但志木毫無頭緒。

「那個，警部，這是怎麼回事？」

「試著親身體驗會比說明來得快。志木，你代表大家進去看看。」

「呃，好的，那我進去了。」

志木依照命令，提心吊膽進入溫室。其他相關人員從入口探頭注視志木。志木感受著身後眾人的好奇視線，一步步慎重走進溫室深處。

入口附近看不到疑點，是普通的溫室。但隨著一步步走向前，志木感覺不對勁。

首先是一種不明就裡的壓迫感，這種感覺越走越強烈。

此外，不曉得該怎麼形容，該說加速感嗎？明明前進的速度不快，志木卻覺得身體迅速往前。剛開始以為是錯覺，不過從入口前進幾步之後，這種感覺化為確信。

入口處的相關人員們也接連發出騷動聲。看來他們同樣看出溫室內部不正常。

志木停步抬頭一看，溫室頂部就在自己仰望的眼前。志木懷疑起自己的眼睛。奇怪，自己幾時長高到足以碰到頂端？溫室內部高度不是兩公尺嗎？

當然不可能長高。志木的身高在昨天或今天，都是日本人的平均身高。這麼一來就只有一種可能。

不是身高變高，是頂部變低。

志木伸手觸碰頂部，淺顯示意這裡的頂部變得很低。入口人們見狀驚呼。

志木繼續前進，接著頭部完全碰到頂部，因而確認頂部越往深處越低。

不，不只是頂部。志木重新想到這裡是溫室。簡單來說，溫室是半圓形的隧道，既然頂部變低，無疑證實半圓形的半徑也變小。所以除了頂端，包括左右以及斜向，這一百八十度的半圓形各處，都是越往深處越狹窄，剛才感受到的壓迫感就是來自於此。並非走到某處忽然縮短半徑，而是一步步越往前進，半圓隧道的半徑就越小。

換句話說，這間溫室是半圓錐形隧道。

接著志木回想起來了。他們昨天白天在農舍發現奇妙的鋁管。依照大小與形狀，只像是搭建溫室的骨架，半徑卻全部不同。他們昨天沒查出這些半圓形鋁管的用途。

如今，志木可以輕易在腦中組裝這些鋁管。既然這些半圓形鋁管半徑都不同，只要依照半徑大小依序排列，再蓋上半透明塑膠布，剛好就成為這種半圓錐形溫室。

砂川警部應該是為了進行這場實驗而組裝骨架，志木自己現在就在其中。

志木繼續走向深處。頂端如今低到必須彎腰前進，這裡的高度大概一六〇公分。再往前走，頂端最後的高度約一二五公分，兩側寬約兩公尺半。志木回想起來，昨天發現的半圓形鋁管之中，半徑最小的剛好是這個尺寸。

入口頂部是兩公尺高，左右四公尺寬，所以走到這裡時，半徑縮小七十五公分。

這條半圓錐形隧道在這裡結束，也就是抵達出口。

出口和入口同樣是拉門，而且完全打開。此外，出口處放著大型招財貓，幾乎擋住整個出口。

這幅光景，和案發溫室的出口幾乎相同。

然而，這裡是出口卻不是出口，是假的出口。

因為這個出口只有一百多公分高，低年級小學生才走得過去。位於出口外面的招財貓，即使絕對不算是很小的招財貓，卻完全不到成人高度。

這隻招財貓約一百公分高，如同將正門前面的成人高招財貓縮小而成。志木對這隻招財貓有印象。

不是放在正門，是放在後門的兩隻招財貓之一。

接著，志木從這隻招財貓與假出口的些微縫隙看向另一頭，是同樣以塑膠布圍成的空曠空間，遠方有另一個出口。那是真正的出口，而且真正的出口外面沒有成人高招財貓。

不過，沒有才對。肯定是砂川警部為了表演這個魔術，預先搬到其他地方。走進這間溫室的志木，在這時候首度轉身向後。

他親眼確認，入口處的人們臉孔大得令他驚訝。接著志木計算步伐寬度與步數，再度回到半圓錐形的溫室入口。

溫室長度原本應該約二十公尺，然而正如預料，假的出口距離入口只有十公尺，志木總算明白砂川警部這個魔術的祕訣了。

「怎麼樣，志木，懂了嗎？」

「是的，警部，我完全懂了。換句話說，二十公尺長的溫室裡，藏了一間十公尺長的半圓錐形溫室。」

3

相關人員們再度回到客廳，聆聽砂川警部的說明。

「剛才各位看到的半圓錐形溫室，其實設計得非常好。用不到的時候可以分解成半圓形鋁管與塑膠布存放，必要時可以輕易組裝完成。雖說輕易，要組裝這種體積的東西，當然要花點時間與勞力。

不過，組裝過程是在真正的溫室裡進行，再怎麼樣也不會引人注目，只要在天色變暗之後慢慢組裝就好。這種半圓錐形溫室，最大特徵當然在於越走越狹窄的形狀，這種形狀會讓看見的人產生錯覺。」
「是透視感的錯覺吧？」
矢島醫生搶先回應。
「一點都沒錯。所謂的透視感，應該可以形容為我們依照經驗的視物方式，簡單來說，遠處的東西看起來比較小，近處的東西比較大。近處的高尾山看起來比遠處的富士山大、近處的三層樓建築看起來比遠處的高樓大廈大，這是理所當然。同樣的，從長隧道的入口窺視，入口看起來比較大，而且越往出口看起來越狹小，最遠處的出口，在黑暗之中只像是一扇小窗，而且隧道越長，出口看起來肯定越小。
既然這樣，反過來也能成立。我們在畫隧道的時候，要是把半圓形黑暗另一頭的出口畫得像是小窗一樣小，隧道看起來就很長。相對的，把出口畫大一點，可以把隧道詮釋得短一點。在山的另一頭畫一座小山，會令人覺得是遠方的山；在海的另一頭畫一座大島，看起來就像是近處的島。」
美樹夫以感到無聊的語氣插嘴。
「這就是繪畫使用的透視法吧?這種事用不著在這時候由刑警先生說明。」
「嗯，也對，那麼話題回到溫室吧。溫室當然也是一種隧道，從入口看出口，會覺得越往深處越狹小，二十公尺遠的出口看起來肯定很小。不過就算這樣，不會有人認為溫室真的越往深處越小，而且出口真的比入口小。
原因在於我們很熟悉溫室的構造，可以形容為自以為是或先入為主。簡單來說，我們認定溫室的形狀是將圓柱切成兩半而成的魚板形，絕對不會越來越狹小。」

「這是當然的。」劍崎京史郎出言附和。「像我直到今天，也沒想過這個世界上有那種形狀奇妙的溫室，那簡直是世界唯一的珍品。」

「這是當然的。而且只要利用這種先入為主的觀念，以及剛才的半圓錐形溫室，就能輕鬆變出今晚的魔術。」

警部得意洋洋環視眾人。

「首先，我在二十公尺長的普通溫室裡，架設一間十公尺長，實際上越往深處越狹窄的溫室，接著把案發當晚一直擺在外側溫室出口的成人高招財貓搬到其他地方，改為從後門搬來小孩高招財貓，放在內側溫室出口處，準備工作只有這些。

接著，我邀請一無所知的各位從入口看向溫室，這樣會看見什麼？各位當然會看見十公尺長的半圓錐形溫室，不過實際長度在這時候不成問題，重點在於從入口觀察時的解釋。那間半圓錐形溫室越往深處越狹小，雙眼透視感會受到影響，使得溫室看起來比實際更長，末端的出口由於比較小，看起來像是『遠方的出口』。」

「原來如此，應該會這樣沒錯。」

矢島醫生佩服回應。警部繼續說明。

「具體形容的話則是這樣：首先，只有十公尺的長度，看起來會像是二十公尺。從兩公尺高逐漸降到一二五公分的頂端，看起來像是兩公尺高的頂端和地面平行延伸到深處。位於最後方的出口，實際上是高約一公尺，沒什麼用處的出口，看起來卻像是位於遠方二十公尺處，和入口一樣大的出口。至於放在出口外面的招財貓，在各位眼中會成為什麼樣子……各位應該知道吧？」

「實際上明明只有小孩高，看起來卻像是成人高的巨大招財貓！」

劍崎京史郎出言感嘆。

「是的，錯覺會引發錯覺。再來我只要引導各位前往溫室出口就好。那裡當然沒有招財貓，我以這種方式讓各位嚇一跳之後，再讓各位從入口看向內側，結果各位還是會看到不應該存在的成人高招財貓。總之，大致就是這麼回事。」

得知原因就覺得很單純，魔術大多是如此。一切只不過是預先設計的錯覺。

「哎呀，刑警先生，我好驚訝。」矢島醫生說得佩服至極。「不過老實說，我現在都難以置信。我當然明白這個理論，實際上，也只能承認我們被刑警先生騙了，但我還是難以置信。真的有人能夠蓄意造成他人的錯覺嗎……」

此時，鵜飼像是等待已久般插嘴。

「不過醫生，這是有可能的，有其他的實際案例。」

「就是剛才提到的『斯帕達宮』吧？那到底是什麼？」

鵜飼得意洋洋分享知識。

「『斯帕達宮』是建築師波洛里尼打造的庭園，內部有一條著名的柱廊名為『斯帕達宮的柱廊』。以半圓形屋頂加上柱子與外牆形成的小道，套用現在的說法就像是昏暗的拱廊。從入口看這條柱廊的第一印象是非常漫長，而且出口有一座巨大擺飾，看起來遠超過一般人的身高，看到的人會留下深刻的印象，然而這其實是錯覺。實際穿越這條柱廊，會發現柱廊長度只有幾公尺，出口的擺飾只有人偶那麼大。引發這種錯覺的原因，就是警部先生剛才說明的機制，簡單來說，這條柱廊整體是半圓錐形，只要往深處走，屋頂就會越來越低、柱子越來越細、小道越來越窄。」

「喔，聽起來真有趣。不過這是真實存在的地方？」

二宮朱美投以質疑的視線。

「當然。西歐還有好幾座類似這樣利用錯覺的機關建築物。」

「你為什麼會知道？」

「看書知道的。」

偵探講得非常坦然。

「只能認同了。」

看來偵探並非胡謅。

「話說，刑警先生。」豪德寺昌代如同作好準備般詢問砂川警部。「至今討論的都是刑警先生的魔術手法，可以請您開始說明外子的命案嗎？」

4

「那麼，既然各位都理解溫室機關，再來就依序說明凶手案發當晚的行動吧。」

砂川警部終於開始解說豪德寺豐藏命案。

「首先，兇手寫信給真紀小姐，要她晚間十一點前往溫室。只要在信裡暗示要告訴她十年前案件的真相，她一定會赴約。事實上，真紀小姐即使覺得可疑，依然在指定時間前往溫室。是吧，真紀小姐？」

真紀默默點頭，警部繼續說下去。

「溫室表面看起來毫無變化，如此心想的真紀小姐踏入溫室。兇手抓準這一瞬間襲擊，以藥物將她迷昏。

其實在這個時候，溫室裡已經架好那間半圓錐形溫室，成為雙重溫室。兇手必須在真紀小姐一走進入口就迷昏她，以免真相被發現。要是真紀小姐繼續走，將會察覺溫室是半圓錐形。

接著，兇手將昏迷的她綁在入口。兇手不只是要剝奪她的行動自由，更重要的是必須讓她的視線位於入口低處，原因在於從較低的位置看那間半圓錐溫室，最像是普通溫室，如果從較高的位置觀察，很容易看穿那個空間的怪異之處。」

「我能理解。」矢島醫生出言回應。「視線越低，越難看見地面，因而難以正確認知空間廣度，也就是容易引發錯覺。」

「就是這麼回事，不愧是醫生。」

警部稱讚醫生的理解能力。

「在這個時間點，招財貓當然還沒放在出口吧？」

這是美樹夫的質詢。

「正是如此。不只是位於外側的真正出口，位於內側的假出口也還沒擺招財貓。晚間十一點這時候，完全沒有招財貓的身影。」

警部繼續說明。

「凶手以這種方式，確保一名最合適的目擊者之後，將豐藏先生帶進溫室。我不清楚凶手實際上怎麼做，或許和真紀小姐一樣，是以十年前的祕密為把柄，寫信要求豐藏先生過來，或者是打電話說『想救女兒就獨自來溫室』。總之，凶手順利將豐藏先生帶到現場。

然後凶手在溫室裡，以刀子指著豐藏先生。但他當然沒有立刻下手，而是一邊以刀子威脅豐藏先生，一邊讓昏迷的真紀小姐清醒，大概也是使用藥物吧。

清醒的真紀小姐，目擊豐藏先生與戴著貓面具的凶手，同時溫室出口不知為何擺著成人高招財貓，令她留下強烈的印象。不對，應該說是凶手讓她留下這樣的記憶。等到布局完成，凶手就在真紀小姐面前殺害豐藏先生，下手之後又以藥物迷昏真紀小姐，完成這場如同公開處刑的殘忍犯行。」

砂川警部再度看向真紀，低著頭的她似乎微微點頭回應。

「那麼，這到底是幾點發生的事？法醫驗屍之後，推測受害者的死亡時間是晚間十一點到凌晨兩點這兩個小時，我們警方則是斷定凶手在零點之後犯行。為什麼？因為依照路人證詞，成人高招財貓肯定是在凌晨零點出現在案發現場，而且目擊犯行的真紀小姐，供稱案發現場在行凶時就已經有成人高招財貓。我們綜合這些因素推論，認定行凶時間是凌晨零點到一點的這一個小時。」

砂川警部環視眾人，像是在觀察反應。

「然而，這是錯誤的根源。到頭來，放在案發現場的成人高招財貓，是凶手預先準備的東西。不，應該說真紀小姐這位目擊者，是凶手預先準備的要素。這麼一來，由這些線索推論的行凶時間，也是凶手預先準備的誤導。我們只不過是按照凶手規劃的推理方向通往錯誤的結論。這番話說來實在丟臉。」

砂川警部隨著這番自省低下頭。

「但是，如今明顯看得出來哪裡出錯。真紀小姐看見的成人高招財貓，其實並不是成人高，是放在後門的小孩尺寸招財貓，而且不是放在溫室出口外面，是放在溫室裡另一間溫室的假出口外面。真紀小姐把位於近處的小孩高招財貓，誤認為遠處的成人高招財貓。」

「也就是說……」矢島醫生發言了。「真紀小姐目擊招財貓的時間，不一定是凌晨零點以後？」

劍崎京史郎接話說出早已確定的結論。

「既然這樣，豐藏先生遇害的時間，也不一定是凌晨零點以後？」

美樹夫也點頭附和。

「所以也可能在凌晨零點之前行凶，例如晚間十一點半。唔～這麼一來，我也沒有不在場證明了。」

「我也和美樹夫一樣。」矢島先生這麼說。「凌晨零點之後，我和美樹夫一起看電視，所以有不在場證明，但如果是晚間十一點就沒有。」

「我也一樣。」劍崎京史郎如此回應。「我在十一點那時候，幾乎都是獨自待在倉庫。不對，不只是我，被逮捕的真一也一樣吧？記得他說過，他晚間十一點是在自己臥室聽廣播。」

昌代如同代表眾人，向警部提出質詢。

「刑警先生，這是怎麼回事？您剛才說真紀的證詞源自於錯覺，這一點我完全聽懂了。可是確認這一點之後，就代表所有男性都可能涉嫌，那麼刑警先生為何要逮捕真一？到底是基於什麼根據？」

「根據是嗎？其實也是基於不在場證明。」

「什麼樣的不在場證明？」

「好了，各位別著急，行凶當晚的敘述還沒結束，我會依序說明。」

警部說完之後，繼續回顧凶手當晚的行動。

「正確的行凶時間，推測是在晚間十一點二十分或三十分這個時段。凶手行凶結束之後，立刻進行下一步的行動。

首先，必須把假出口的小孩高招財貓放回後門。接下來，凶手應該要拆除半圓錐狀溫室，不過這個工作比較耗時，所以應該是之後才進行。畢竟只要在天亮之前收拾完畢，無論何時去拆除都無妨。

因此，凶手任憑現場維持原狀，著手製造不在場證明。凶手可能是在即將凌晨零點時前往酒吧『田園』，在那裡待到兩點；也可能是在即將凌晨零點之前和電影同好會合，就這麼以客廳電視看電影，暢談電影到凌晨三點；或者是在即將凌晨零點時前往牌友家，就這樣通宵打牌到天亮。」

警部依序看向美樹夫、矢島醫生與劍崎京史郎，刻意列出三種可能性。

「但無論是何種狀況，各位嫌犯都有凌晨零點整的不在場證明。這麼一來，是誰在凌晨零點以何種方法，把成人高招財貓搬到那間溫室前面？這就是問題。因為成人高招財貓在那個時間出現在那裡是事實，不是錯覺。這個問題的答案簡單過頭，其實凶手預先雇用了共犯，也就是萬事通岩村，名為岩村敬一的男性。」

「是在葬禮會場遇害的那一位吧？」

昌代這麼說，美樹夫接著提出理所當然的疑問。

「要用錢雇用共犯沒這麼簡單吧？如果輕易找得到人，到頭來根本就不需要那種溫室機關啊？」

「不，並非如此。凶手雇用岩村的時候，並不是要求他成為殺人共犯，委託這種事肯定會被拒絕。

凶手只是委託岩村搬運成人高招財貓，而且當然隱瞞自己的身分，也沒提及這是犯罪計畫的一部分，單純委託這項搬運工作。岩村內心應該也覺得不對勁，不過只要將一個擺飾搬動一小段距離就能賺幾十萬圓，他不可能拒絕。

岩村依照委託內容，在案發當晚來到豪德寺家正門，將門前的成人高招財貓搬到借來的車子貨斗，運送到溫室出口。這時候是凌晨零點整。然而……」

砂川警部舉起食指吸引眾人注意。

「岩村敬一在這項簡單至極的工作中，犯下一個凶手也沒預料到的天大錯誤。他居然把正門前面兩隻成人高招財貓的左右搞反了。」

招財貓的左右？那是什麼？陌生的字句令志木不禁納悶。

「左右？」美樹夫也詫異詢問。「意思是分不清左右？都幾歲了怎麼可能……」

「不，如果是小岩就很有可能。」沒什麼機會發言的鵜飼，像是抓準機會插話。「他左右不分的症狀很嚴重，不是最近才發生的問題。如果凶手不曉得他左右不分的問題——哎，肯定不會知道吧——口頭吩咐他『把面對正門位於右手邊的招財貓搬過來』，以小岩的狀況，幾乎有百分之五十的機率會搬左邊的招財貓。」

「百分之五十？」二宮朱美露出無奈的表情。「這是怎樣？不就等於閉上眼睛亂猜了？」

「他就是這種人。總之，即使說百分之五十太誇張，他也很有可能搞錯方向，流平也知道這件事。」

「我知道。」戶村流平點頭回應。「他當時在葬禮會場也搞錯方向。我告訴他廁所在右邊，他卻完全往左邊走。不過警部先生，把正門前面兩隻成人高招財貓的左右搞反，是這麼嚴重的事情嗎？兩隻招財貓一樣大，搬運哪一隻都沒差吧？」

「不，這你就錯了。門口的招財貓，並不是單純把兩隻同樣的招財貓擺在兩側，那兩隻確實有左右之分。」

「有這種分別？」

戶村流平感到納悶，此時劍崎京史郎發出感嘆的聲音。

「啊啊，了不起……不愧是刑警先生，您居然察覺了。如您所說，那兩隻有著明確的左右之分，差別在於舉起來的手。面對正門右手邊的貓舉左手，左手邊的貓則是舉右手。將兩種招財貓成對放在兩側，會浮現一種左右對稱的完整美感，這是經過縝密考量的構圖，是醉心於招財貓神祕性暨藝術性的豐藏先生，為了將福氣招入家門，特別製造正門用與後門用的兩組招財貓，絕對不是隨便拿兩隻『招財壽司』店門口代替招牌的招財貓放門口。到頭來，招財貓舉哪隻手才正確，堪稱是我們招財貓信徒永恆研究的主題，做為根據的數個傳說……」

「咳咳！」

砂川警部這一咳，中斷劍崎京史郎這段似乎會永遠持續的招財貓講座。

「回到案發當晚的話題吧。真紀小姐在案發當時目擊的招財貓——正如剛才的說明，是小孩尺寸的招財貓——和放在『招財壽司』店門口的招財貓一樣，也就是舉左手的招財貓。真紀小姐，記得妳是這麼說吧？」

「是的，我記得是這樣。」

「換句話說，凶手利用的是後門兩隻小孩高招財貓之中，面對門口右手邊那隻。這麼一來，凌晨零點出現在溫室前面的招財貓，也非得是舉左手的成人高招財貓。舉的手必須相同，真紀小姐與我們才會把兩隻大小不同的招財貓，誤認為同樣是成人高招財貓。要是察覺舉的手不一樣，兩隻招財貓不同的事實就會敗露。所以凶手當然委託岩村『把面對正門右手邊，舉左手的成人高招財貓搬運過來』。」

「然後小岩按照吩咐搬運過去了。不過他搬運的是面對正門左手邊，舉右手的招財貓。」

二宮朱美聽到鵜飼這番話，出言同情凶手。

「這樣啊，那凶手應該也受到打擊吧，特地打造的不在場證明搞砸了。」

接著，美樹夫再度提出理所當然的疑問。

「不過，刑警先生，隔天早上位於溫室前面的成人高招財貓，確實是舉左手的那隻，這件事要怎麼說明？」

「應該是某人察覺出錯並且更正吧。不過這個人不是岩村本人，他毫不懷疑自己的工作會出錯，完工之後跑去找朋友喝酒，並且愉快返家。既然這個人不是岩村，就是凶手自己。凶手在夜間察覺岩村的疏失，因此把舉右手的招財貓再放回正門前面，重新把舉左手的招財貓搬到案發現場。凌晨零點搬運成人高招財貓的是岩村敬一，但更正錯誤的不是岩村，是凶手自己。那麼，這個工作是在什麼時候進行的？」

「啊，原來如此！警部，是凌晨兩點半吧？」

志木不由得大喊。

「凌晨兩點半？這到底是什麼時間？」

志木為一無所知的昌代解答。

「某個廚師作證指出，他案發當晚的凌晨兩點半經過案發現場，卻沒看見溫室前面擺著成人高招財貓。換句話說，那天凌晨零點出現的成人高招財貓，看起來直到天亮都擺在那裡，其實曾經在凌晨兩點半前後消失一次。

這種說法聽起來很玄，很難從現實層面解釋，但如果凶手正如警部所說，在那個時候更換招財貓，就能順利解釋案發現場的招財貓為何暫時消失。警部，沒錯吧？」

「沒錯。為了證明這件事，必須從目擊者口中得到新的證詞。因此我再度向案發凌晨兩點經過現場附近的粉領族問話。她深思之後回想起來，她在凌晨兩點看到的成人高招財貓確實是舉右手。」

緊繃的空氣之中，隨處發出「喔……」這樣的感嘆聲，看來所有人都認同警部的推理相當可信。砂川警部充分確認這股氣息之後，重新點出凶手。

「基於上述推論，凶手在案發當晚，肯定曾經親自更換招財貓，也確定是在凌晨兩點半前後進行這項工作。那麼，接下來就要重新審視嫌犯們的不在場證明了。誰能在凌晨兩點半自由搬動招財貓？

劍崎京史郎先生正在通宵打麻將，不可能；美樹夫先生與矢島醫生還在聊電影，所以也不可能。那麼真一呢？他就有可能。他直到凌晨兩點都在酒吧，卻沒有後續的不在場證明，畢竟在他的計畫之中，原本不需要後續的不在場證明。這就是我點名豪德寺真一是凶手的根據。」

5

矢島醫生確認砂川警部說到一個段落時舉手。

「我完全聽懂刑警先生的說明了，不過為求謹慎，方便我問幾個問題嗎？」

「請儘管發問。」

「凶手在凌晨兩點半親自搬運成人高招財貓。不過招財貓體積很大，應該要車子才搬得動，他使用的是哪一種車？」

「農舍裡有一臺板車，應該是使用那臺車吧。成人高招財貓放在板車上剛剛好，而且搬運時不會發出聲音。」

「原來如此，以這種方式搬運很合理，但我覺得問題在於順序。凶手要將正門前面和溫室門口的招財貓互換時，我認為合理的順序，應該是先把正門前面舉左手的招財貓以板車運到溫室，再以板車把舉右手的招財貓搬回正門前面，這樣就不會導致案發現場的招財貓暫時消失，也不會讓刑警先生起疑。」

「您說得沒錯。以結果來看，這種順序正確得多。不過請站在凶手的立場考量。對於凶手而言，最重要的應該是先把擺錯的舉右手招財貓藏起來。目擊舉右手招財貓的路人越多，犯行敗露的機率就越高，因此凶手採用的順序，是先把舉右手的招財貓放回正門，再把舉左手的招財貓搬到案發現場。」

「換句話說，這是類似緊急避難的處置。原來如此，應該是這樣沒錯。不過刑警先生，雖然這麼說不太對，但您點名真一是凶手的根據，很難形容為鐵證。您說凌晨兩點半沒有不在場證據的人就是凶手，說服力過於薄弱。

比方說，您為何能斷言不是我與美樹夫共同犯案？通宵打牌的劍崎先生，真的不可能在凌晨兩點半暫時離席，瞞著牌友做出這件事嗎？到頭來，您能斷言絕對不是外人犯案嗎？」

「您說得一點都沒錯。我確信豪德寺真一是凶手，實際卻也覺得事證稍嫌不足，最好的方法是由他自己招供。這番話的意思並不是要對他逼供，只要在他身為真凶必須採取某種行動的那一瞬間逮捕他，就可以將他逼入絕境。話說回來，我從昌代夫人那裡聽到一件耐人尋味的事。」

「我說過什麼嗎？」

「夫人，您說過案發之前應該放在信箱裡的請款單不見了，對吧？」

「啊，原來是那件事。」

「找到了嗎？」

「不，還沒找到。後來我如同對刑警先生說過的那樣，問過家裡的每一個人，但沒人知道這件事。肯定是如同刑警先生所說，從信箱掉出來被風吹走吧。」

「不，沒有被風吹走。」砂川警部說完，從西裝口袋取出請款單。「遺失的請款單在這裡。」

「哎呀，在哪裡找到的？」

「在門口前面只剩下一隻的招財貓，也就是面對大門左手邊那隻招財貓的底下。您知道這番話的意思嗎？請款單確實在案發之前從信箱掉出來，信箱在面對正門的左側門柱，所以自然掉在同一邊的招財貓腳邊。

但如果只是掉下去，不會壓在招財貓底下。只可能是掉到招財貓腳邊之後，岩村敬一把招財貓搬到溫室前面，後來兇手又把招財貓搬回原位時壓在底下。兇手一時疏失沒察覺這件事。」

「換句話說，這張請款單證明舉右手的招財貓，在案發當晚移動過。」

「是的。而且只有兇手知道舉右手的招財貓在案發當晚移動過。因此兇手要是知道請款單在案發當晚遺失，肯定會坐立不安。或許請款單壓在招財貓底下，要是自己以外的某人發現這件事……兇手肯定會這麼想，也絕對會忍不住想確認招財貓底下的狀況。

兇手當然是在晚上行動，因此我們昨晚一直在正門前面埋伏。後來正門在深夜打開了，現身的果然是真一。他把招財貓搬到旁邊，這個行動是在確認請款單是否壓在招財貓底下。當我們質疑這個場面，要求他說明時，他將招財貓扔向我們逃走，這等於是承認自己是兇手。

所以各位應該可以理解，我們具備充足的證據逮捕他。」

6

「話說回來，雖然和我們沒有直接關聯，但那個叫作岩村的萬事通，為什麼會在葬禮會場被殺？凶手想制裁這個犯下重大疏失的共犯？還是一開始就打算下毒手？」

以美樹夫這番話為契機，話題終於轉移到第二件命案。

「不是一開始就打算下毒手。到頭來，凶手認為岩村肯定會積極提到凌晨零點搬運招財貓到案發現場這件事，這樣可以誤導警方推測行凶時間在凌晨零點之後。

事實上，岩村從隔天報紙得知命案之後，還特地前往葬禮會場。即使不知情，自己似乎成為豐藏先生遇害的原因之一。如此心想的他，應該是想對警方與遺族表明自己當晚的行徑。這原本也是凶手所編寫劇本的一部分，但因為岩村當晚出錯，凶手又親自更正，使得狀況有所改變。」

「怎樣改變？」美樹夫這麼問。

「凶手變成不能讓岩村見到警方。岩村遇見警方，應該會說出當晚的狀況，畢竟這對他來說完全不是虧心事。這麼一來，警方應該會將岩村帶到豪德寺家正門前面，詳細詢問當天晚上的狀況。即使是左右不分的岩村，看到正門前面的光景肯定也會察覺異狀。

岩村肯定會察覺，自己搬運的招財貓位於門前，沒搬運的招財貓卻不見，這對於凶手來說極為致命，因此才會緊急在葬禮會場下毒手。」

「豐藏先生命案看似計畫周詳，岩村命案卻像是臨時起意，原來是這個原因。」

砂川警部點頭回應矢島醫生這番話。

「是的。凶手必須在岩村接觸警方或遺族之前滅口。」

「不愧是刑警先生。看來關於至今沒找到的凶器之謎，您也已經準備好答案了。請問凶手使用什麼凶器，又把凶器藏在哪裡？」

「………」

「咦？」

砂川警部出乎意料沉默下來，使得矢島醫生臉色一沉。

「難道您尚未查明？」

「是的，其實正是如此……總之，只要真一招供，真相遲早水落石出，但我現在還無法斷言。」

「那麼，屍體身上潑灑味噌湯的原因也還不知道？」

「是的，完全沒有頭緒……哎，或許是要表達某種意境吧。」

砂川警部沒面子般搔了搔腦袋。

「那麼，警部先生……」在房間角落保持沉默的男性忽然出聲。「我來幫您解開凶器與味噌湯之謎吧。」

是鵜飼杜夫。砂川警部不發一語，只露出無奈至極的表情。

「鵜飼先生，可以嗎？出洋相我可不管啊。」

「終於輪到我表現了。總之，妳就看著吧。」鵜飼老神在在，一語謝絕二宮朱美的擔心。「先簡單重述案情。殺害岩村敬一的凶器，推測是刀刃約二十公分的利器，但案發現場沒找到菜刀或刀子。另一方面，凶手──應該可以斷定是真一──沒有離開案發的葬禮會場半步，因此無法將凶器帶離現場，那麼凶手以何種方法處理凶器？警部先生，這就是問題所在吧？」

「沒錯。」

「不過，只有一個方法，能將凶器悄悄帶離現場。」

「你該不會推測是利用棺材吧？」

「……………………」

鵜飼像是煮熟的蛤蜊張大嘴，啞口無言好一陣子。

二宮朱美低下頭。

「看吧，我不是說了嗎？」

「您……您調查過了？連棺材都看過了？」

「當然調查過了，無懈可擊。」砂川警部像是誇耀勝利般挺胸。「凶手有可能將刺殺岩村的凶器偷偷藏進棺材，一起運到火葬場焚毀。哼，這是很可能發生的狀況，以為我們警方不會察覺這種事？出殯之前，我們當然再度打開棺材檢查一次，裡面裝滿各種小東西，簡直就是玩具箱，但是沒有找到凶器。志木刑警，對吧？」

「是的，肯定沒錯，我親眼確認過。」

志木抱持自信斷言。不過鵜飼聽到志木這番話，眼神再度增加光輝。

「喔～檢查棺材的是志木刑警啊，這樣啊這樣啊，不過恕我失禮，我認為志木刑警應該很難發現那個凶器。」

「這、這是怎樣，你想侮辱我？」

「我並不是在侮辱。」鵜飼聳肩回應。「不過，提到出乎意料的凶器，志木刑警只想得到冰刀，以這樣的推理天分，要找到凶器實在有難度。」

「你、你為什麼知道這件事！」

「沒什麼，只是湊巧聽說的。回到味噌湯的話題吧。在遇害者身上潑味噌湯，究竟代表何種意義？話說在前面，那不是要表達某種意境。」

「不然是什麼原因？」砂川警部這麼問。

「其實，凶手是把味噌湯冰凍成刀狀物體刺殺遇害者。在這種盛夏酷暑，味噌湯冰刀立刻融化還原為味噌湯，並且被我們發現。」

「你、你說什麼！真的嗎！」

「假的。」

「居然是假的！」

「我只是剛才一瞬間覺得不無可能。但是仔細想想，凶手是臨時起意殺害岩村，不可能預先花心思準備這種凶器，冰刀論點也是這樣被推翻的。」

「說、說得也是……那麼味噌湯之謎究竟是怎樣？」

「還是應該認定凶器消失之謎和味噌湯之謎有關。凶手想要隱藏凶器，因此對屍體潑灑味噌湯。」

「意思是味噌湯可以隱藏凶器？」

「正是如此。俗話說，最適合藏樹木的地方是森林，套用在這次的案件，凶器是樹木，味噌湯是森林。名為味噌湯的森林包含的某種東西，隱藏了名為凶器的樹木。話說回來，味噌湯包含哪些東西？」

「豆腐。」矢島醫生這麼說。

「海帶芽。」美樹夫這麼說。

「油豆皮。」劍崎京史郎這麼說。

「唔～我這個問題並沒有侷限於配料……」

「沒有侷限於配料的話還有什麼……啊，味噌？」

二宮朱美的回答，使得鵜飼扭動身體。

「啊啊，差一點。但不是味噌，類似味噌的搭檔。」

「難道你指的是高湯？」

砂川警部答案似乎終於命中紅心。

「對，就是這個，高湯。那麼高湯是什麼？警部先生，您知道嗎？」

「高湯就是高湯啊，美味的來源。」

「從什麼東西熬煮出來的？」

「小魚乾或昆布吧？」

「差一點，再猜一個。」

「怎麼回事……？你是說柴魚？」

「對，柴魚。最適合藏柴魚的地方是味噌湯。」

鵜飼逕自點頭認同，眾人就這麼不明就裡而愣住。鵜飼繼續說明。

「哎呀，各位還不知道？凶器就是柴魚。話說在前面，並不是柴魚片，是那種像是木頭，又黑又硬的柴魚塊，而且不只是硬，無論任何柴魚塊，經過刨刀每天削片，尖端肯定變得尖銳，外觀有點像是厚實刀刃吧？」

「唔，這麼說來……原來如此，以尖端銳利的柴魚塊刺殺腹部，就會成為那種類似刀尖挖過的傷口。」

「不過，用柴魚塊當作凶器有個問題。柴魚塊造成的傷口，很可能檢驗出柴魚特有的成分，也就是俗稱『鮮味成分』，包含谷氨酸在內的氨基酸。考量到現代科學辦案能力，這部分無法避免。如果沒能巧妙瞞騙這一點，就無法活用這種『美味凶器』的意外性。」

「所以才用到味噌湯？」

「是的。凶手帶著柴魚塊與味噌湯，並引誘岩村進入廁所隔間。柴魚塊應該是放在口袋，味噌湯則是裝進塑膠袋。凶手以前端尖銳的柴魚塊刺殺岩村腹部之後，朝屍體潑灑味噌湯。這麼一來，即使傷口檢驗出柴魚成分，也只會解釋成是味噌湯內含的鰹魚高湯，不會有人察覺柴魚塊是凶器。」

「柴魚塊是凶器。既然這樣，這個柴魚塊跑去哪裡了……啊！」

砂川警部看向志木，志木感覺冰冷液體從背脊滴落。

「喂，志木！雖然我覺得不可能，但棺材裡應該沒有柴魚塊吧？」

「呃……有。」

「有？有柴魚塊？為什麼？棺材裡為什麼有柴魚塊？你看到不會覺得奇怪嗎？你眼睛是裝飾品？」

砂川警部咄咄逼人像是隨時會撲過來，志木拚命試著為自己辯護。

「警、警部，因為柴魚塊和金幣、逗貓棒之類的東西擺在一起啊，既然貓可以配金幣，又可以配逗貓棒，那麼貓配上柴魚塊也完全不突兀。到頭來，那些小東西是遺族預先準備的，只要宣稱是用來悼念愛貓的豐藏先生，眾人大致都能接受……沒人想得到凶手居然偷偷拿來當成凶器。何況柴魚塊本來就是深黑色，沾血也看不出來。」

「也就是說，棺材就這麼再度蓋上，送進火葬場？」

「是的。」

「難怪找不到凶器！」

7

矢島醫生抓準岩村命案的話題告一段落時開口。

「兩位剛才的敘述，使得本次兩件命案的過程水落石出，凶手應該是真一無誤。不過這麼一來，十年前家父遇害的命案代表什麼意思？

老實說，我暗自期待本次犯下凶殺案的凶手，就是十年前殺害家父的凶手，期待本次命案真相大白的同時，也能揪出十年前殺害家父的凶手，但真相似乎並非如此。刑警先生也認為真一不是十年前命案的真凶吧？」

「是的，不是真一。到頭來，那種雙重構造的溫室，到底是誰設計製作的？是真一為了本次命案訂製的嗎？不，並非如此。因為那間半圓錐形溫室的骨架，從很久以前就存放在農舍深處。那些設備應該是十年前製作的，目的是殺害矢島醫生的父親矢島洋一郎先生，至於製作者……」

砂川警部淡然說出這個人的名字。

「我認為是豐藏先生。」

「啊啊！」昌代發出虛弱的嘆息聲。「果然……果然是這樣。」

「只能這麼認定了。換句話說，豐藏先生十年前就以這種雙重溫室犯下凶殺案，真一這次只不過是改編父親的做法。」

砂川警部開始述說十年前的命案。

「豐藏先生殺害矢島洋一郎先生的過程，比本次命案單純許多。

首先，豐藏先生在溫室裡搭設半圓錐形溫室，接著在半圓錐形溫室假出口附近，殺害矢島洋一郎先生。行凶位置從半圓錐形溫室看來是出口外面，從外側的溫室看來大約在正中央。再來只要適度利用目擊者即可。當時有一位最合適的目擊者，就是矢島洋一郎先生的妻子。

她當時不良於行，也就是坐在輪椅上。在這次的詭計裡，視線高度較低對於凶手來說非常有利。豐藏先生推著她的輪椅，假裝在尋找矢島洋一郎先生，巧妙將她帶到豪德寺家，並且以抄捷徑為理由，選擇橫越農田的路線，這麼一來必然會通過溫室旁邊。然後，豐藏先生讓一無所知的她觀察溫室內部。

她看見的光景，和各位剛才的體驗相同。在她眼中，從入口到出口都是一無所有的空間，她肯定做夢都想不到這個空間外面有另一片空間，而且丈夫就陳屍在那裡。豐藏先生讓她仔細看過之後，直到深夜都和她與昌代夫人一起度過。

豐藏先生的不在場證明就此完成，之後只要抓準時間，在深夜獨自前往溫室，拆掉半圓錐形溫室收進農舍就好，再來只需要等隔天早上，有人發現矢島洋一郎先生遇害陳屍於溫室的中央區域。

後來屍體被發現，警方開始搜查，推測死亡時間是晚間八點到十一點的三小時，不過立刻縮短為晚間十點到十一點的一小時。原因在於有人證實溫室在晚間十點毫無異狀，這個人不是別人，正是死者的妻子。豐藏先生在這個時段的不在場證明當然很完美，他以這種方式，巧妙置身於十年前命案的搜查範圍之外。」

志木聆聽砂川警部的說明，思考十年前某個白領族對於命案的奇妙證詞。

這個白領族在凌晨零點多，曾經進入案發溫室小解，並且供稱溫室裡沒有屍體。當時聽起來矛盾的這段證詞，只要以雙重溫室來解釋就輕易說得通。白領族只看到內側的半圓錐形溫室，不知道外側還有另一個空間，屍體一直在那裡。

「不過，外子殺害矢島洋一郎先生的動機是什麼？不，不只如此，真一殺害父親的動機又是什麼？刑警先生至今只說明殺人方法，完全沒有提到動機。再怎麼窮凶惡極的人，也不會莫名其妙殺害他人，何況外子與真一都不是窮凶惡極的人，肯定是基於某種理由。」

「動機嗎……這確實是問題。如夫人所說，現在只知道岩村命案的動機。豐藏先生為何殺害矢島洋一郎先生？真一為何殺害豐藏先生？老實說，我也不知道，或許只能等待真一招供吧。」

「警部先生，等一下！」

房間角落再度發出聲音，又是那個偵探。

「我對這個謎題有個想法。我沒辦法一次解答兩個問題，但我自認至少能完美說明十年前命案的動機。您意下如何？」

「你知道？這麼說不太對，但你在本次的一連串案件之中，只和岩村敬一命案有點關聯，除此之外幾乎毫無關聯才對，不是嗎？」

「警部先生，您說得一點都沒錯。比方說，剛才提到十年前命案的行凶過程，我完全聽不懂意思。因為我不知道原本是什麼樣的案件，不知道哪裡是謎題，就像是還沒看問題就直接看答案，感覺實在不太對。」

「我想也是，畢竟我也沒空對你這個局外人說明清楚。既然這樣，你為什麼能夠說明這件命案的動機？動機是命案之中最深入的部分，我實在不認為你能理解。」

「您剛才說我是局外人吧？在整個案件之中，我在某些部分確實是局外人，但是這種說法同樣能套用在警部先生身上。您只從一個方向……更正，只從招財貓的方向觀看這整個案件。」

「這是什麼意思？」

「我接下來就會說明。」

8

鵜飼開始說明。

「聽說十年前的那場命案，豐藏先生曾經和矢島洋一郎先生發生某些摩擦。聽過兩人交談的某人證實，爭執的原因在於『矢島醫院的招財貓』，兩人為了是否能割愛招財貓的事情起口角。那時候當然是招財貓迷豐藏先生，想請矢島洋一郎先生割愛。

神奇的是，矢島醫院從當時到現在都沒擺過招財貓。兩人明明因為招財貓爭吵，最重要的招財貓卻不存在，這到底是怎麼回事？警部先生，這就是主要的問題吧？」

「嗯，我不知道你聽誰說的，但確實從當時就有這樣的疑問。」

「話說回來，十年前的矢島醫院有一隻受傷的貓，並且由矢島洋一郎先生治療，警部先生知道這件事嗎？」

「貓？又是貓？」

砂川警部眉毛微微一顫。

「是的，是一隻真正的野貓，還沒完全長大的瘦小三花貓。矢島洋一郎先生將牠取名為MAO，不算是愛貓人士的他，不知為何細心治療這隻貓。同一時間，矢島洋一郎先生和豐藏先生為了招財貓產生摩擦，後來在溫室離奇死亡，MAO至此也下落不明。另一方面，豐藏先生開始溺愛一隻叫作三花子的三花貓。這樣您明白了吧？」

「你的意思是說，這隻叫作MAO的三花貓，就是後來的三花子？」

「是的。豐藏先生為了得到MAO而殺害矢島洋一郎先生，這就是十年前命案背後的動機。」

鵜飼充滿自信的表情，反而令志木覺得滑稽。不只是志木，在場眾人都忍不住對鵜飼突如其來的推論露出苦笑。

「哇哈哈哈！你說這是什麼傻話！」砂川警部超越苦笑的程度，而是捧腹大笑。

「你認為一隻貓就能成為殺人動機？何況豐藏先生想要的是招財貓，不是三花貓。」

「看吧，警部先生，就是這樣。」鵜飼指著砂川警部的胸口。「警部先生將招財貓與三花貓當成兩回事，並且只注意到招財貓，所以還沒察覺近在眼前的真相。」

「你所說近在眼前的真相是什麼？」

「就是這個……抱歉，三花子借我一下。」

鵜飼離席走到桂木身旁，接過桂木懷裡的胖三花貓，抱在懷裡走向警部。接著他忽然讓這隻三花貓舉起前腳，高舉在警部面前。

看到胖三花貓白色腹部的砂川警部，以不是滋味的表情詢問。

「這到底是在做什麼？」

「您懂了嗎？」

「不懂。三花子的肚子怎麼了？」

「沒什麼。咦，您還不懂？」

砂川警部摸著眼前胖嘟嘟的肚皮。

「嗯，你的意思是這隻貓懷孕了？」

「懷孕？哇哈哈哈哈！」這次輪到鵜飼捧腹大笑。「警部先生，這玩笑真的很好笑。三花子不可能懷孕。」

「…………」

「話說警部先生，您看見這隻貓兩腿中間的奇妙隆起嗎？您知道這是什麼嗎？」

砂川警部頻頻打量這個部位，不到十秒就臉色大變。

「這、這是，難道是……睪、睪！」

砂川警部一把抱過鵜飼手中的三花貓，在自己懷裡仔細觀察那個部位，接著微冒汗水抬起頭。

「難以置信。不過，這是怎麼回事？」

「警部先生，沒怎麼回事。」相較於激動的砂川警部，鵜飼冷靜道出隱藏真相。「您在雙腿中間看見的東西無疑是睪丸，也就是雄性生殖器官。換句話說，這隻三花貓是公的。警部先生，您知道這是什麼意思嗎？」

眾人反應各有不同。率先起反應的是劍崎京史郎，接著是矢島醫生。不只是砂川警部，桂木也同樣出現激動情緒。

另一方面，昌代、真紀與二宮朱美的表情則是略微在意……應該說困惑。最沒反應的是美樹夫與戶村流平。

志木姑且裝作鎮靜，內心卻滿是不明就裡的念頭。三花子是公的？這是怎樣？會造成什麼問題？

戶村流平如同代替志木，向在場眾人發問。

「請問，這是怎麼回事？這隻貓是公貓，意思是牠不是三花子？」

這個問題是由桂木回答。

「不，這肯定是三花子，三花子是公貓！」

桂木輕摸三花子的頭，一副感動的神情，劍崎京史郎則是已經表情恍惚，像是隨時會哭出來。

「原來如此！原來是這樣！這就是、這就是豐藏先生尋找的極致收藏品。但這麼一想，就能理解他的態度了。他絕對不讓別人碰三花子，連我都不行……原來如此，原來是這樣！」

「那個……我還是聽不懂。」

戶村流平轉頭張望，像是尋找能夠解答的人。

「剛才不就說牠是公貓了嗎？」

朱美無奈雙手抱胸，重複鵜飼的話語。

「是的，這部分我懂，但為什麼會造成這麼大的騷動？不就只是公貓嗎？」

「流平，你錯了。這不是普通的公貓，是三花公貓。懂嗎？」

「嗯，我懂。」流平挺胸。

「看來不懂。」朱美聳肩。「那我就告訴你吧。聽好囉？三花貓基本上只會是母貓，沒有三花公貓。鵜飼先生，沒錯吧？」

已經離開騷動人群走到這裡的鵜飼，點頭回應朱美這番話。

「她說得沒錯。三花公貓是例外中的例外，據說機率是萬分之一，大家難免嚇一跳。所以流平，你也嚇一跳吧，我們尋找的三花子，是機率萬分之一的貓！」

9

鵜飼等待這陣混亂平息之後，再度補充說明。

「如各位所知，三花貓基本上都是母貓，原因似乎是決定貓花色的基因和決定貓性別的基因有關，但詳細的說明就省略吧，老實說我也不太清楚。不過，並不是完全沒有公的三花貓，偶爾會因為基因突變而誕生，基於這種偶然誕生的三花公貓，因為罕見而非常值錢。

我曾經聽說，某個商人養的三花貓是公貓，後來有一位富豪聽到傳聞前來造訪，出了兩百萬圓請商人割愛。」

「哇，一隻三花貓就兩百萬圓啊，真了不起。」

美樹夫發出佩服的讚嘆聲。

「後來，飼主還是不肯以兩百萬圓割愛。」

「不會吧！連兩百萬圓都不賣！」

鵜飼這番話，使得美樹夫在沙發上往後仰。

「難以置信。既然這樣，三花公貓市價到底多少？」

「不，飼主不肯交出三花貓，不只是單純的價格問題。三花公貓受到珍惜，不只是因為珍貴，最重要的是能帶來福氣，其中最具代表性的就是討海人。討海人原本就重視貓，但他們尤其珍惜三花公貓，認為這是保佑航海安全的船隻守護神。實際上，每次發現三花公貓，大多是討海人前來要求割愛。」

「這麼說來，外子曾經是漁夫。」

昌代的細語，使得眾人恍然相視。

「此外，生意人也同樣容易崇拜三花公貓。此時要提到一個關於三花貓與招財貓的通俗說法。警部先生，您知道招財貓之中，有一種造型特別廣為人知吧？就是二頭身比例、眼睛又大又圓、右手抱著金幣、左手舉起來的造型，酒館擺在櫃檯裝飾的那種招財貓。」

「嗯，我知道。『招財壽司』店門口擺的就是這一種，擺在案發現場的也是。」

「那叫作常滑型，堪稱最普遍的招財貓基本款。啊，這個房間也有擺。」

鵜飼指著客廳電視旁邊擺滿大小的招財貓，這確實是鵜飼所說的常見招財貓。

「這種招財貓怎麼了？」

「想請教警部先生，這隻招財貓是三花貓吧？」

「沒想到你會問我招財貓的花色。嗯，實際上如何呢？身體幾乎是白色，手腳有黑色斑點，斑點周圍是金色，所以真要說的話，應該是三花貓。」

「那麼，再請教一下，這隻招財貓看起來是公貓還是母貓？」

「我認為擺飾沒有公母之分……」

「第一印象就好。警部先生，怎麼樣，看起來像是公貓嗎？」

「嗯，看起來確實像是公貓，感覺是個調皮的男生。原來如此，也就是說……」

「是的，『招財貓以三花公貓為原型』這種通俗說法由此誕生。招財貓這個吉祥物，和三花公貓這個吉祥物，至此出現關聯，使得招財貓成為『三花公貓的塑像』，那麼反過來也能成立。換個角度來看，三花公貓等於『活生生的招財貓』，生意人崇拜三花公貓，堪稱是以此為根據。」

「原來如此。豐藏先生從討海人轉行做生意，又對招財貓投注非比尋常的熱情，難怪會想得到『活生生的招財貓』。」

「對，在豐藏先生心目中，招財貓超越吉祥物的範疇，成為一種神、一種宗教，因此他當然非常想要。但三花公貓並非想要就能得到。如果是價值一億圓的馬，帶一億圓到賽馬市場就買得到，不過三花公貓沒這麼簡單。可能忽然出現在眼前而免費獲得，也可能一億圓都買不到。然而豐藏先生朝思暮想的『活生生的招財貓』，出乎意料出現在身邊。」

「就是矢島醫院的MAO吧？」

「是的。豐藏先生立刻試著協商，但矢島洋一郎先生拒絕割愛，兩人應該是在這時候產生關於招財貓的摩擦。他們確實在爭奪招財貓，然而爭奪的不是擺飾，是活生生的三花貓。

到最後，矢島洋一郎先生不想割愛三花貓，應該是打算自己飼養，但豐藏先生不死心。要是放過這次機會，恐怕一輩子都無法遇見三花公貓，如此心想的他終於動用最後手段，就是殺害矢島洋一郎先生搶來。警部先生，怎麼樣？一隻貓還不夠成為殺人動機嗎？」

「當然不夠……我很想這麼說，但我從豐藏先生堪稱『招財貓狂』的個性得知，如果是他就有可能，恐怕正是如此。不過……我萬萬沒想到貓是動機。」

「是的，沒人認為豐藏先生居然會為一隻三花貓殺害矢島洋一郎先生，何況他有完美的不在場證明。就這樣，他如願以償得到『活生生的招財貓』，後來絕對不准別人碰這隻貓。這應該是基於想呵護的意義，但他更想隱瞞這隻貓是公貓的事實，因此他即使知道這隻貓是公貓，依然叫這隻貓是三花子。

矢島洋一郎先生把這隻貓取名為ＭＡＯ也是相同的意義。ＭＡＯ在中文是『貓』的意思，換句話說，這隻擁有雄性生殖器官的三花貓，矢島洋一郎先生刻意沒有取男性化或女性化的名字，只將牠稱為『貓』。」

「原來如此，名叫『貓』的貓啊，這是很聰明的稱呼方式。看來我們完全被三花子這個女性名字騙了，這隻貓原本不應該叫作三花子，而是取個男性化的名字。」

「是的，我認為豐藏先生實際上，會在沒有外人的時候，用另一個名字叫牠。」

「用什麼名字叫牠？」

「用男性化的名字叫牠。聽說豐藏先生遇刺身亡之前，留下一句『死前留言』，聽起來是男性的名字。」

「你是說『ＭＩＫＩＯ』嗎？哈哈哈，所以你的意思是說，豐藏先生為這隻三花貓，取了一個和自己二兒子『美樹夫』相同發音的名字？不可能有這種蠢事。」

「那麼警部先生，您認為是什麼名字？既然三花子這個名字是欺瞞世人的假名，這隻三花公貓的真正名字叫什麼？」

「我哪知道這種事？既然母貓叫作三花子，公貓頂多叫作三花太郎或三花男……唔！三花男的發音是MI・KE・O！」

這一瞬間，志木也終於明白豐藏那句「死前留言」的意思了。

不是MIKIO，是MIKEO。

豪德寺豐藏臨死時，喊出愛貓真正的名字。

10

時鐘指針已經走到晚間九點。

矢島醫生關心真紀的身體狀況之後回到醫院，劍崎京史郎返回幾千隻招財貓等待的倉庫，美樹夫打呵欠回房，桂木表示還要洗碗盤而前往廚房。至今熱鬧的客廳，變得如同宴會結束般冷清。昌代帶著三花貓離開之後，留在這裡的只有兩名刑警、偵探與另外兩人。

砂川警部認定時間差不多了，用力離席起身。

「那麼，我們也走吧。喂，志木。」

「好的，警部，就這麼做。」

砂川警部輕輕舉起右手，向鵜飼等人道別。

「那麼各位，我們失陪了，你們還不回去？」

「我還有一個工作，就是向委託人領取報酬。要不要等等一起舉杯慶祝？我很樂意請客。」

「容我樂意拒絕吧。你們尋找三花貓的任務或許至此結束，但我們偵辦的招財貓命案還沒結束。我們還不知道真一的犯案動機，這是很重要的部分，所以明天要開始對他進行偵訊。希望他肯老實招供，但結果還不得而知。真是的，我忙到快受不了，你們也別破壞市區和平勞煩警方出馬啊。那我們就此告辭。喂，志木，走吧。」

「是，警部。」

兩人挺直背脊，充滿威嚴大步離開客廳。

然而這份威嚴到此為止。來到走廊沒人注視之後，砂川警部按著腰部與下巴，難受地說出真心話。

「啊～受不了，今天有夠累的！」

「警部，您今晚一直站著說話，當然會累囉，剛才幾乎是砂川警部的獨角戲。」

「嗯，我也是第一次講這麼多話，揭開謎底的途中，我的嘴差點抽筋。」

嘴能抽筋？名警部在相關人員面前嘴巴抽筋說不出話，這真是前所未聞的丟臉狀態，但還是有點想看。志木抱持這種輕率的想法，跟著警部離開。

兩人走出玄關，緩緩走在通往停車場的石礫小道。砂川警部邊走邊點菸，朝明月高掛的天空舒暢呼出一口煙。

「話說回來，抱歉在您嘴巴快抽筋的時候提出要求，方便請教一下嗎？」

「什麼事？」

「我想問一下當作參考，警部為什麼會察覺那間溫室的機關？我認為您應該不是莫名就靈機一動。」

「嗯，當然不是直覺或靈機一動，是基於相當的根據。第一個根據，是在農舍深處發現半圓錐形溫室的骨架。」

「是的，這我知道。」

「另一個根據是牙刷。」

「牙刷？」

「照片裡的三花子含著牙刷吧？」

「啊，您是指那張照片？」

「我們單手拿著照片比對艾爾莎的時候，照片裡的三花子和眼前的艾爾莎很像，不過讓艾爾莎含牙刷之後，兩者體型差距就一目了然，艾爾莎的臉只有三花子約三分之二。我在這時候忽然心想，我們是以什麼基準衡量大小？沒有基準就無法比較。我們比對眼前的艾爾莎與照片裡的三花子時，使用的是什麼基準？答案是牙刷。牙刷是我們熟悉的日用品，因此能正確比較兩者的差距。」

「原來如此，確實是這樣沒錯。」

「接著我又忽然想到豪德寺真紀的證詞。她目擊父親遇刺的場面，同時在溫室出口發現酷似三花子的貓。」

「嗯，是的。」

「酷似三花子的貓。也就是說，真紀看見比普通貓大一點五倍的三花貓。三花貓並不是在她面前，而是在她視線遠方的出口附近，那她是用什麼基準判斷這隻三花貓很大？」

「比對的量尺啊……原來如此，就是那隻成人高招財貓吧？」

「對。出口有一隻看似成人高的招財貓。她肯定是以此為依據，判斷這隻三花貓很大。不過，這隻貓真的是大隻的三花貓——三花子嗎？失蹤的三花子在豐藏遇害瞬間忽然出現在現場，這種事聽起來很玄。出現在案發現場的三花貓，如果是出沒於豪德寺家周邊的艾爾莎，聽起來比較像是真的。真紀看到的或許是艾爾莎，但她認定是酷似三花子的貓，這種事真的有可能嗎？有可能。如果她當成基準的量尺是錯的就有可能。」

「也就是她認為成人高的招財貓，其實並不是成人高？」

「對。如果她看到的招財貓只有成人的三分之二高，而且只有三花子三分之二大的艾爾莎出現在旁邊……」

「對喔，這麼一來，艾爾莎在她眼中就像是三花子。」

「肯定是這樣。那麼，在這間宅邸裡，有沒有將成人高招財貓等比例縮小為三分之二的招財貓？有。就是後門的招財貓。」
警部以點燃香菸的前端指向後門。
「就是那種小孩高的招財貓吧？」
「沒錯。那麼，真紀為何會認定小孩高招財貓是成人高？真紀這時候的量尺是什麼？是溫室的出口與頂部。換句話說，整間溫室都是她的量尺。既然這樣，除非這一切都出問題，否則不會產生這種錯覺。有可能發生這種事嗎？想到這裡，我總算察覺農舍裡那些半圓形鋁管的用途了，咳咳！」
「咦，警部，您怎麼了，被煙嗆到？」
「……偶尾歐因了，也移奧此為止。」
他說的似乎是「我嘴抽筋了，解謎到此為止」。
「警部～您難得展現高超推理，總覺得這樣虎頭蛇尾耶。」
話說回來，原來嘴真的會抽筋。志木忍住笑意，砂川警部不悅的將香菸塞進攜帶式菸灰缸。
後來，兩人在志木開車之下離開豪德寺家。穿過後門時，左右對稱的招財貓目送他們離去。志木以後照鏡看著兩隻招財貓，再度冒出這個想法。
無論豐藏先生的信念為何，招財貓招來的福氣為何，這種嗜好還是難以理解。

11

「……」

鵜飼豎起食指抵在嘴脣，偷聽門後的動靜。

接著他咧嘴一笑，像是終於放心般離開門口，回到朱美他們所在的客廳中央。

「怎麼樣？」朱美低聲詢問。「刑警先生他們真的回去了？」

「對。」鵜飼忍笑般摀著嘴。「警部先生嘴好像抽筋了，哎，這也在所難免。」

「畢竟他整晚都在說話。」

流平說得像是深刻回想起警部的辛苦。

「是啊，但我感覺還說得不夠過癮。」

這樣還說得不夠過癮？朱美無言以對。鵜飼即使比不上砂川警部，卻也說了很多話。不曉得他從哪裡學來的，像是外國建築物、三花貓與招財貓相關的學識，這個人偏頗的知識就是特別豐富，不由得令人心想，要是他稍微多點常識該有多好。

「話說回來，鵜飼先生，方便請教一件事嗎？其實我一直很在意。」流平抓準機會探出上半身詢問。「你發現三花子是公貓的契機是什麼？」

「什麼嘛，原來是這件事，這你肯定也知道。契機在於車上閒聊提到的《三花貓福爾摩斯》。」

三花貓福爾摩斯？忽然出現的名偵探貓名字，使得朱美不禁蹙眉。這兩人在找三花貓的時候聊到這種事？

「果然是這樣。畢竟鵜飼先生當時神色忽然大變……不過，這是為什麼？三花貓福爾摩斯，為什麼成為你知道三花子真相的契機？」

「沒什麼，只是靈機一動。我當時忽然在意起三花貓福爾摩斯的性別。」

「性別？三花貓福爾摩斯的性別？當然是公的吧？」

流平一下子就誤會了。

「我說啊，流平。」朱美仔細向他說明。「看來你還沒理解。剛才不是說過嗎？三花貓都是母貓，三花貓福爾摩斯當然也是母貓，對吧，鵜飼先生？」

「對，三花貓福爾摩斯是母貓，是結紮的母貓。作品裡經常出現『或許牠因而養成沉思的習慣』這種令人印象深刻的描寫。但流平難免有所誤解，連我都覺得三花貓福爾摩斯是公的。為什麼會這樣想？當然是因為名偵探夏洛克・福爾摩斯這個姓名。換句話說，三花貓福爾摩斯的名字像是男性，其實是女性。

仔細想想也是理所當然。三花貓福爾摩斯是公貓就不得了，不可能成為四處亂跑的偵探，轉眼就有許多人找上門要求割愛，飼主片山刑警非得把牠關進籠子完全禁止外出，以免這隻罕見的貓被偷。名字也不能取為令人聯想到公貓的『福爾摩斯』，必須是更加中性的名字，或是聽起來像母貓的名字才行。我想到這裡就冒出靈感了。」

「你因而猜測三花貓三花子的狀況，和三花貓福爾摩斯相反。」

「對。換句話說，三花子或許只是名字像母貓，其實是公貓。」

「唔~與其說是荒唐的想法……我覺得更像是愚蠢的想法。」

流平說得毫不客氣，但鵜飼也沒否定。

「這當然是愚蠢無聊的想法，我自己也這麼認為。然而神奇的是，只要把三花子當成公貓，至今好幾個無法理解的疑點都能輕易得到解釋。豐藏先生不惜花一百二十萬圓找三花子；豐藏先生不讓任何人碰三花子；原本是招財貓迷的豐藏先生，只破例寵愛三花子這隻真貓，只要把三花子當成公貓，就得以解釋這一切。因此我確定三花子正是『活生生的招財貓』。」

「原來如此，所以你才會緊急前往矢島醫院確認。」

朱美終於得知昨晚的部分狀況而認同。難怪她昨晚送宵夜過去時完全找不到人。

朱美忽然想到，話說回來，在那個時候，一邊是追捕三花貓的偵探，一邊是追捕凶手的刑警。在兩者之間慌張嘗試做出最適當處置的自己，不就滑稽到可悲？仔細想想，自己完全沒必要為偵探抓三花貓，也完全沒必要為刑警抓凶手，當時卻奮戰到那種程度，她不禁覺得自己不能形容為滑稽，得形容為可憐。

此時，客廳的門開啟了。桂木露出頗具特徵的圓臉，向眾人告知用意。

「夫人要找各位，請到會客室。」

12

在會客室裡，昌代夫人將支票簿放在身旁，等待偵探他們前來。

三人進房之後，昌代起身賢淑行禮致意，邀他們坐在皮沙發。三人各自以緊張的模樣就座，接著昌代以坐姿再度緩緩向他們低頭。

「雖然是奇妙的緣分，總之本次事件受各位照顧了。各位不只為了外子的任性委託而奔走，雖然和委託內容無關，但各位在這次的命案也協助解開疑點，我想由衷向各位致謝，謝謝你們。」

鵜飼以沉穩態度悠然搖手回應。

「沒什麼，我只是盡到偵探應盡的責任，請不用多禮。啊，補充一下，話是這麼說，但我並不是要婉拒謝禮……啊，我也沒有特別想要求謝禮就是了。」

明明就是在要求吧？朱美佩服鵜飼這種雜草般的厚臉皮態度。

昌代面露微笑，將支票簿拿到面前。

「依照外子和您的合約，成功找到三花貓的報酬是一百二十萬圓。話說回來，偵探先生認為您這次的任務是成功？還是失敗？」

這是非常耐人尋味的問題。偵探究竟會如何回答？朱美也緊張等待他的回應。

「我不認為任務失敗。」鵜飼正經回應，接著露出微笑。「但也稱不上成功。」

「哎呀，那該怎麼形容？」

「應該得形容為『不成功』吧。」

「原來如此，『不成功』是吧，這種講法不錯，我很欣賞。」

昌代拿起筆打開支票簿，稍微思索之後，以流利筆跡在金額欄位寫下一筆數字，撕下這張支票。

「那麼，以這筆金額做為不成功的報酬如何？」

鵜飼接過支票，兩眼直盯金額欄位確認。鵜飼的表情瞬間變得像是鬆弛的橡膠，接著恢復嚴肅。鵜飼巧妙阻擋朱美的視線，將支票拿給旁邊的流平看，流平瀏覽上面的數字之後，臉頰同樣放鬆。朱美投以「也讓我看啦」的視線，但鵜飼壞心眼將支票翻面，以兩根手指放在桌上。

看來，昌代出示的不成功報酬，超乎他們的想像。

「咳咳！」

然而，鵜飼像是要取回威嚴般咳了幾聲。

「夫人對我們的工作表現給予高度評價，我感激不盡。不過……老實說，這樣有點多吧？所謂的不成功就是沒有成功，我們確實只差一步就抓到，差點抓到卻讓貓逃掉，逃走的貓跑回宅邸，由桂木先生抓到，很難斷言百分之百是我們的功勞。您開出這樣的金額是不是……？」

「不是搞錯。三花子能夠回來，都是多虧各位的努力。」

「謝謝。」

「但是，我有一個條件。」

鵜飼撫摸自己的臉頰，一副「果然如此」的樣子。

「那我就請教了，我該怎麼做？」

昌代終於說出預先藏在心裡的疑問。

「真一為什麼要將外子……也就是將他的親生父親殺害？想請您做個說明。」

「什麼嘛，原來您想問行凶動機，這方面交給那兩位刑警先生就好。他們充滿幹勁，明天開始進行的偵訊，肯定能讓真相大白，這樣不就好了？」

「我也這麼認為。但是沒人能保證在偵訊室問到的動機就是真正動機吧？」

「當然，真要懷疑的話，什麼事情都能懷疑。」

「所以我想知道偵探推測的動機。方便告訴我嗎？」

「我不知道。真一弒父的原因，還在百里霧中……」

「不，您肯定有某些想法，而且故意瞞著眾人，對吧？」

昌代這種單方面下定論的說法，使得鵜飼困惑的撫摸下顎。

「唔～總之，我並不是沒有自己的想法，但我認為聽在夫人耳裡肯定不是滋味，這樣也可以嗎？」

「無妨，請告訴我吧。」

昌代懷抱情感的話語成功說服鵜飼，他略顯躊躇開始說明。

「關於動機，我想到兩種可能性，我也不知道哪一種正確。首先，第一種可能性其實很簡單，堪稱弒父動機的典型。愛慕母親，想要獨占母親的心情，化為對父親的憎恨，最後激烈到想要排除父親，也就是所謂的伊底帕斯情結。套用在這個狀況，母親指的就是昌代夫人。不知道該說幸或不幸，昌代夫人是真一的繼母，兩人沒有血緣關係，所以只要除掉豐藏先生，就可能得到母親。真一抱持這種想法並不奇怪，畢竟夫人實際上確實很年輕。」

「不，我不年輕了。」

昌代說完羞澀低頭的樣子，看起來確實年輕又迷人，朱美認為鵜飼這個論點的可能性很高。

「至於第二種可能性相當扭曲。或許很罕見，但我覺得正因如此，非常符合本次命案的背景。我的想法是這樣，事情的開端是在上個月，豐藏先生長年看管，不准任何人碰的三花子，找到機會逃走了。反過來說，豪德寺家的人們終於有機會直接接觸三花子，真一恐怕是趁著這個機會，第一次把三花子抱在懷裡，因而得知豐藏先生隱瞞至今的祕密，也就是三花子是公貓的事實。知道這個祕密的瞬間，他不斷壓抑至今的疑惑，或許再度浮上心頭吧？」

「不斷壓抑至今的疑惑？」

「就是『父親或許是為了姓氏而拋棄親生母親』的疑惑。」

「啊啊！果然……」昌代發出類似哀號的嘆息。「您果然察覺這件事了。」

「是的，恕我冒昧，但我私底下稍微調查了豪德寺家的事情。」

鵜飼以制式化語氣平淡述說。

「這是二十多年前的往事。當時從漁夫轉行進入餐飲界的豐藏先生，有一位體弱多病的太太叫作彌生女士，豐藏先生與彌生女士生了一個兒子，也就是真一。但豐藏先生遇見您這位知名美女並且相愛，持續一年的外遇關係之後和彌生女士離婚。

離婚的責任當然在豐藏先生這邊，但彌生女士認為豐藏先生外遇是自己體弱多病的責任，因此刻意沒有計較，也就是主動抽身而退。離婚協議在雙方同意之下簽訂，豐藏先生和您結為連理。這是距今二十二年前的事，當時夫人二十一歲，真一六歲。

真一先由彌生女士收養，但她一年後病逝，因此真一再度由父親豐藏先生收養，也就是在這個豪德寺家長大，您也欣然歡迎真一加入。結果，包含您與豐藏先生生下的美樹夫與真紀，成為現在的一家五口。是吧？」

「您查得真詳細。」

「這方面姑且是我的本行，但我不太擅長就是了。」

鵜飼害羞搔了搔頭，看來他其實不習慣被人稱讚。

「從事我這樣的工作，經常會碰到這種狀況。這樣的家族在世間或許有點稀奇，卻不會特別突兀。不過有一件事令人在意，就是豐藏先生和您結婚之後，刻意拋棄自己的姓氏，改為您的姓氏──『豪德寺』。

這件事當然沒有特別奇怪，依照法律，夫妻必須冠上相同姓氏，即使夫冠妻姓也不成任何問題，然而……」

鵜飼注視昌代雙眼深處。

「我們已經知道，豐藏先生是罕見的『招財貓狂』，而且『豪德寺』正是知名的招財貓傳說發祥地，這真的是巧合嗎？」

「是巧合。我認為是巧合。」

昌代反覆強調「巧合」，如同要說服自己。

「真一應該也這麼認為。不可能有人只以姓氏選擇自己的伴侶，即使父親是『招財貓狂』，終究不可能脫離常軌到這種程度。父親只是湊巧愛上母親以外的女性而移情別戀，只是這名女性的姓氏湊巧是『豪德寺』，一切都是巧合。他至今肯定如此認為……不對，應該說肯定希望如此。」

「……」

「然而，真一得知三花子的真相之後，終究無法把這一切解釋為『巧合』。後來他應該是祕密調查十年前的命案，並且如同我或砂川警部得出的結論，終於確定殺害矢島洋一郎的凶手是父親。

真一開始心想，既然父親不惜為了一隻三花貓殺人，要他為了得到『豪德寺』這個姓氏而拋棄母親移情別戀，他會感到絲毫猶豫嗎？就這樣，他心中長年的疑惑成為確信，終於化為對豐藏先生的殺意爆發……

我認為，這或許是他殺害豐藏先生的幕後動機。這種推理肯定會壞了夫人心情，所以我一直沒說出來。」

這個偵探的可取之處只有粗魯、冒失與厚臉皮，但朱美覺得他這次做得很貼心。只為了姓氏而離婚並再婚，這種事不只是對於被拋棄的彌生女士，對於被選上的昌代也……不，對昌代而言更是莫大的屈辱。

昌代暫時低頭不語，但片刻之後堅強抬頭，面帶微笑注視鵜飼。

「感謝您告訴我。我聽到這番話確實不好受，但我不是在逞強，我真的有種心結解開的感覺。畢竟真一長年以來的疑惑，也是我結婚至今維持二十年的疑惑。」

「我認為您不要太在意比較好。」

「是的，我不會在意。何況無論真一怎麼想，或是偵探先生怎麼推論，我還是會永遠相信這一切都是巧合。我不想把自己當成那個人的眾多收藏品之一。我的姓氏湊巧是『豪德寺』，他湊巧是『招財貓迷』，僅止於此。偵探先生，對吧？」

面對這個詢問，鵜飼以完全面不改色的態度回應。

「我也這麼認為。這種巧合偶爾會發生。」

「您真是一位名偵探。」

「是的，經常有人這麼說。」

昌代這次露出甜美的微笑，像是總算想起偵探的名字稱呼他。

「那麼，鵜飼先生，請收下這張支票吧。您有這個資格。」

鵜飼行禮致意，再度拿起桌上的支票。

「那麼，我就當成不成功的紀念，大方收下了。」

鵜飼等人尋找三花貓的任務至此結束。

終章

就這樣，命案算是順利偵破。烏賊川市民得到短暫的和平，在辦案過程中捲入紛擾波折的烏賊川市貓們，也終於回到安穩的日常生活。

接下來，是關於貓兒們的後續——

豪德寺家的貓兒們當然是無辜的。

無論命案結局為何，牠們平穩的日常生活與小小的冒險機會必須得到保障，無論是野貓艾爾莎或突變種三花子都一樣。昌代夫人或許是考量到這一點，將兩隻貓正式收養為豪德寺家的貓，保障牠們今後的平穩生活。

換句話說，艾爾莎再也不用深夜在豪德寺家周邊流浪尋找棲身之所，三花子再也不用擔心會被關在專用房間限制自由。

不過，既然三花子的祕密曝光，就不能和至今一樣叫作「三花子」，因此牠重新得到原本的名字「MAO」，名為「貓」的貓睽違十年再度出現。

題外話，幫傭桂木期待MAO與艾爾莎成為夫妻留下後代，但是這份期待沒多久就輕易落空。突變種的MAO確認沒有生殖能力，MAO這樣的貓，無法將這種特性流傳到後世，只能存在於這一代，這似乎是天理。世間果然只能以萬分之一的巧合，出現MAO這種罕見的貓。

至於豪德寺家門前左右成對的招財貓，在破案之後立刻處理掉了。這家人希望遠離這段不堪回首的案發記憶，因此這是理所當然的處置。如今豪德寺家門前只有一個莫名脫線的寬敞空間，再也感受不到案件的痕跡。

那麼，名為喵德斯上校的成人高招財貓，是否從這座城市消失？不，並非如此。在豪德寺家命案完結的現在，招財貓依然擺在「招財壽司」各連鎖店門口招攬客人。

左手高舉，右手抱著金幣，這樣的造型一如往常。但是以本次案件為契機，金幣上的文字從「百萬兩」改成「一盤百圓」。

名為美雪的三花貓被偵探們釋放，在港口附近流浪許久之後，終於平安回到原本覓食的「第二大漁丸」船隻。曾經寵愛牠的魚丸武司就在船邊，一如往常拿魚給野貓吃。牠發出「喵～」的聲音跑過去，魚丸一眼就認出是美雪，像是搶過來般以雙手抱在懷裡，以臉頰磨蹭牠小小的額頭，感動滂沱流淚，滔滔不絕地傾訴。

「美雪～！妳回來了，我好擔心啊！美雪，妳知道我多麼期待妳回來嗎？妳離開之後，我的船差點翻覆兩次、差點觸礁三次、差點撞船四次，我還是需要美雪陪伴，今後我們永遠在一起吧！」

「喵……」

這麼被需要的貓也很難受。

名為「教養貓」的三花貓，同樣回到原本居住的烏賊川市立大學教養社，加入眾野貓的行列，一起每天睡懶覺、被悠閒大學生們隨心所欲的關心耍得團團轉。某天，曾經見過的一名男性來到咖啡廳。是戶村流平。

流平照例享用咖啡廳的特調咖啡，說出「熬煮得不錯」這種像是吃馬鈴薯燉肉的感想，接著點了超辣咖哩飯。牠受到香味吸引現身之後，流平立刻抓住牠翻過來，以不知情的人見狀可能會誤認是變態的火熱視線，靜靜觀察牠的雙腿中間。

「嘖，果然是普通的三花貓。」

流平說出對牠來說再正常也不過的感想。後來流平做出悠閒大學生偶爾打趣會做的行徑，以湯匙餵食熱騰騰的超辣咖哩。愛吃咖哩的牠極為理所當然的輕易吃光。

「呃！這隻貓不是普通的貓！」

是的，牠是住在教養社咖啡廳的「教養貓」，舌頭早已失去正常功能。

名為「黎明貓」的三花貓，當然待在黎明大廈停車場周邊盡到野貓的本分。路人稱牠「胖貓」寵愛，附近果菜行阿姨會給牠食物吃，附近的偵探不會給牠任何東西，牠就這麼在雷諾車輪內側打盹或排泄，好幾次差點被猛踩油門的賓士撞到……過著這樣的日常生活。

某天，牠被隱約傳來的同伴叫聲引誘，進入兩棟大廈間的縫隙。那裡沒有同伴，而是平常見到的窮偵探鵜飼杜夫。牠立刻察覺危險，以磨損肉球般的力道緊急掉頭想逃，然而二宮朱美封鎖牠的去路。兩人硬是抓住害怕的牠，仔細檢查牠的身體之後，很有默契同時發出抽搐的笑聲。

「哈哈哈……哎，其實我不抱期待就是了。」

「呵呵呵……哎，算是為求謹慎做個確認吧。」

「是啊是啊，畢竟有那麼一點點可能。」

「沒錯沒錯，畢竟會令人在意。」

兩人在暗巷放走牠，接著各自說著「好啦，工作工作」、「好啦，籌錢籌錢」從相同方向離去。年輕女性像是倔強般挺直背脊前進，窮偵探則是不知為何微微駝背，也就是日文所謂的「貓背」。

牠這隻野貓，不太清楚這兩人的關係。

——完

【參考文獻】

《視覺錯覺圖解》（種村季弘／河出書房新社）
《幸福的招財貓》（藤田一咲、村上瑪論／河出書房新社）
《舉右手的招財貓》（三橋健／ＰＨＰ研究所）
《吉祥招福　招貓畫報》（板東寬司、荒川千尋、左古文男／エー・ジー出版）
《貓的歷史與軼事》（平岩米吉／築地書館）

此外，招財貓的由來、樣式與效果眾說紛紜，不同資料的說法也相異。本作品角色述說的招財貓知識聽起來煞有其事，但始終是劇中角色（應該說是作者）參考這些資料，加上自己獨特的見解而成，並非一定是通俗說法，敬請見諒。

作者

逆思流

完全犯罪需要幾隻貓？

（原名：完全犯罪に猫は何匹必要か？）

作者／東川篤哉　譯者／張鈞堯
榮譽發行人／黃鎮隆　總經理／陳君平
協理／洪琇菁　國際版權／黃令歡
執行編輯／呂尚燁　美術主編／李政儀
企劃宣傳／楊玉如、洪國瑋
出版／城邦文化事業股份有限公司　尖端出版
台北市中山區民生東路二段一四一號十樓
電話：（〇二）二五〇〇七六〇〇　傳真：（〇二）二五〇〇二六八三
E-mail：7novels@mail2.spp.com.tw
發行／英屬蓋曼群島商家庭傳媒股份有限公司城邦分公司
尖端出版 行銷業務部
台北市中山區民生東路二段一四一號十樓
電話：（〇二）二五〇〇—七六〇〇（代表號）
傳真：（〇二）二五〇〇—一九七九
讀者服務信箱：sandy@spp.com.tw
中彰投以北經銷（含宜花東）／楨彥有限公司
電話：（〇二）八九一九—三三六九
傳真：（〇二）八九一四—五五二四
雲嘉經銷／威信圖書有限公司　嘉義公司
電話：（〇五）二三三—三八五二
傳真：（〇五）二三三—三八六三
客服專線：〇八〇〇—〇二八—〇二八
南部經銷／威信圖書有限公司　高雄公司
電話：（〇七）三七三—〇〇七九
傳真：（〇七）三七三—〇〇八七
香港總經銷／城邦（香港）出版集團有限公司
香港灣仔駱克道193號東超商業中心1樓
電話：（八五二）二五〇八—六二三一
傳真：（八五二）二五七八—九三三七
E-mail：hkcite@biznetvigator.com
馬新經銷／城邦（馬新）出版集團　Cite(M)Sdn.Bhd.
E-mail：Cite@cite.com.my
法律顧問／王子文律師　元禾法律事務所
台北市羅斯福路三段三十七號十五樓
二〇一三年四月一版一刷
二〇二二年一月二版一刷

■中文版■

郵購注意事項：
1. 填妥劃撥單資料：帳號：50003021戶名：英屬蓋曼群島商家庭傳媒(股)公司城邦分公司。2. 通信欄內註明訂購書名與冊數。3. 劃撥金額低於500元，請加附掛號郵資50元。如劃撥日起 10～14日，仍未收到書時，請洽劃撥組。劃撥專線TEL：(03) 312-4212 ・ FAX：(03) 322-4621。E-mail：marketing@spp.com.tw

國家圖書館出版品預行編目資料

完全犯罪需要幾隻貓 ／ 東川篤哉 作 ; 張鈞堯 譯. ／ .
--二版. --臺北市：尖端出版, 2022.01 面 ; 公分.
--(逆思流)

譯自: 完全犯罪に猫は何匹必要か

ISBN 978-626-316-375-1(平裝)

861.57 110020184